LIVIA PIPES

Rattentod

LIVIA PIPES

Rattentod

Kriminalroman

Vorbemerkungen

Jede Ähnlichkeit mit lebenden oder toten Personen sowie realen Geschehnissen ist rein zufällig und nicht beabsichtigt.

Einige Passagen in diesem Roman wurden in schwäbischem Dialekt verfasst.

ISBN-13: 9781797527116

„Rattentod"
by Livia Pipes

Livia Pipes
c/o Autorenservices.de
Birkenallee 24
36037 Fulda
liviapipes@web.de

Covergestaltung: Adrijus/rockingbookcovers

„Uns trifft das Leid nicht,
um uns traurig zu machen,
sondern um uns zu ernüchtern,
damit wir klug daraus werden.“

H. G. Wells

1

Die Dunkelheit umgab ihn und seine Opfer wie ein schützender Kokon. Niemand sah sie, niemand hörte sie. Noch nicht.

Er sah auf den Mann hinunter, der ihn mit toten Augen anstarrte. Er sieht überrascht aus, dachte er. Kein Wunder, er hatte ihn von hinten angegriffen. Schnell und unnachgiebig hatte er gehandelt. So hatte er es gelernt. Der andere hatte keine Chance gehabt. Weil er nichts geahnt hatte. Und genauso würde es auch die anderen treffen. Weil sie nichts ahnten, weil sie nicht das große Ganze sahen, weil sie IHN nicht sahen. Sein wahres ICH ignorierten. Schon immer ignoriert hatten, seit sie jung gewesen waren.

Er ließ sich auf eine der Bänke mit Tischchen davor sinken, griff in den kleinen Eimer mit Popcorn und schloss die Augen hinter seiner Nachtsichtbrille. Hmmm, seufzte er. Dieser köstliche Duft. Erinnerungen an seine Großmutter Amelie … Damals, ja damals war die Welt noch in Ordnung. Als sie noch nicht da gewesen waren …

Ein plötzliches Stöhnen im Hintergrund riss ihn aus seinen Gedanken und erinnerte ihn unmissverständlich an die Mission. Es war noch viel zu tun. Viel zu erledigen.

Bald würden sie erleben, was er erlebt hatte, leiden, wie er gelitten hatte und dann würden SIE sterben.

2

Am Abend zuvor. »I can feel it coming in the air tonight, oh Lord«, sang Kati und stellte in Erwartung des von ihr so geliebten kurzen Schlagzeugsolos den Regler des Radios lauter, als das Schild der Abfahrt Stuttgart-Zuffenhausen von den Lichtkegeln ihres Passats beleuchtet wurde. Sie atmete erleichtert auf. Endlich konnte sie die volle A 81 verlassen und hatte nur noch ein kleines Stück auf der Bundesstraße vor sich. Das restliche Stück würde sie nach den sechseinhalb Stunden Fahrt von Hamburg hierher auf einer Backe absitzen.
Wenn sie zu Hause war, würde das Kapitel Therapie und die darin aufgearbeiteten Probleme hoffentlich in den Hintergrund treten. Ihre Therapeutin, mit der sie am Morgen das Abschlussgespräch geführt hatte, hatte ihr Mut zugesprochen. Sie hatten gemeinsam hart an der Bewältigung der Vergangenheit gearbeitet und Frau Dr. Baader hatte keinen Grund gesehen, nicht positiv in die Zukunft zu schauen.
Solange sich Kati selbst die nötige Aufmerksamkeit schenkte, die Meditationsübungen fortsetzte und bei den ersten Anzeichen von Problemen ihren Psychotherapeuten vor Ort aufsuchte, wäre die Ausübung ihres Berufes kein Problem. Kati hatte in dem großen, bequemen Ohrensessel gesessen und zustimmend genickt, doch in ihrem Inneren zweifelte sie. War ein Therapeut wirklich in der Lage, in so kurzer Zeit ein Leben wieder ins rechte Lot zu rücken? Nach allem, was geschehen war? Sie wollte gerne daran glauben und noch einmal ganz neu starten. Nochmal von vorn beginnen. In Stuttgart. In ihrer neuen Wohnung. Mit

ihrem Sohn Florian und mit Georg. Sie lächelte, als sie an den glatzköpfigen Sturkopf mit seinen kleinen Marotten dachte.

Zwanzig Minuten später parkte sie das Auto unter einer Laterne, direkt vor dem modernen Wohnkomplex, in dem sie und Flo im letzten Sommer eine Wohnung bezogen hatten. Ein Jahr lang Kost und Logis bei ihrer Großtante Martha, deren Gästezimmer sie in Beschlag genommen hatten, war genug gewesen. Obwohl die ältere Dame sie liebevoll umsorgt hatte, hatte sich Kati bereits nach ein paar Wochen nach ihrem eigenen Reich gesehnt, aber im Großstadtdschungel Stuttgarts lange nichts Passendes gefunden. Entweder waren die Objekte, die ihnen gefallen hatten, zu teuer gewesen oder sie waren zu weit von ihrer Arbeitsstelle im Polizeipräsidium entfernt.

Sie stieg aus. Ein kalter Wind umfing sie. Fröstelnd schritt sie um den Wagen herum, öffnete den Kofferraum und hievte den großen roten Koffer und ihre Reisetasche heraus. Dann ließ sie die Klappe mit einem lauten Rumsen zufallen.

Ihr Blick wanderte suchend zu ihrem Balkon im zweiten Stock. Während ausnahmslos aus allen anderen Wohnungen warmes Licht drang, lag ihre eigene abweisend im Dunkeln. Plötzlich durchfuhr Kati eine unangenehme Kälte und sie war sich für einen Moment unsicher, ob es nur an der Witterung lag. Eilig zog sie den vorher verschmähten beigen Kaschmir-Wintermantel über, den sie locker über die Reisetasche gelegt hatte. Mit einem kleinen wohligen Seufzer griff sie nach ihrer Tasche und dem Koffer und überquerte entschlossen die Straße.

Zwei Minuten später nestelte sie ihren Schlüssel aus der Manteltasche, steckte ihn in das Schloss und öffnete die Tür. Ein muffiger Geruch stieg ihr in die Nase, als sie die Tür geschlossen hatte und ein paar Schritte in den Wohnungsflur trat. Doch nicht nur der Geruch war fies; es war auch eiskalt in der Wohnung.

Als sie mit der Nachricht herausgeplatzt war, für vier Wochen eine Traumatherapie in Hamburg machen zu wollen, hatte Florian sofort vorgeschlagen, während ihrer Abwesenheit bei Tante Martha zu wohnen. Die Verlockung, sich dort verwöhnen zu lassen, war größer gewesen, als die Aussicht, einen Monat Fertigpizza essen und seine Klamotten selbst waschen zu müssen.

Zugegeben, es hatte nach dem Umzug von Hannover eine Weile gedauert, bis er sich mit Tante Martha, ihren schwäbischen Gerichten und auch ihrem Dialekt angefreundet hatte, aber nach kurzer Zeit waren sie zu einem guten, wenn auch sehr kuriosem Team zusammengewachsen. Eine dicke, gemütliche Seniorin mit Kopftuch und Schürze und ein cooler Fünfzehnjähriger mit Cap und Löchern in der Hose.

Kati tastete nach dem Lichtschalter und ließ enttäuscht die Schultern fallen. Sie hatte zwar nicht mit einer großen Überraschungsparty gerechnet, aber zumindest ein kleiner Willkommensblumenstrauß und eine angestellte Heizung wären nett gewesen.

Kati dachte kurz daran, den Mantel auszuziehen, entschied sich jedoch angesichts der Kälte dagegen und schlüpfte nur aus ihren Stiefelletten, um sie gegen ihre weichen Lammfellhausschuhe zu tauschen. Dann durchquerte sie das Wohnzimmer bis zu dem großzügigen Fenster und riss es auf. Es schien, als ob die frische Luft draußen vor dem Fenster nur darauf gewartet hätte, in die Wohnung zu dürfen und den alten Mief zu vertreiben.

Katis Blick fiel auf ihren Benjamini, der in einem großen Topf auf dem Boden stand. Seine vollen Zweige reckten sich dem Licht zu und er geriet deswegen langsam außer Form, doch er machte insgesamt noch einen guten Eindruck. Florian hatte anscheinend Wort gehalten und ihn und die anderen Pflanzen regelmäßig gegossen.

Kati sah sich weiter um. Sie ging durch das Zimmer, fuhr mit den Fingern über den Rand des Fernsehers und sah auf den Staub, der daran haften geblieben war. Sie verzog das Gesicht. Da würde in den kommenden Tagen Arbeit auf sie zukommen, das sah sie schon jetzt.

Tante Martha würde ihre Gedanken belächeln. Für sie wäre so ein Wohnungsputz ein Klacks. Sie war noch vom alten Schlag und räumte solchen Dingen wie Sauberkeit und Ordnung einen viel höheren Stellenwert ein als sie selbst. Nicht, dass sie es nicht auch gern ordentlich hatte, aber es musste nicht alles ständig blitzen und blinken. Sie hatte einfach zu wenig Zeit für solche alltäglichen Arbeiten im Haushalt. Arbeitstage mit sechzehn Stunden oder mehr, dazu der psychische Druck, der ständig auf ihr lag. Kati schloss für eine Sekunde ihre Augen.

Lass den Scheiß, dachte sie. Du musst dich nicht dafür rechtfertigen, nicht perfekt zu sein. Das ist niemand. Es ist gut so, wie es ist. Sie presste die Lippen zusammen. Nun war sie erst ein paar Minuten zu Hause und sprach sich schon selbst Mut zu. Auch das hatte sie in der Therapie gelernt: Sie musste niemanden etwas beweisen, höchstens sich selbst.

Eine schöne warme Wanne mit duftendem Kokosnuss-Badeöl von Georg, schoss es ihr plötzlich durch den Kopf. Damit würde sie sich nach der langen anstrengenden Fahrt belohnen, bevor Florian kam.

Das Auspacken ihres Koffers und der Reisetasche konnte warten. Vielleicht war es nach dem Baden schon angenehmer in der Wohnung und sie hatte noch Lust eine Maschine Wäsche anzustellen.

Ohne lange zu überlegen, schloss sie das Fenster, drehte den Heizkörper auf und ging den schmalen Flur entlang nach hinten zum Badezimmer. Sie knipste das Licht an und stellte auch hier die Heizung an. Sie hasste nichts mehr als ein kaltes Bad. Bevor sie das Wasser in die Wanne einließ, brauste sie einmal mit der Handbrause über das sandfarbene Acryl. Dann griff sie nach dem Kokosöl und goss einen ordentlichen Schuss davon in die sich schnell füllende Wanne. Sofort stieg ein angenehmer, leicht süßlicher Duft in Katis Nase und ihre Vorfreude auf das Vollbad stieg.

Plötzlich hörte sie leise eine ihr wohlbekannte Melodie. Ihr Handy klingelte. Schnell lief sie hinüber in den Vorflur, wo sie ihren Rucksack beim Betreten der Wohnung auf dem kleinen Tischchen abgelegt hatte, und wühlte nach dem Telefon.

»Lindberg«, sagte sie schnell, ohne vorher auf das Display zu gucken, als sie das Handy schließlich in der Hand hielt.

»Hi Mum«, kam es vom anderen Ende. Florians Stimme zauberte augenblicklich ein Lächeln auf Katis Gesicht. »Flo! Schön, dass du dich meldest.« Kati machte ein paar Schritte zum Wohnzimmerfenster und sah hinaus. Eine Angewohnheit, die sich im Laufe der Jahre eingeschlichen hatte.

»Alles klar bei dir?« Ohne eine Antwort abzuwarten, sprach sie weiter. »Ich bin vor zehn Minuten nach Hause gekommen und wollte uns zur Feier des Tages etwas zu Essen bestellen.« Sie hatte noch keinen Blick in den Kühlschrank riskiert, nahm aber an, dass dort gähnende Leere herrschte. »Ich vermute, das ist dir recht. Wann kommst du denn?«

Die Antwort auf die Frage ließ auf sich warten. Kati runzelte die Stirn. »Flo?«

Ihr Sohn räusperte sich, bevor er anfing zu sprechen. »Ich freue mich, dass du die Fahrt gut hinter dich gebracht hast«, sagte er in einem zögerlichen Ton. »Ist ja ein ganz schönes Stück von dort oben …«

»Flo?«, unterbrach Kati ihn. »Was ist los?«

»Ich kann heute nicht kommen«, presste er schnell heraus. »Ich bin bei Sandra. Ihre Eltern haben gestern angefangen, das Esszimmer zu tapezieren …«

Kati runzelte die Stirn, wartete aber ab.

»… sind aber nicht mehr damit fertiggeworden, weil sie am Abend eine Verabredung mit Freunden zum Schlittschuhlaufen hatten. Dabei hat sich Klaus – das ist der Vater von Sandra – den linken Fuß gebrochen. Jetzt hat er einen Gips und kann nicht mehr auf die Leiter steigen, um die Tapeten an die Wand zu kleben. Und Sandras Mutter …«, seine Stimme wurde merklich leiser, »hat ehrlich gesagt zwei linke Hände. Die kann nur die Bahnen einkleistern.«

Kati hatte genug gehört, um sich den Rest auszumalen. »Und da hast du beschlossen, der Retter in der Not zu sein und auszuhelfen.«

Der Siebzehnjährige räusperte sich erneut. »Genau. Ich meine, ich habe ja bei unserer Renovierungsaktion im Sommer viel Erfahrung mit dem Tapezieren gesammelt und bin noch voll im Thema.«

Kati spürte förmlich, wie sein Brustkorb vor Stolz anschwoll.

»Der Haken ist, dass sie mich gefragt haben, ob ich nicht zum Abendbrot bleiben und hier übernachten will.«

»Und das möchtest du natürlich. Ich verstehe«, brachte Kati hervor, und ihre Schultern sanken vor Enttäuschung ein wenig nach vorn. Dann sah sie zur Uhr, die links von ihr an der Wand hing. Es war schon halb sieben. Reichlich spät, um mit Tapezieren anzufangen.

»Wie viele Bahnen musst du denn noch …«, fing sie an zu fragen, als das rauschende Geräusch des laufenden Wassers aus dem Badezimmer an ihr Ohr drang. »Oh, Mist!«, rief sie. »Bleib dran, bin gleich wieder da.«

Mit den letzten Worten ließ sie das Handy aufs Sofa fallen und lief mit schnellen Schritten in Richtung Badezimmer. Sie hatte übersehen, dass auf dem Überlauf an der Seite der Wanne der Daisy Duck-Stöpsel saß, den ihr Georg gemeinsam mit dem Kokosbadeöl geschenkt hatte. Nun stand das Wasser schon gefährlich nahe an der Kante und drohte, in ein paar Sekunden aus dem Badezimmer einen großen Pool zu machen. Schnell drehte sie zuerst den Hahn zu, fuhr dann mit ihrem Arm in die Wanne, zog erst den Stöpsel am Boden und danach den an der Seite aus den Abflüssen. Das war höchste Eisenbahn, dachte sie, entspannte sich langsam und wartete, bis sich der Wasserpegel soweit gesenkt hatte, dass sie den Stöpsel wieder einsetzen und gleich ohne Probleme in die Wanne steigen konnte.

Erleichtert ging sie zurück zum Sofa und nahm ihr Handy wieder in die Hand. »Flo? Da bin ich wieder. Mach dir wegen mir keine Gedanken. Ich finde es super, wenn du Sandras Eltern hilfst. Wir sehen uns einfach morgen nach der Arbeit hier zu Hause. Ich hoffe darauf, dass ich nur ein paar liegengebliebene Berichte aufarbeiten muss und es nicht allzu spät wird. Die vier Wochen ohne dich waren lang. Ich hab‘

dich echt vermisst.«

Kati stand am Fenster und sah hinaus auf die von Laternen beleuchtete Straße. Für morgen hatte der Wetterdienst kälteres Wetter vorhergesagt. Kati wartete auf Florians Antwort. Doch es kam nichts.

»Flo?« Stirnrunzelnd sah sie auf das Display ihre Handys. Es war schwarz. War der Akku alle? Das konnte nicht sein, sie hatte es doch während der Fahrt im Auto aufgeladen. Sie drückte den obersten Knopf an der rechten Seite und sofort erschien das Hintergrundbild, auf dem ein Strand mit fast querliegender Palme und ein türkisblaues Meer zu sehen war. Die Telefon-App war nicht mehr aktiv. Florian hatte das Gespräch anscheinend beendet.

Hm, brummte Kati enttäuscht. Solange hat die Aktion im Bad nun auch wieder nicht gedauert. Dann bemerkte sie das Telefonsymbol des Messengers, den sie beide benutzten, in der linken oberen Ecke. Sie öffnete die App und sah auf seine Nachricht.

Sorry, Mum, muss weiter machen. Es sind zirka sieben Bahnen. Bis morgen Abend. OK? HDL. Flo.

Kati presste die Lippen zusammen und nickte. Hab' dich auch lieb, dachte sie. Schade, aber besser, er ist enthusiastisch, lebensfroh und ständig auf Achse, als seelisch am Ende und ausschließlich am PC zockend in seinem Zimmer zu sein.

Diese Variante wäre ebenso ohne Weiteres möglich gewesen, nachdem sie im letzten Sommer gemeinsam entführt worden waren. Glücklicherweise hatte der Wahnsinnige, mit dem sie es zu tun gehabt hatten, Florian fast die ganze Zeit sediert, sodass er nur wenig mitbekommen hatte. Zwei unabhängige Psychologen hatten ihn untersucht und seine

Aussage, dass es ihm gut ginge, bestätigt.

Dann verschieben wir unser Wiedersehen also auf morgen, dachte Kati. Sie schrieb Florian eine kurze Antwort und legte das Handy auf den rechteckigen hölzernen Wohnzimmertisch. Dann stand sie auf und ging den Flur entlang zu ihrem Schlafzimmer, um sich auszuziehen. Im Vorübergehen saugte sie den leckeren Kokosduft ein, der aus dem Bad zu ihr drang.

Sie stieg in das klare, leicht dampfende Wasser. Es hatte genau die richtige Temperatur. Kati löste ihren Zopf und das lange blonde Haar legte sich wie ein Vorhang über ihr Dekolletee und ihre Brüste. Die wohltuende Wärme genießend, streckte sie sich und schloss die Augen. Das tat gut! Genau dieses Abschalten und Entfliehen aus der Realität hatte ihr die Traumatherapeutin empfohlen. Zusätzlich Sport zum Stressabbau und das Pflegen von sozialen Kontakten.

Ihre Gedanken wanderten zu Florian zurück. Ihr war nicht erst eben, sondern auch in den Telefongesprächen zuvor schon aufgefallen, dass ihr Sohn nicht mehr diesen fiesen Straßen-Slang sprach, der eine Zeitlang immer wieder zu Diskussionen zwischen ihnen geführt hatte. Die Beziehung zu Sandra hatte ihn wohl sprachlich und sozial in andere Sphären geführt.

Vor einem halben Jahr hätte er zugesehen, dass er Land gewann, wenn Arbeiten zu erledigen waren. Nun bot er seine Hilfe von selbst an. Kati hatte wirklich gute Gründe, positiv in die Zukunft zu schauen, was ihren Sohn anging.

Morgen zum Mittagessen würde sie Georg wiedersehen. Kati lächelte, als er im Geiste erneut vor ihr auftauchte. Ihre anfänglichen Zwistigkeiten und Probleme hatten sich in Luft aufgelöst, als Georg begriffen hatte, dass zwischen ihr und ihrem Kollegen Timo nichts lief. Danach hatte er sie als perfekter Gentlemen umworben, sie zum Essen eingeladen und sich um sie gesorgt, als sie und Florian entführt worden waren.

Leider war sie nach dem Abschluss des Falls nicht in der Lage gewesen, so auf ihn einzugehen, wie sie beide es sich wohl gewünscht hätten. Georg hatte sich dennoch als ein sehr verständnisvoller und geduldiger Mann herausgestellt. Und deswegen mochte sie ihn. Kati runzelte die Stirn. War ›mögen‹ das richtige Wort? Oder war es schon Liebe? Sie war fest entschlossen, das herauszufinden. Es war höchste Zeit für einen Neuanfang. Sie hielt sich die Nase zu und tauchte unter.

3

Katis Handy klingelte. Es war dieselbe Melodie wie am gestrigen Abend. Kati hatte sich nie die Mühe gemacht, für private und berufliche Kontakte verschiedene Klingeltöne einzustellen.

Kati erwachte aus einem traumlosen Schlaf und tastete benommen nach dem Telefon auf ihrem Nachttisch. Als sie es erwischt hatte, wischte über das Display und öffnete langsam ihre müden Augen. Das Bild ihres Kollegen Timo füllte den Bildschirm und sie hatte das Gefühl, dass er sie anstarrte. Sie schloss ihre Augen wieder und drückte blind auf das grüne Hörersymbol. »Timo. Hallo. Was gibt es denn?«, fragte sie seufzend, dann linste sie zu ihrem Radiowecker. »Weißt du überhaupt, wie spät es ist?«

»Sechs«, antwortete Timo kurz. Seine Stimme klang kalt und abweisend. Kati ballte die Faust. Dieses eine Wort hatte gereicht, um auf seinen Gemütszustand zu schließen. Geht das Ganze denn immer weiter? Wollte er nicht begreifen, dass er nie eine Chance bei ihr gehabt hatte? Nur weil er ihrem verstorbenen Mann Stefan unheimlich ähnlichsah und sie sich anfänglich eingebildet hatte, da gäbe es irgendeine seltsame Beziehung zwischen ihnen?

Sie selbst hatte schnell gemerkt, dass dem nicht so war. Nach und nach hatte sie ihm zu verstehen gegeben, dass aus ihnen niemals ein Paar werden würde. Ihre Offenheit hatte ihn so gekränkt, dass er, seitdem einen persönlichen Kleinkrieg gegen sie führte. Es war noch schlimmer geworden, als Timo gemerkt hatte, dass der Gerichtsmediziner Georg Hettkamp, sein guter Kumpel, nun statt seiner eine Rolle in Katis Leben spielte.

»Heute ist dein Dienstbeginn und wir haben einen neuen Fall. Ist gerade reingekommen. Die Kollegen sind schon vor Ort.« Timo machte eine kurze Pause, dann fuhr er fort. »Also schwing deinen Arsch aus dem Bett, zieh dich an und komm zu den Koordinaten, die ich dir durchgebe. Hast du was zum Schreiben?«

Kati schüttelte verwirrt ihren Kopf und setzte sich im Bett auf. Wie redete er denn mit ihr? Sie würde einen Teufel tun.

»Hast du oder hast du nicht?«, fragte Timo ungeduldig.

»Sag mal, gehts noch?«, fragte sie im harschen Ton. Seine unflätige Art hatte ihr das erste Adrenalin des Tages in die Adern geschwemmt. »Du kannst mich doch nicht um sechs Uhr morgens aus dem Schlaf reißen und einfach so mit deinen Unverschämtheiten weitermachen. Wäre nicht ein wenig mehr Sachlichkeit angebracht?«

»Ich weiß nicht, was du mit Unverschämtheiten meinst«, sagte er kühl. »Aber bitte, wenn dir Sachlichkeit anscheinend so wichtig ist. Schütte ist bei einer Tagung in Kopenhagen und wird in den kommenden Tagen zum BKA nach Wiesbaden wechseln. Da sonst niemand Geeignetes im Hause ist, hat mich der Präsi solange als Chef der Abteilung eingesetzt, bis der oder die Neue auftaucht. Reicht die Erklärung für dich? Können wir jetzt loslegen?«

Kati zog ihre Augenbrauen zusammen. Sie war durcheinander. »Bitte was?«, fragte sie nach. »Schütte hört in Stuttgart auf? Warum hat mir da niemand etwas von erzählt? Und wer soll bitteschön der oder die Neue sein?«

Kati hörte, wie Timo am anderen Ende der Leitung stöhnte. »Das mit dem Wechsel hat sich ganz kurzfristig ergeben und bis jetzt weiß niemand, wer als sein Nachfolger kommt. Noch nicht mal die Kienle.«

Laura Kienle war über mehrere Jahre Schüttes persönliche Sekretärin gewesen. Sie waren ein Herz und eine Seele. Sein Weggang wird sie tief erschüttern, dachte Kati. »Und was ist mit Sarah? Ist die auch nicht da?«

»Nee. Die kommt erst in drei Tagen aus Vietnam zurück. Was ist nun? Bequemst du dich, endlich aufzustehen und deinen Job zu machen, oder willst du warten, bis die Leiche unter der Brücke verwest ist?«, fragte Timo ungehalten.

Kati sah genervt an die Decke. Timo war ein Kotzbrocken und daran würde sich so schnell nichts ändern. »Warte kurz«, sagte sie zu ihm. Dann griff sie nach der warmen Daunendecke, warf sie nicht ohne einen Anflug von Bedauern zur Seite und stieg mit nackten Füßen aus dem Bett. Sofort kroch ihr die Kälte des ungeheizten Schlafzimmers in die Knochen. Mit zitternden Beinen lief sie in die offene Küche, wo sie auf der Anrichte einen Zettel und einen Kuli fand.

»Hast du endlich was?«, fragte Timo erneut.

»Ja, leg schon los«, antwortete Kati genervt. So hatte sie sich den ersten Arbeitstag nicht vorgestellt. Die Nachricht, dass ihre Kollegin und mittlerweile gute Freundin Sarah nicht im Büro auftauchen würde, drückte ihre Stimmung noch mehr.

Timo gab ihr die GPS-Koordinaten durch. »Gibt es denn keine normale Adresse?«, fragte Kati nach.

»Wenn es die gäbe, hätte ich dir keine Koordinaten durchgegeben. Der Tote wurde mitten im Nirgendwo unter einer Brücke gefunden. Gib das in dein Navi ein und mach dich auf den Weg. Wir sehen uns dort.«

»Und um wen …?«, fragte Kati, merkte aber, dass Timo bereits aufgelegt hatte. »Vollhorst«, grummelte sie und legte das Handy auf den Küchentresen.

Ihr Blick fiel auf die Kaffeemaschine. So viel Zeit muss sein, dachte sie und holte Filter und Kaffeepulver aus dem Schrank hervor.

4

Der Berufsverkehr war bereits im vollen Gange und Kati hatte Mühe, überhaupt voranzukommen. Das Wetter war trübe und grau. Es war nicht viel heller geworden und die Gesichter, die Kati ab und an betrachtete, wenn sie im Stau halten musste, wirkten blass und desillusioniert. Es war fast Ende Februar.

Die Stimmung in den ersten Wintermonaten, wenn die ersten Flocken fielen, war immer schön, fand sie. Man freute sich auf lange gemütliche Abende auf dem Sofa, mit einer Tasse heißen Kakao, einer Kuscheldecke und einem guten Film. Zu den Weihnachtsfeiertagen mit leckerem Essen und zu einer ausgelassenen Silvesterfeier sagte sie auch nicht nein. Doch danach zog sich der düstere Winter ewig hin. Man fand das Wetter einfach nur noch widerlich, die Kälte und die anhaltende Dunkelheit furchtbar.

Endlich hatte Kati die vollen Straßen der Stadt hinter sich gelassen und fuhr in Richtung Süden eine Landstraße entlang. Im Lichtkegel ihres VW erschien eine Straßenabsperrung, die jedoch seitlich an der Straße stand und keinerlei Funktion erfüllte. Dahinter stand ein Bagger. Sie fuhr daran vorbei. Das Navi zeigte an, dass sie noch zirka zwei Minuten Fahrzeit vor sich hatte. Kati bemerkte im Rückspiegel einen weiteren Wagen hinter sich. Die Lichter des Autos kamen schnell näher. Das konnte nur Miriam Brunner sein, die Staatsanwältin, die für ihren Bereich zuständig war. Die burschikose Frau Mitte Fünfzig war dafür bekannt, manchmal schneller zu fahren als erlaubt.

Kati sah wieder nach vorn und erkannte, dass sie das Ziel fast erreicht hatte. Lichter der Einsatzfahrzeuge vor Ort erhellten in einiger Entfernung einen Straßenabschnitt. Nachdem sie einen jungen, wichtigtuerischen Polizisten hinter sich gelassen hatte, der ihren Ausweis sehen wollte, parkte sie ihren Wagen hinter einem der Rettungswagen und stieg aus. Kaum hatte sie ihre Wagentür zugeknallt, als tatsächlich Miriam Brunner direkt hinter ihr anhielt. Die Staatsanwältin setzte sich eine Mütze auf ihr kurzes graues Haar und stieg ebenfalls aus. Kati ging auf sie zu und streckte ihr die behandschuhte Hand hin. »Frau Brunner. Guten Morgen!«

Brunner griff nach ihrer Hand und schüttelte sie mit einem kräftigen Händedruck. »Ein guter Morgen ist das wohl nicht, wenn er mit einem mutmaßlichen Tötungsdelikt beginnt.« Sie nahm einen großen Schluck aus ihrem umweltfreundlichen Mehrwegbecher.

Kaffee, wie Kati annahm. Sie ärgerte sich, dass sie sich nicht von zu Hause auch einen mitgenommen hatte.

Timo Prinz und eine Streifenpolizistin kamen auf sie zu. Beide gaben den beiden Frauen die Hand.

»Morgen. Dann setzen Sie uns doch bitte gleich ins Bild. Ich hab heute noch viel zu tun. Allewelt ist im Urlaub und an mir bleibt alles kleben«, klagte Brunner, während sie langsam auf den abgesperrten Bereich zugingen.

Kati ging vorsichtig hinter Brunner und der Polizistin her. Die Straße war immer noch leicht gefroren und rutschig. Timo, dem sie verstohlen einen Blick zuwarf, starrte stur geradeaus und beachtete sie nicht weiter.

»Der Anruf bei der Notrufzentrale kam um 4.53 Uhr von einem Herrn Uwe Meyer«, begann Neele Fischer, die Polizistin, mit ihrem Lagebericht. »Der hatte ein paar Minuten vorher den Toten gefunden. Laut Ausweis heißt der Tote Tobias Schenk. Er war wahrscheinlich der Fahrer des Kleinbusses dort. Neben ihm lag noch ein weiterer Mann, der zu diesem Zeitpunkt bewusstlos war. Herr Meyer hat dann den Notruf und den Rettungsdienst angerufen. Der Notarzt und wir waren innerhalb von fünfzehn Minuten vor Ort.

Der Notarzt konnte nur noch den Tod des Kleinbusfahrers feststellen und teilte uns nach der ersten Begutachtung mit, dass der Tod durch Fremdeinwirkung eingetreten sein muss. Wie es aussieht, wurde der Mann erdrosselt. Im direkten Umfeld wurde nichts aufgefunden, was als Tatwerkzeug gedient haben könnte.«

»Der zweite Mann liegt zurzeit im Rettungswagen und wird hauptsächlich wegen leichter Unterkühlung behandelt, er hat aber ebenso blutige Strangulationsmale am Hals wie der Tote. Meine Kollegin nimmt seine Personalien auf, doch er ist nicht gut beieinander. Er war wohl eine Zeit lang ohnmächtig. Weiterhin haben wir alles abgesperrt und gesichert. Der Kleinbus selbst ist bis auf ein paar Rucksäcke und ein paar Bierdosen und Müll leer.«

»Waren die beiden alleine in dem Bus unterwegs, was meinst du?«, fragte Kati.

Fischer zuckte mit den Schultern. »Das wissen wir noch nicht, doch ich nehme es an.«

»Hm«, brummte Brunner und schlang sich ihren roten Wollschal enger um den Hals. »Dann sehe ich mir als erstes den Toten an. Wo liegt er?«

Was für eine dämliche Frage, dachte Kati und schüttelte angesichts der offensichtlichen Antwort leicht den Kopf. Unter der Brücke war es bisher noch ziemlich dunkel; um besser arbeiten zu können, würde die Tatortgruppe, die gerade mit zwei Einsatzfahrzeugen anrückte, bald für besseres Licht sorgen. Aber zu übersehen war der abgedeckte Körper auch so nicht.

Kati sah zu Timo hinüber. Früher, als sie noch normal zusammen gearbeitet hatten, hatten sie sich in diesen Situationen angesehen und gegrinst. Von der Leichtigkeit, die der braunhaarige Schönling ausgestrahlt hatte, war nichts mehr übrig. Er stand sogar leicht gekrümmt da, fand sie. Hielt er sich den Bauch? Er schien trotz seines warmen Daunen-Anoraks zu zittern.

Die Polizistin zeigte übereifrig zur Fundstelle und ging vor ihnen her. Der Notarzt stand in vier Meter Entfernung von der Leiche in der Nähe einer der Lampen und kritzelte seinen Befund auf einen Bogen, der auf einem Klemmbrett befestigt war.

»Morgen. Brunner mein Name. Staatsanwaltschaft Stuttgart«, stellte sich die Staatsanwältin vor.

»Grüß Gott. Häberle, Notarzt«, antwortete der Arzt und nickte ihr zu.

»Was haben wir?«

Häberle sah auf das Blatt Papier vor sich. Kati sah, dass ein Tropfen an seiner Nasenspitze hing, der jede Sekunde herunterzufallen drohte.

»Männlicher Toter, laut Ausweis trägt er den Namen Tobias Schenk. Er ist 29 Jahre alt.« Der Arzt, der sicherlich zwei Meter maß, ging mit großen Schritten zu der Leiche hinüber. Der Weg dorthin war säuberlich von den Polizisten abgesteckt worden, um möglichst wenig Spuren zu verwischen, die eventuell später wichtig werden konnten. Häberle hob die schwarze Kunststoffplane hoch, die jemand über dem Leichnam ausgebreitet hatte, sodass alle Anwesenden einen Blick auf den Mann werfen konnten. Das

Gesicht war blau angelaufen, die Augäpfel standen abnorm weit heraus, und wie ein Wurm aus einem reifen Apfel hing die Zunge blau und schlaff seitlich aus dem Mund heraus. Kati hatte so etwas schon häufiger zu Gesicht bekommen, doch der Anblick dieses relativ jungen Mordopfers ließ sie nicht kalt. Sie schüttelte den Kopf. Wer tat so etwas und aus welchem Grund? Konnten sich die Menschen nicht einfach in Ruhe lassen?

Häberle sprach weiter und riss sie aus ihren Gedanken. »Er wurde eindeutig erdrosselt. Mit größter Wahrscheinlichkeit mit einem Metalldraht. Weitere Merkmale auf Fremdeinwirkung konnte ich bei der ersten Beschau …«

Der Arzt wurde plötzlich von einem Würgen Timos unterbrochen, der eilig zwei Meter zur Seite stolperte und sich lauthals übergab.

»Nicht finden«, vollendete der Arzt den Satz und schaute verwundert in Timos Richtung. »Brauchen Sie Hilfe?«, fragte er besorgt.

Timo drehte sich bereits um und wischte sich mit einem Taschentuch den Mund ab. Gleichzeitig schüttelte er seinen Kopf. »Vielen Dank. Es geht schon.« Er sah blass aus.

Brunner grinste schelmisch. »Was sind Sie denn für ein Mädchen? Kotzen Sie immer, wenn Sie Leichen sehen? Dann sollten Sie sich vielleicht einen anderen Beruf suchen.« Sie nahm einen Schluck aus ihrem Kaffeebecher.

»Sehr witzig«, gab Timo pampig zurück. »Ich habe mir wahrscheinlich den Magen verdorben. Geht sicherlich bald vorbei.«

Frau Brunner sah ihn leicht pikiert an und wendete sich der Leiche zu, die der Arzt wieder zudeckte. »Dann ist Herr Schenk wohl ein Fall für die Gerichtsmedizin. Stellen Sie bitte sämtliche Papiere aus, ich unterschreibe sie, wenn ich mit dem anderen Herrn gesprochen habe.«

Häberle nickte. »Geht klar.«

Brunner wandte sich zum Gehen und Kati wie auch Timo folgten ihr zu dem Rettungswagen. Auf dem Weg dorthin kam Armin Beierle, der Leiter der Tatortgruppe, auf sie zu. Noch bevor Kati ihn persönlich begrüßen konnte, richtete Brunner das Wort an ihn. »Beierle. Ich habe nicht viel Zeit. Es handelt sich um das Übliche, Sie wissen schon. Das volle Programm. Besprechen Sie sich mit den Kollegen«, dabei wies sie mit dem Kopf zu Neele Fischer, »und legen Sie los.«

Beierle sah ihr mit verdatterter Miene nach. Kati grinste ihn an und tätschelte ihm freundschaftlich die Schulter. »Nimms leicht, Armin. Das Erbrochene gleich hinter der Leiche ist übrigens vom Kollegen Prinz.«

»Sehr brofessionell, Dimo. Danke au«, brummte Beierle auf Schwäbisch und verzog das Gesicht.

Timo antwortete nicht. Kati, die einen direkten Gegenschlag erwartet hatte, sah zu ihm hin. Seine Körperhaltung war immer noch gekrümmt und er hielt sich die Hand auf den Bauch. Oh Mann, dachte sie. Hoffentlich steckt der mich nicht an. So ein blödes Virus brauche ich jetzt wirklich nicht. Sie erinnerte sich daran, dass sich Florian früher oft ein Magen-Darm-Virus im Kindergarten oder in der Schule eingefangen und heimgeschleppt hatte. Manchmal hatten sie alle drei über Weihnachten mit Wärmflaschen im Bett gelegen, den Kotzeimer neben sich.

Sie waren mittlerweile beim Rettungswagen angekommen, aus dem gerade eine Polizistin heraussprang.

»Louisa Kraft«, stellte sich die Frau mit rotwangigem Gesicht und einem netten Lächeln vor und gab jedem Einzelnen die Hand, angefangen bei der Staatsanwältin.

»Ich bin ein wenig unter Zeitdruck, deshalb bitte ich Sie lediglich um eine Kurzfassung Ihrer bisherigen Erkenntnisse zu dem zweiten Opfer und zu dem Zeugen«, bat Brunner ohne Umschweife. »Alles Weitere besprechen Sie dann mit den Kollegen Prinz und Lindberg.«

Kraft sah die Staatsanwältin unsicher an, blätterte dann aber ihre Blätter des kleinen Notizblockes um. »Natürlich. Warten Sie kurz. «

Kati warf neugierig einen Blick in den Krankenwagen. Dort lag ein etwa fünfundvierzigjähriger Mann auf einer Liege. Über ihn war eine goldene Wärmedecke ausgebreitet worden und man hatte ihm zwei Katheter gelegt, durch die Kochsalzlösung in seine Venen lief.

»Bei dem Herrn hier im Wagen handelt es sich um Nick Martinez. Wohnhaft in Stuttgart, Loisiustraße 17. Diese Angaben konnte ich seinem Ausweis entnehmen, den er bei sich trug. Eine weitere Befragung war bisher nicht möglich. Der Arzt meinte, dass Herr Martinez in Kürze stabil genug dafür sein wird.« Kraft machte eine kleine Pause, schluckte und fuhr fort. »Der Arzt …«

Wie aufs Stichwort kam ein Mann aus dem Wageninnern zu ihnen und hüpfte von der Kante hinunter. »Der Arzt bin ich«, sagte er lächelnd und nickte in die Runde. »Gruber, mein Name. Roland Gruber.«

»Oh, heute sind gleich zwei Notärzte vor Ort«, sagte Brunner. »Dann schießen Sie mal los.«

»Herr Martinez ist noch stark benommen und zeigt massive Strangulierungsmale am Hals, die genauso aussehen wie die des Toten. Ich könnte mir vorstellen, dass er mit einem Gegenstand ähnlich einer Garrotte erdrosselt werden sollte.«

»Eine Garrotte?«, fragte Kati und riss die Augen auf. »Das ist doch so ein Draht mit Holzstückchen am Ende, nicht wahr?«

Der Notarzt nickte. »Genau, aber wie gesagt, ist das nur eine Vermutung. Ich interessiere mich ein wenig für altertümliche Foltermethoden.«

Polizistin Kraft schüttelte den Kopf. »Nettes Hobby«, sagte sie angewidert und sah wieder in ihre Notizen.

Gruber lächelte, doch Brunners fordernder Gesichtsausdruck ließ ihn schnell fortfahren. »Der Druck, der durch den Draht ausgeübt worden ist, war nicht so stark, dass er seine Arterien durchtrennte, was auch vorkommen kann. Sogar Köpfen wäre durch diese Methode möglich.«

Kati sah, wie Louisa Kraft angeekelt ihr Gesicht verzog. »Vielleicht ist er von irgendetwas oder von irgendjemanden gestört worden«, warf Kati ein.

»Das ist möglich«, sagte Brunner und bedeutete dem Arzt fortzufahren.

»Er hat ein Riesenglück gehabt, wenn Sie mich fragen. Er blutet zwar aus der Wunde und wird einige Zeit Probleme mit dem Schlucken und Sprechen haben, aber das wird wieder. Außerdem ist Herr Martinez leicht unterkühlt gewesen. Sein Glück war, dass Herr Meyer ihn nach seiner Nachtschicht …«

Brunner hob eine Hand. »Nur die medizinischen Details bitte«, stoppte sie den Arzt.

Gruber hob entschuldigend seine Hände und wirkte ein wenig beleidigt. »Ja, dann war es das von meiner Seite. Herr Martinez sollte allerdings so schnell wie möglich in ein Krankenhaus gebracht werden«, fügte er hinzu.

Kati mischte sich ein. »Erst müssen wir mit ihm reden. Wir müssen wissen, was er gesehen hat, ob er jemanden erkannt hat.« Sie hielt inne, da aus dem Inneren des Krankenwagens plötzlich eine schwache Stimme zu ihnen drang. Alle Anwesenden drehten ihre Köpfe.

»Wo ist er?«, krächzte Martinez heiser.

Kati ergriff als erste die Initiative, drängte sich an Brunner, Kraft und Timo vorbei und stieg in den Rettungswagen. Sie ergriff Martinez‘ Hand, drückte sie sanft und lächelte ihn an. Ein weißer Verband schützte die Wunde an seinem Hals. »Lindberg, Kriminalpolizei Stuttgart.« Der Mann sah sie mit verwirrten Augen an. Sie machte eine winzige Pause und sprach weiter. »Herr Martinez, wissen Sie …«

»Wo ist er?«, unterbrach er sie erneut. Die Augen des Mannes wanderten unruhig von ihr zu den Flügeltüren, die trotz der Kälte weit aufstanden. Brunner, die mit ihrer Körpergröße von 1,55 Meter mehr Probleme hatte, in den Rettungswagen zu steigen, ließ sich von Louisa Kraft hochhelfen.

»Wen meinen Sie?«, fragte Kati. »Den Busfahrer? Herrn Schenk?«

Martinez schüttelte den Kopf. »Nein, meinen Sohn.«

Kati sah ihn überrascht an. »Ihren Sohn?«

Brunner mischte sich ein und wendete sich an den Arzt. »Haben Sie noch jemanden hier aufgefunden?«

Dr. Gruber kniff kurz die Augen zusammen. »Nein, es waren nur die beiden Männer.«

»Wo ist mein Sohn?«, krächzte Martinez nun lauter. Dabei bäumte er sich auf und versuchte, nach draußen zu sehen.

Kati drückte ihn sanft zurück auf die Liege. »Herr Martinez! Bitte legen Sie sich wieder hin.«

Doch der Mann leistete Gegenwehr und versuchte weiter, von der Liege aufzustehen. Sein Blick raste unablässig hin und her und nahm fast irre Züge an.

Gruber kam ihr sofort zu Hilfe. »Bitte Herr Martinez, seien Sie vernünftig. Legen Sie sich wieder flach hin. Wir werden alles weitere für Sie regeln, das verspreche ich«, sagte Gruber.

Der Mann sah ihn mit aufgerissenen Augen an und folgte seinen Anweisungen nur sehr zögerlich.

»Sie verstehen nicht«, röchelte der Verletzte. »Er war mit mir im Bus.« Er stockte und sprach leise weiter. »Mit mir und den anderen Jungs und …«

Kati sah alarmiert zu Brunner und Timo, der immer noch draußen vor dem Krankenwagen stand.

Brunner suchte den Blick des aufgewühlten Mannes.

»Heißt das, sie waren zu mehreren bei der Fahrt? Von welcher Personenanzahl reden wir hier?«

»Personenanzahl?«, stammelte Martinez und wirkte zunehmend verwirrt.

»Wie viele Jungs waren dabei und um wen handelt es sich?«, versuchte es Kati auf ihre Art und warf einen vieldeutigen Blick auf Brunner. Eins hatte sie gelernt. Man musste es simpel halten. So drang man am besten zu den Leuten vor.

»Drei. Mein Sohn Finn, dann noch Aaron, Maxim und Zoe.«

»Ein Mädchen war also auch noch dabei?«, fragte Kati nach. »Also zusammen vier?«

Martinez nickte.

»Und wie alt sind die Kinder?«, fragte Frau Brunner.

Verdammt, dachte Kati. Die Situation wurde immer brisanter. Jetzt hatten sie es nicht nur mit der Suche nach einem Mörder zu tun, sondern auch noch mit einer mehrfachen Entführung.

»Siebzehn«, antwortete er und seine Augen füllten sich mit Tränen. »Wo sind die denn alle?«, fragte er mit zittriger Stimme.

Kati presste die Lippen zusammen und sah zu Brunner. Sie war ratlos, in ihrem Kopf wirbelten die Gedanken wie ein Kettenkarussell im Kreis. Die Tatsache, dass sich mehrere Jugendliche im Bus befunden hatten und nun nicht aufzufinden waren, konnte allerdings vieles bedeuten.

Kati schüttelte den Kopf. »Herr Martinez ...«, begann sie, dann hielt sie kurz inne, weil ein Geräusch von draußen sie ablenkte. Timo musste anscheinend schon wieder kotzen. Was für ein Weichei, dachte sie.

Sie wendete sich wieder dem Mann zu. »Herr Martinez, wissen Sie, dass jemand den Busfahrer Tobias Schenk erdrosselt hat und mit Ihnen genau das Gleiche versucht hat?«

Martinez' Augen wurden groß und wanderten von Kati zum Arzt und dann zu Brunner. »Was?« Er griff sich an den Hals und anscheinend wurde ihm erst jetzt bewusst, warum er einen Verband trug. »Jemand wollte mich umbringen?«, stotterte er ungläubig. »Wollte meinen Tod? Und was ist mit den Kindern?«

»Herr Martinez«, mischte sich Brunner ein. »Ich weiß, es geht Ihnen nicht gut, aber wir benötigen dringend Ihre Mithilfe. Vor Ort haben wir keine Jugendlichen angetroffen. Die sind wohl noch am Leben. Der Busfahrer wurde getötet, Sie selbst sind dem Tod nur knapp entronnen. An was können Sie sich noch erinnern? Denken Sie bitte nach.«

Anstatt zu antworten, ließ Martinez resignierend den Kopf aufs Kissen fallen, schloss die Augen und fing laut an zu schluchzen.

Kati hörte, dass Brunner leise stöhnte. Kati konnte ihre Ungeduld durchaus nachvollziehen. Sie legte eine Hand auf Martinez' Schulter und sprach ihn vorsichtig an. »Staatsanwältin Brunner hat recht. Wenn wir denjenigen finden sollen, der Tobias Schenk und Ihnen das angetan hat, brauchen wir Informationen von Ihnen. Bitte erzählen Sie uns alles, woran Sie sich erinnern können. Dann finden wir sicher auch ihren Sohn und die anderen Teenager.«

Martinez wischte sich mit dem Handrücken die Tränen weg und riss dabei fast einen der Infusionsschläuche heraus.

Gruber reichte es jetzt. »Ich kann das nicht länger zulassen! Sehen Sie ihn doch an! Der Mann ist am Ende. Ich muss Sie jetzt dringend bitten, den Krankenwagen zu verlassen!« Er wies mit der Hand zur Tür und bedeutete den beiden Frauen auszusteigen.

»Aber …«, setzte Brunner an.

»Nichts aber!«, fuhr ihr Gruber über den Mund. »Das ist mein Krankenwagen und mein Patient! Gehen Sie bitte! Sie können ihn meinetwegen später im Krankenhaus befragen, sobald er stabil genug ist.«

Die Ansage: ›Das ist mein Krankenwagen und mein Patient‹ erinnerte Kati an die Aussage, die Georg Hettkamp bei Leichenschauen bereithielt. Sein Wortlaut ging etwas anders. Er sagte: ›Mein Tatort – meine Leiche‹. Und alle mussten solange von dem Toten wegbleiben, wie er es für richtig hielt. Inzwischen war der Gerichtsmediziner jedoch etwas lockerer geworden und sah das Ganze nicht mehr so verbissen. Dabei bildete sich Kati ein, das könnte vielleicht mit ihr zusammenhängen.

»Ich erinnere mich wieder«, hörte Kati die Stimme von Martinez.

»Ja?«, ging Kati sofort auf ihn ein und warf dabei einen bittenden Blick zu Gruber.

Dieser seufzte und nickte ihr zu.

Kati trat zurück an die Liege und sah den Mann auffordernd an.

»Wir waren in Köln bei einem Konzert«, begann Martinez zögerlich. »Ich habe die Gruppe begleitet, ihre Eltern wollten das so.«

Kati hätte am liebsten sofort gefragt, wer denn die Eltern der Jugendlichen seien, doch sie wollte ihn nicht gleich unterbrechen.

»Ich arbeite in der Firma der Eltern als stellvertretender Leiter in der Spiele-Entwicklung. Sie haben mich gebeten mitzufahren, da ich bei ihnen eine besondere Vertrauensstellung einnehme. Sie selber mussten am Wochenende einen Empfang geben. Die Präsentation eines neuen Spiels …«

Kati unterbrach ihn jetzt doch. »Ist das nicht ungewöhnlich, dass Sie als Spieleentwickler bei der Präsentation nicht anwesend waren und stattdessen die Jugendlichen begleiten sollten?« Sie dachte dabei an Florian, der solche Unternehmungen immer alleine organisierte und ganz bestimmt keinen Erwachsenen im Schlepptau haben wollte.

Martinez‘ Mundwinkel zuckte. »Sie kennen weder die Eltern noch die Kinder.« Er machte eine kurze Pause. »Meine Chefs wollten es so und ich kann ganz gut auf den Trubel bei so einem Empfang verzichten.«

Kati nickte. »Gut, dann erzählen Sie weiter.«

»Auf dem Rückweg waren alle sehr guter Laune. Es wurde viel getrunken. Vor allen Dingen Bier. Kurz vor Stuttgart, die anderen drei waren wohl eingedöst, musste Maxim plötzlich dringend auf die Toilette. Deswegen steuerte Tobias eine Raststätte an.« Martinez benetzte seine Lippen. »Es war Nacht. Vielleicht so Viertel vor vier morgens. Sämtliche Parkplätze waren von Lastern besetzt, sodass wir gerade noch so am Parkplatzende einen Platz fanden. Während Maxim in die Büsche ging, weil ihm der Weg zur Toilette zu weit war, rauchten Tobias und ich eine. Der Junge kam nach zwei Minuten zurück, er stieg ein und wir rauchten unsere Zigaretten zu Ende.«

»Und was passierte dann?«, fragte Staatsanwältin Brunner ungeduldig.

»Ich stieg nach Tobias in den Bus …« Er stockte erneut. »Und dann war da plötzlich dieser starke Schmerz, hinten am Kopf. Dann wurde alles schwarz.«

»Man hat sie also auf dem Rastplatz überfallen«, schloss Kati, »und Sie sind erst vorhin wieder zu Bewusstsein gekommen, als der Herr Meyer Sie gefunden hat?«

Martinez nickte.

»Ich kann bestätigen, dass Herr Martinez eine Platzwunde am Hinterkopf hat. Die habe ich schon genäht. Hatte ich vergessen zu erwähnen«, ergänzte Gruber.

»Haben Sie denn auf dem Parkplatz irgendjemanden gesehen, der Ihnen verdächtig vorkam, oder jemanden, der Ihnen mit dem Auto gefolgt ist?«, fragte Timo, der jetzt wieder draußen vor dem Rettungswagen stand und hineinsah. Immer noch erschreckend blass, wie Kati fand.

»Das geht jetzt wirklich nicht mehr so weiter«, rastete Dr. Gruber aus. »Sie können Ihre Befragung hier nicht weiter durchführen. Der Patient braucht jetzt Ruhe. Ich trage momentan die Verantwortung für ihn. Sie können die Befragung später im Krankenhaus weiterführen, aber erst, wenn er wieder stabil ist.«

»Aber er will doch aussagen«, wand Brunner ein, als es draußen plötzlich laut und unruhig wurde. Neele Fischer lief auf den Notarztwagen zu.

»Wir brauchen sofort einen Arzt!« Sie zeigte die Straße hinunter. »Dort hinten haben wir einen jungen Mann gefunden, der in einem Graben liegt. Sein Gesicht sieht ziemlich lädiert aus und die Kälte hat ihm stark zugesetzt.«

Martinez setzte sich auf. »Finn? Ist es Finn?« Seine Stimme klang mehr wie das Krächzen eines Papageis.

Kati konnte seine Aufregung gut verstehen.

»Das Wichtigste ist, dass der Junge überlebt. Seinen Namen kennen wir noch nicht. Wir brauchen jetzt sofort einen Arzt!«

Kati ließ keine Sekunde verstreichen, hüpfte vom Wagen und sah zu Häberle, der offensichtlich mit der Leiche fertig war und mitbekommen hatte, dass noch jemand gefunden worden war.

»Bleiben Sie bei Martinez«, rief sie Gruber zu. »Dr. Häberle kommt mit uns.«

Neben Kati liefen auch Timo und zwei Sanitäter des zweiten Rettungswagens los, die sich vorher um den Zeugen Uwe Meyer gekümmert hatten.

Mittlerweile war es heller geworden, der Boden war nicht mehr so glatt, doch die Umgebung wirkte immer noch wie in graue Watte gepackt. Kati lief, so schnell es ihr möglich war, zu der Stelle, die ihnen Neele Fischer vorher gezeigt hatte. Dort bemühte sich bereits ein weiterer Kollege um den Jungen. Er hatte den Kopf des Teenagers auf seinen Schoß gelegt und streichelte ihm übers Haar.

»Jetzt kommt Hilfe«, sagte er und sah zu Kati nach oben.

»Ist er bei Bewusstsein?«, fragte sie. Zeitgleich mit ihr waren auch die Sanitäter angekommen.

Der Polizist nickte. »Ja, er ist gerade aufgewacht.«

Die beiden Sanitäter und der Arzt stiegen in den Graben hinunter, um dem verletzten und unterkühlten Jungen zu Hilfe zu eilen.

In dem Moment kamen Timo und Neele Fischer an. Beide hatten hochrote Gesichter. Timo war außer Atem und hielt sich den Bauch.

»Vielleicht solltest du lieber nach Hause fahren«, sagte Kati und sah ihn besorgt an.

»Quatsch«, fuhr Timo sie an. »Das ist doch nur eine kleine Magenverstimmung. Sag mir lieber, wie es dem Jungen geht. Ist das Finn?«

Kati folgte seinem Blick in den Graben. »Das werden wir wohl gleich erfahren.«

Die Sanitäter hoben den Körper des Jungen an und betteten ihn vorsichtig auf die vor ihnen platzierte Rolltrage.

Kati fiel auf, dass das Shirt des Jungen blutig war. Stammte das alles von den Wunden im Gesicht? Sie wartete, bis die Männer die Trage auf die Straße gehoben hatten. Dann trat sie an den Jungen heran. Sie sah, dass es ihm schlecht ging, aber sie musste wissen, wer er war. Der braunhaarige Teenager hatte seine Augen geschlossen. Das rechte war komplett zugeschwollen. Sie zögerte kurz. »Hallo, mein Name ist Kati Lindberg, ich bin von der Kriminalpolizei.«

»Muss das jetzt sein?«, fragte Häberle und warf ihr einen verärgerten Blick zu. »Sie sehen doch, dass es ihm schlecht geht.«

»Bitte, nur ganz kurz.«

»Aber wirklich nur kurz«, bat sich der Notarzt aus.

Kati nickte und drehte sich zurück zu dem Jungen. Er hatte sein linkes Auge inzwischen geöffnet und sah sie müde an. Die ganze rechte Seite war blau angelaufen und teilweise aufgeplatzt, ebenso die Lippe, auf der das ausgetretene Blut bereits getrocknet war.

»Ich habe nur ein paar kurze Fragen an dich«, sagte sie und streichelte ihm fürsorglich über die Hand. Er nickte.

Die Sanitäter zogen unter der Liege eine Wärmedecke hervor und legten sie über den Jungen.

»Ist dein Name vielleicht Finn? Finn Martinez?«

Der junge Mann nickte schwach.

Kati lächelte ihn an. Sein Vater würde sich freuen. »Weißt du, was passiert ist, Finn?«, fragte sie weiter. Sie bemerkte, dass sich Timo neben sie gestellt hatte.

»Jemand hat euch auf einem Raststätten-Parkplatz angegriffen. Dein Vater …«, sagte Timo, doch Finn unterbrach ihn.

»Mein Vater? Wo ist er?«, fragte er mit dünner Stimme.

Er tat Kati unendlich leid, wie er so da lag. »Deinem Vater geht es gut«, sagte sie, um den Jungen nicht zu verunsichern.

»Wir müssen los!«, drängte Häberle mit scharfer Stimme. Er gab den Sanitätern das Zeichen zum Aufbruch. Kati und Timo liefen neben ihnen her.

»Und was ist mit den anderen?«, fragte Finn weiter.

Kati warf Timo einen fragenden Blick zu, doch der schüttelte nur den Kopf. Sie beschloss, die Frage des Jungen vorerst zu übergehen. »Finn, an was erinnerst du dich? Was ist auf dem Rastplatz passiert?«, fragte sie stattdessen.

»Ich …«, begann er, »ich hatte geschlafen und wurde irgendwie wach. Maxim ist durch den Bus gegangen und hat sich hingesetzt. Dann stieg erst Tobias in den Wagen und dann mein Vater. Ich glaube, er fiel hin. Plötzlich war alles voll von beißendem Rauch. Ich habe keine Luft mehr gekriegt, ich musste husten und meine Augen tränten.«

»Und von da an weißt du nichts mehr?«, fragte Timo.

Finn schluckte und schüttelte seinen Kopf. »Bevor es ganz dunkel wurde, konnte ich gerade noch etwas sehen.«

»Und was war das?«, fragte Kati und sah nach vorne. Sie näherten sich immer mehr den beiden Krankenwagen. Sobald sie die erreicht hatten, würden sie sicher keine Fragen mehr stellen dürfen.

»Da tauchte plötzlich jemand im Rauch auf, wie aus dem Nichts. Er trug eine Gasmaske.«

Kati staunte. Das hörte sich sehr nach einem professionellen Überfall an.

Sie waren an den Rettungswagen angekommen. Frau Brunner saß bei Martinez und redete mit ihm.

»Vielen Dank, Finn«, sagte Kati.

»Wir müssen ihn in den Wagen schieben«, drängte Häberle.

»Eine Sache noch«, sagte Kati mit Nachdruck. »Warum ist sein Shirt so blutig? Ist das nur von den Gesichtsverletzungen oder fehlt ihm sonst noch etwas?«

Häberle sog tief Luft ein. Es war nicht zu übersehen, dass Kati ihn gehörig nervte. »Er hat am Bauch leichte Schnittverletzungen. Nur oberflächlich. Ich konnte noch nichts Genaues erkennen.«

Timo mischte sich ein. »Könnten Sie uns die Verletzungen bitte noch kurz zeigen?«

Häberle legte den Kopf zur Seite, als könne er die Dreistigkeit der Polizisten nicht fassen. Dann sah er kurz zu Finn und machte sich daran, die Decke anzuheben.

Staatsanwältin Brunner kletterte vom anderen Krankenwagen hinunter. »Und? Ist es Finn?«

Kati streckte einen Daumen nach oben. »Ja. Sie können Herrn Martinez beruhigen. Es geht dem Jungen den Umständen entsprechend gut. Er wird ebenfalls gleich abtransportiert.«

»In Ordnung«, sagte Brunner und stieg wieder in den Wagen.

»Kati«, drang Timos Stimme an ihr Ohr. Der Klang seiner Stimme beunruhigte sie.

»Was?«, fragte sie und sah ihn an.

Er zeigte mit seinem Kopf in Richtung des Jungen.

Kati senkte den Blick auf den Bauch von Finn, den der Arzt gerade vorsichtig von dem ausgetretenen Blut befreite.

Was sie dort sah, ließ sie zurücktaumeln. »Nein!«, stammelte sie. »Nein.«

5

»1-2-8-4«, las Timo laut vor.

»Das kann nicht sein.« Katis Stimme klang zittrig. Nicht schon wieder, dachte sie, als sie die auf Finns Bauch eingeritzten Zahlen sah. In ihr stiegen Bilder auf. Bilder aus dem letzten Sommer, in dem sie ein Wahnsinniger aus Rache fast umgebracht hatte. Er hatte seine Opfer bestialisch abgeschlachtet und auf verschiedene Art und Weise Zahlen und Buchstaben bei ihnen hinterlassen. Genau wegen dieses Falls, wegen dieses Wahnsinnigen, war sie wochenlang in Therapie gewesen. Und nun?

War jetzt schon wieder so ein Verrückter unterwegs? Kati spürte, wie sich ihr Hals zuschnürte. Sie sah zu ihrem Wagen. Sie könnte dort hingehen, einsteigen und wegfahren. Weit wegfahren. Es wäre ganz einfach.

Sie zitterte am ganzen Leib. Trotzdem trat Schweiß auf ihre Stirn. Nein, nein, das durfte sie nicht. Die Therapeutin tauchte vor ihrem inneren Auge auf. Sie hatte mit ihr nach einer anderen Lösung gesucht. Der Kiesel!

Kati griff in ihre linke Manteltasche und suchte nach dem Stein. Ihrem Lebensretter in solchen Situationen. Er war glatt und unnachgiebig. So sollte sie selbst auch sein, hatte ihre Therapeutin gesagt. Sie sollte glatter werden.

Sie starrte auf die Ziffern. Keuchte. Alles an sich abperlen lassen, aber nicht abstumpfen. Nein, abstumpfen wollte sie auf gar keinen Fall. Sie wollte in ihrem Beruf empathisch bleiben, aber nicht daran zerbrechen. Wo war der Kiesel nur? Sie keuchte schwer, konnte den Blick jedoch nicht vom Bauch des Jungen abwenden. Sie tastete hektisch in beiden Manteltaschen herum. Scheiße! Wo war er bloß? Ihr Mageninhalt begann, sich seinen Weg zu bahnen. Zu spät. Sie würgte, torkelte ein paar Schritte neben den Krankenwagen und erbrach sich.

Als außer Galle nichts mehr kam, richtete sie sich wieder auf und suchte in ihrer Manteltasche nach einem Taschentuch.

Timo war, ohne dass sie es bemerkt hatte, neben sie getreten und reichte ihr ein frisches.

Sie sah ihn dankbar an. »Danke dir.« Sie tupfte sich die Lippen ab und wollte das Tuch in ihre Hosentasche stecken, als sie dort etwas Hartes spürte. Ihren Kiesel. Ihren glatten Flusskiesel. Da war er. Erleichtert nestelte sie ihn hervor und ließ ihre Hand mit dem Kiesel in der Manteltasche verschwinden. Glatt und hart. Ich bin glatt und hart, wie der Stein in meiner Hand. So eine Situation kann mich nicht zerstören.

»Gehts wieder?«, fragte Timo und berührte sie an der Schulter.

Sie nickte. »Ja. Es war nur eine Art Déjà-Vu.«

»Ich weiß«, antwortete er und blickte wissend in den dunklen Morgen. »Ich weiß.«

Gemeinsam wendeten sie sich dem Jungen zu. Die Sanitäter deckten ihn gerade sorgfältig zu.

Finn sah sie verwirrt an. »Was hat das zu bedeuten? Was sollen die Zahlen auf meinem Bauch?«

Bevor Kati oder Timo antworten konnten, meldete sich Dr. Häberle zu Wort. »Ich weiß nicht, was das bedeutet, aber wir müssen jetzt los«, sagte der Arzt. »Wir bringen ihn ins Robert Bosch.« Dann schoben die Sanitäter die Liege in den Wagen und schlossen die Türen von innen. Dreißig Sekunden später fuhr der Rettungswagen mit Blaulicht los.

Auch der zweite Wagen setzte sich in Bewegung.

Frau Brunner kam auf sie zu. »Beruhigend, dass wenigstens einer der Jugendlichen gefunden wurde.«

»Man hat ihm Ziffern auf den Bauch geritzt«, brachte Kati mit Mühe hervor.

Brunner sah beide irritiert an. »Wie? Ziffern geritzt? Mit einem Messer?«

»Ja, wahrscheinlich. Man erkennt dort die Folge 1-2-8-4«, erklärte Timo. Sein Blick ging von Brunner zu Kati.

»Was soll das bedeuten?«, fragte die Staatsanwältin. »Und was hat der Junge sonst noch erzählt?« Sie sah auffordernd zu Kati, doch die schüttelte nur ihren Kopf, unfähig zu sprechen.

»Keine Ahnung, was das mit den Ziffern auf sich hat«, sagte Timo. »Er gab aber an, dass er gesehen hat, wie sein Vater gestürzt ist. Danach war plötzlich alles voll mit Rauch, und kurz, bevor er ohnmächtig wurde, hat er noch gesehen, wie ein Mann mit Gasmaske im Bus auftauchte.«

»Der mutmaßliche Entführer«, sagte Brunner.

Timo nickte. »Anzunehmen.«

»Konnte er Kleidung oder Haarfarbe beschreiben?«

»Nein«, antwortete Timo. Er sah die Straße hinunter. »Jetzt haben Sie Martinez fahren lassen und er hat uns noch nicht einmal die Nachnamen der anderen Teenager gesagt, ganz zu schweigen von möglichen Motiven. Sind die Eltern reich? Gehts vielleicht um Lösegeld?«

»Mit dem Zeugen haben wir auch nicht gesprochen«, sagte Kati roboterhaft und sah zu ihrem Wagen. In ihrem Kopf kreisten unablässig Gedanken, seit sie die Ziffern auf dem Bauch des jungen Mannes gesehen hatte. Scheiß auf den Kiesel, dachte sie und ließ ihn los. 1-2-8-4. Geritzt in den Bauch des Jungen. Auf gar keinen Fall würde sie sich noch einmal auf so etwas einlassen. Kranke Psychopathen, die nicht nur Lust am Foltern und Morden empfanden, sondern auch die Polizei in ihr Katz-und-Maus-Spiel mit einbezogen. Nein. So etwas wollte sie auf gar keinen Fall noch einmal durchmachen. Alles, nur das nicht!

»Das Team hat durchaus schon etwas geleistet«, warf die Staatsanwältin ein. »Die vorläufige Zeugenaussage hat Frau Kraft bereits aufgenommen. Ich selbst habe, die weiteren Namen der Jugendlichen für Sie erfragen können, als Sie bei dem Jungen waren.« Brunner reichte Kati einen Zettel, auf dem drei weitere Namen standen.

»Ich nehme an, es geht um Lösegeld. Wenn die Eltern eine Firma haben, die Spiele entwickelt, wird da genug Geld vorhanden sein. Ich werde jetzt ins Präsidium fahren. Melden Sie sich, wenn Sie wieder dort eintreffen. In der Zwischenzeit kläre ich alles Nötige und stimme mich mit dem Polizeipräsidenten ab. Es muss dringend eine Soko gegründet werden. Sie brauchen mehr Leute und wir müssen die Eltern benachrichtigen und Fangschaltungen legen, falls tatsächlich Lösegeldforderungen eintreffen sollten.«

Ohne ein weiteres Wort drehte sie sich um und ging zu ihrem Wagen.

Kati sah ihr hinterher. Sie war kaum in der Lage, klar zu denken, doch eines hatte sie wahrgenommen. Frau Brunner war energisch und mischte sich fast zu sehr in ihre Arbeit ein.

Sie zog ihren Mantel enger um sich und wendete sich Timo zu. »Da du ja zurzeit das Sagen hast: Ich werde mich nicht daran beteiligen, diesen Irren zu jagen! Ich denke, das verstehst du.«

Timo riss seine Augen auf. »Schon klar, dass dir das nicht leicht fällt«, brachte er vor, doch Kati ließ ihn nicht ausreden.

»Das Einzige, was ich machen werde, ist die Witwe des Busfahrers aufzusuchen. Dann bin ich raus aus der Sache! Ich hatte mir schon während der Therapie überlegt, einen Versetzungsantrag in eine andere Abteilung zu stellen.«

Timo riss aggressiv seine Arme hoch. »Toll! Und?«, schrie er sie an. »Warum hast du nicht? Da wäre uns allen viel erspart geblieben.«

Kati kniff ihre Augen zusammen. »Erspart geblieben?« Sie tippte ihm gegen seine rechte Schulter. »Das einzige, was dich schert, ist deine verletzte Eitelkeit, weil ich dich abgewiesen habe und nun mit Hettkamp zusammen bin.« Während sie sprach, stieß sie immer wieder weiße Atemwolken in die kalte Luft.

Timo stand vor ihr und sagte nichts. Sah sie nur mit traurigen Augen an. Sie hatte den Nagel auf den Kopf getroffen und endlich war es mal ausgesprochen worden.

»Timo? Kati?«, rief plötzlich Armin Beierle hinter ihnen.

Timo presste seine Lippen zusammen, warf noch einen Blick zu Kati und drehte sich um. »Ja, Armin?«

Kati, die kurz den Atem angehalten hatte, weil sie mit einer aufbrausenden Reaktion von Timo gerechnet hatte, atmete aus. Wie sollte sie unter diesen Voraussetzungen weiter mit ihm arbeiten? Professionelle Zusammenarbeit sah anders aus. Während ihrer Therapiestunden war sie zu dem Ergebnis gekommen, dem Ganzen bei der K1 noch mal eine Chance zu geben, weil sie mit Sarah und Schütte so hervorragend auskam. Nun ging Schütte weg, das Verhältnis zu Timo hatte sich nicht gebessert und wer wusste schon, wer ihr nächster Chef werden würde? Sie schüttelte den Kopf. Ihr Entschluss stand fest. Diesen Tag würde sie noch durchziehen, sich danach krankmelden und in der Zeit, in der sie zu Hause war, den Versetzungsantrag stellen. Sie straffte ihren Rücken und ging Timo hinterher.

Beierle, der wie alle anderen der Tatortgruppe einen weißen Ganzkörperoverall trug und darin wie ein verhärmter Schneemann aussah, schwenkte einen Gegenstand in der Luft.

»Was hast du da?«, fragte Timo ihn, als er bei ihm ankam. Er ließ sich das dosenähnliche Teil zeigen. Kati trat neben ihn.

»Siehd no einr Rauchbomb aus«, sagte Beierle. »Hab i undr einem der vordera Sidze gfonda. Wurd au gzünded.«

Kati nickte ihm zu. »Ja, das deckt sich mit der Aussage des Jungen. Er sprach von einer plötzlichen Rauchentwicklung im Bus, als sie noch auf dem Parkplatz waren. Außerdem muss da eventuell noch ein Betäubungsgas mit beigemischt gewesen sein. Alle Insassen des Busses wurden ohnmächtig und der Entführer selbst trug eine Gasmaske.«

»Lass das bitte im Labor untersuchen, Armin«, sagte Timo. Seine Stimme hörte sich in Katis Ohren gequält an. »Was habt ihr noch in dem Bus gefunden? Blutspuren, irgendwas Drahtähnliches, womit er die Opfer attackiert haben könnte?«

Armin Beierle spitzte die Lippen. Sein Gesicht wirkte unter der weißen Kapuze so klein wie das eines Kindes. »Bludschbura han mir. Isch abr ned vil. Koi Drahd, koi Waffa, abr viele Bierdosa, no mehr Wodka-Feige-Fläschcha ond oi baar Ruggsägge.«

»Was war dort drin?«, fragte Kati.

»Des übliche Jugendglomb. Handys, Kobfhörr, Kondom, Kaugummi.«

»Hm, okay, Armin. Macht einfach weiter und schickt uns dann die Ergebnisse und Berichte so schnell wie möglich.«

Beierle nickte. »Zu Dienschde.« Er drehte sich um und stapfte zurück zum Bus.

»Wo sind bloß die anderen Teenager? Warum hat er Finn in den Graben geworfen und ihn nicht auch mitgenommen?«

»Vielleicht sollte er nur der Überbringer einer Nachricht sein«, sagte Kati.

Timo ging darauf nicht ein, sondern sah sich unter der Brücke um. »Hatte er hier einen anderen Wagen stehen, hat er sie umgeladen und ist mit ihnen fort?« Plötzlich krümmte er sich und verzog das Gesicht. »Ah!«, stöhnte er.

Kati trat auf ihn zu und wollte ihn stützen, doch er schlug ihre Hand weg. »Lass!«, sagte er barsch. »Es geht schon.« Er richtete sich wieder auf.

Kati sah ihn zweifelnd an. »Willst du nicht lieber zum Arzt?«

»Er musste doch damit rechnen, dass jemand hier vorbeifahren und ihn bei der Aktion entdecken würde«, machte Timo weiter, als wäre nichts gewesen.

»Es war Nacht«, sagte Kati. »Und fast kein Verkehr. Auf dieser kleinen Nebenstraße fahren kaum Leute, weil die Straße so viele Schlaglöcher hat.«

»Trotzdem gefährlich«, widersprach Timo. »Er hat wahrscheinlich vier bewusstlose Menschen von einem Wagen zum anderen getragen.«

»Ich glaube, ich weiß, wie er es gemacht hat«, sagte Kati.

Timo sah sie fragend an. »Ach ja?«

»Sind dir auf der Herfahrt nicht auch die Straßenabsperrungen und der kleine Bagger aufgefallen? Die könnte er während der Zeit des Umladens aufgestellt haben.«

»Dann müssten in der anderen Richtung auch welche sein«, überlegte Timo und wirkte skeptisch.

Kati nickte. »Vielleicht hat er den Bagger sogar kurzgeschlossen, um ihn für kurze Zeit in den Weg zu stellen. Lass uns das überprüfen und dann von hier verschwinden«, schlug sie vor.

6

Kati setzte zurück und stellte ihren Wagen auf dem Parkplatz des Polizeipräsidiums ab. Sie zog den Autoschlüssel ab, stieg aber nicht sofort aus, sondern starrte gedankenverloren auf die kahlen Weinberge.

Sie hatte sich bei Timo durchgesetzt und war, nachdem sich ihr Verdacht bezüglich der Straßensperre und des Kurzschließens des Baggers bestätigt hatte, zu der Witwe des Busfahrers gefahren. Frau Schenk hatte ihr mit einem fröhlichen Lächeln, einem Baby auf der Hüfte und einer Zweijährigen am Oberschenkel die Tür geöffnet. Frischer Kaffeeduft und ein Hauch von aufgebackenen Brötchen war an Katis Nase gedrungen. »Da bist du ja endlich!«, hatte sie ihren Satz begonnen.

In dem Moment war Kati zum zweiten Mal an diesem Tag hundeschlecht geworden. Am liebsten hätte sie auf dem Absatz kehrtgemacht und wäre weggefahren.

Nachdem Kati sich vorgestellt hatte und sie reingebeten worden war, forderte sie die junge Frau auf, sich hinzusetzen. Der Rest, das Überbringen der Todesnachricht, war wie immer Horror pur gewesen. Ungläubigem Starren folgte Weinen, Schreien, Fragen nach den Gründen. Fragen nach dem ›Wie‹.

Sie hatte versucht, so einfühlsam wie möglich auf Frau Schenk einzugehen, sie zu beruhigen und zu versprechen, den Mörder ihres Mannes zu finden. Dass er wahrscheinlich nur ein Bauernopfer gewesen war, jemand, der dem Entführer einfach nur im Weg gestanden hatte, hatte sie nicht erwähnt.

Der Wagen kühlte langsam aus, ihr wurde kalt. Mit

einem kleinen Seufzer öffnete Kati die Wagentür. Sie würde jetzt nach oben gehen, Timo mitteilen, wie es bei Frau Schenk gelaufen war, und dann würde sie zum Arzt fahren. Wenn ihr Hausarzt sie nicht wegen einer Magen-Darm-Verstimmung krankschrieb, würde sie ihren Psychotherapeuten aufsuchen. Vor ihrem geistigen Auge tauchten die auf den Bauch geritzten Ziffern auf. Sie durchfuhr ein kaltes Grauen. Sie merkte, wie die Erinnerungen an den letzten Sommer trotz Therapie immer noch wie ein Krebsgeschwür in ihrem Hirn wucherten. Auf gar keinen Fall würde sie weiter an diesem Fall arbeiten!

Drei Minuten später betrat sie das Gebäude, lief die Treppen zum zweiten Stock hoch und begab sich zu Schüttes Büro, wo sie Timo Prinz vermutete.

Sie klopfte, öffnete die Tür und betrat den Raum, ohne eine Antwort abzuwarten. Anstatt auf Timo zu stoßen, drehte sich Laura Kienle zu ihr um, die gerade eine Tasse Tee auf den Schreibtisch stellen wollte. Ein zarter Kamillenduft stieg Kati in die Nase, der ihre Sinne aber nicht anregte. Sie war eher eine ›Kaffeetante‹, wie Sarah Koch, ihre Lieblingskollegin, sie immer nannte.

Laura Kienle sah sie lächelnd an. »Frau Lindberg. Des freid mi abr, dess Se wieder da sind! Gehds Ihna wieder besser?« Die Schwäbin, die Kati nur mit blonder Mähne kannte, hatte sich in der Zwischenzeit ihre Haare rot gefärbt. Die viele Schminke und das graue Kostümensemble kamen Kati jedoch vertraut vor.

Kati fiel es schwer, sie belügen zu müssen, doch es blieb ihr nichts anderes übrig, wenn sie bei ihrer Geschichte bleiben wollte. »Frau Kienle!«, begrüßte sie die Sekretärin herzlich. »Es geht mir leider nicht so gut, wie ich es mir wünschen würde.« Ihr Mund wurde mit jedem Wort trockener. Ihr Blick wanderte unbewusst zu dem Tee. Wie gern würde sie jetzt einen Schluck davon trinken. »Anscheinend ist es Herrn Prinz bereits gelungen, mich mit seinem Virus anzustecken.«

Kienle sah sie mit großen Augen überrascht an. »Was? Wirklich? Des muss abr oi aggressivr Virus sai. Vielleichd sollde i liebr Mundschudz ond …«

»Wo ist denn Herr Prinz?«, unterbrach Kati die Sekretärin in freundlichem Ton.

»Der hadde Magenkrämbfe ond isch in Richdung Klo ganga. Also wenn Se mi fraga, gehörd der ins Bedd. Mi würd's ned wundern, wenn er Fiebr häd.«

»Das habe ich ihm auch geraten«, erwiderte Kati. »Sonst steckt er noch das ganze Präsidium an. Wie lange ist er denn schon weg?«

Kienle sah auf die Wanduhr. »Oi vierdl Schdund vielleichd.«

Kati hob die Augenbrauen. »Eine viertel Stunde? Das ist aber ganz schön lang. Ich muss dringend mit ihm reden.« Sie drehte sich um und ging in Richtung Flur. »Ich sehe mal nach ihm. Vielleicht ist er ja noch woanders hingegangen. Bis gleich.«

Unterwegs ein paar der Kollegen grüßend, machte sich Kati auf den Weg zu den entfernt liegenden Toiletten. Es war kein männlicher Kollege mehr in der Nähe, den sie hätte bitten können, nach Timo zu sehen, also klopfte sie kurz und betrat das Männerklo. Trotz der laufenden Abzugventilatoren empfing sie unangenehmer Fäkalgeruch, der sie die Nase rümpfen ließ. Die Pissoirs waren zum Glück nicht besetzt. »Timo? Bist du hier? Ich muss dringend mit dir reden.«

Ein lautes, fast unmenschlich klingendes Stöhnen drang aus der hintersten der vier Einzelkabinen. »Timo?«, rief Kati unruhig und klopfte energisch gegen die Tür. »Was ist?«

Anstatt einer Antwort hörte Kati ein dumpfes Rumsen und ein Schuh schob sich plötzlich durch den kleinen Türschlitz der Kabine. Kati starrte erst ihn, dann die Kabinentür an. Was ging dort drinnen vor sich? »Timo?«, rief sie noch mal.

Keine Antwort. Auch kein Stöhnen mehr.

Kati klopfte laut gegen die Tür, versuchte sie aufzudrücken, doch sie gab nicht nach. »Timo!«, schrie sie. Dann ging sie in auf die Knie, beugte ihren Oberkörper nach unten und versuchte durch den Schlitz am Boden zu lugen. Ihre langen Haare wollte sie dabei nicht auf den schmutzigen Boden fallen lassen und strich sie sich routiniert über die Schulter. Außer einem Bein in Jeans konnte sie durch den schmalen Schlitz nichts sehen. »Mist«, sagte sie und ließ sich ganz auf den weißen Boden sinken. Dann legte sie ihren Kopf seitlich auf die kalten Fliesen und lugte erneut. Nun war ihr Sichtfeld größer und sie erkannte Timo, dessen fahles Gesicht gegen die Kabinenwand lehnte, die Augen geschlossen. »Timo!«, rief Kati erschrocken. Sie griff mit einer Hand nach seinem Bein und rüttelte. Es fühlte sich sehr warm an. Keine Reaktion. Scheiße, er ist ohnmächtig, dachte sie. Er musste hier raus.

»Ich hol‘ Hilfe«, rief sie automatisch, obwohl sie wusste, dass er sie nicht hören würde. Sie sprang auf und rannte zur Tür. Sie riss sie auf und griff einem Mann an die Schulter, der gerade dort vorbeiging. »Stopp!«, rief sie.

Der Mann drehte sich irritiert um.

»Lennard!«, erkannte Kati ihn. »Bitte ruf sofort einen Notarzt! Timo ist auf der Toilette zusammengebrochen.«

Lennard Kranz begann zu grinsen. »Habt ihr da ein Nümmerle geschoben, was?«

Kati glaubte, sich verhört zu haben, und starrte ihn an. »Scheiße, nein, Mann! Keine Ahnung, was er hat, aber er braucht dringend einen Arzt!« Sie sah ihn eindringlich an und stupste ihn zusätzlich. »Sag denen am Telefon, er hatte starkes Erbrechen und Durchfall und wäre ohnmächtig. Mach es dringend. Dem gehts echt beschissen!«

Lennard zog ein Handy aus der Hosentasche und tippte, während sich Kati auf den Weg zurück zu Timo machte. »Timo?«, rief sie hoffnungsvoll, doch eine Antwort blieb aus. Irgendwie musste sie zu ihm reinkommen. Die Tür konnte sie nicht aufbrechen, da sie nach innen aufging. Bei so einer Aktion würde sie ihn nur verletzen. Ihr Blick fiel auf den gemauerten und gefliesten Fenstersims, der seitlich an der Kabine vorbeiführte. Ich muss dort hoch, dachte sie und biss sich angespannt auf die Lippen.

Sie ging nach vorn zu den Waschbecken, nahm einen von den Abfalleimern, leerte ihn kurzerhand auf dem Fußboden aus und trug ihn nach hinten, wo sie ihn verkehrt herum auf den Boden vor die Kabine stellte. Dann stieg sie mit dem rechten Fuß darauf und mit dem Linken auf die Türklinke der Kabine. Sie drückte sich ab und schob ihr rechtes Knie auf das Sims. Das zweite Bein zog sie nach und war oben. Das war geschafft.

Kati rutschte ein paar Zentimeter nach vorn und sah von oben in die Kabine. Sie schluckte. Timo lag zusammengesunken und mit heruntergelassener Hose vor der Toilette, wie ein Junkie nach seinem ›Goldenen Schuss‹. Die Toilettenschüssel war mit braunen Exkrementen gefüllt und der Gestank, den Kati in den letzten Minuten ausgeblendet hatte, stieg ihr beißend in die Nase. Eine Hand an der Türkante, die andere auf dem Sims, ließ sie sich langsam herunter und stellte erst einen Fuß auf den Toilettenrand, bis sie vorsichtig neben Timo auf den Boden trat. Einen Würgereiz unterdrückend, griff sie zum Spülknopf und sah erleichtert zu, wie der braune, stinkende Brei unter lautem Rauschen im Abfluss verschwand.

Sie beugte sich zu ihrem Kollegen hinunter und strich ihm die braunen Haare aus dem Gesicht. Kati fühlte, dass seine Stirn heiß war. »Timo?«, sprach sie ihn erneut an. Doch er ließ keine Regung erkennen. Scheiße, dachte sie besorgt. Das konnte kein normaler Virus sein. Niemand wurde von etwas Durchfall und Erbrechen ohnmächtig. Was, wenn sie sich jetzt tatsächlich damit angesteckt hatte?

Sie drehte sich der Tür zu und entriegelte sie.

»Braucht ihr Hilfe?«, hörte sie plötzlich Lennards Stimme von der anderen Seite.

»Ja!«, rief Kati. »Ist der Notarzt unterwegs?«

»Der ist sogar schon im Haus«, antwortete Kranz. »Unten gab es gerade eine kleine Schlägerei.« Er stockte, besann sich und hielt seine Antwort kurz. »Er ist gleich hier.«

»Sehr gut«, sagte Kati und sah durch den offenen Türschlitz. »Timo liegt vor der Tür auf dem Boden, wir können die Tür also nicht ganz öffnen, um ihn rauszuziehen. Ich denke, es ist das Beste, wenn wir die Tür aus den Angeln heben.«

Der Kollege von der Sitte sah sie an und nickte. »Klar. Kannst du noch ein bisschen nach hinten ausweichen? Ich muss die Tür ein wenig mehr aufdrücken, sonst kann ich die linke Seite hier an den Angeln nicht greifen.«

Kati verstand und drückte sich neben Klo und Spülkasten in die Ecke. Mittlerweile war der Gestank etwas erträglicher geworden.

Kranz drückte die Tür ein Stück auf, wobei er Timos Bein nach innen schob, griff dann beide Seiten der Tür und schob sie nach oben aus der Verankerung. Mit einem lauten ›Uff‹, stellte er sie an die Wand hinter sich. »Das hätten wir«, sagte er und drehte sich um. Seine Augen wurden groß. »Scheiße«, entfuhr es ihm, als er Timo am Boden kauern sah. »Lebt der überhaupt noch?«

Kati trat vorsichtig über Timo hinweg und stellte sich neben Kranz. »Natürlich«, sagte sie, dann drangen fremde Stimmen aus dem Flur an ihr Ohr.

»Hier!«, rief sie laut, und eine Sekunde später traten drei Männer durch die Tür. Zwei von ihnen hatten orange-neonfarbene Erste-Hilfe-Rucksäcke dabei und waren Sanitäter, der andere schien der Notarzt zu sein. Schon der Dritte, der mir heute begegnet, dachte Kati kurz.

Der Arzt kam auf sie und ihren Kollegen zu. »Ich bin Dr. Klein.« Sein Blick fiel direkt auf den Patienten. »Wie heißt er?«, fragte er und beugte sich zu dem ohnmächtigen Mann vor ihm hinunter.

»Timo Prinz«, antwortete Kati.

Kranz nickte Kati zu. »Ich, äh … gehe dann mal.« Er schob sich mit dem Rücken an der Wand an ihnen vorbei und verließ den Raum.

»Timo hat schon den ganzen Morgen über Übelkeit und Bauchschmerzen geklagt«, erklärte Kati.

Der Notarzt tätschelte Timos Wangen. »Hallo! Herr Prinz? Hören Sie mich?«, versuchte er, Timo zu Bewusstsein zu bringen.

Kati fuhr leicht irritiert fort. »Er hat sich mehrfach erbrochen, dann kam er ewig von der Toilette nicht zurück. Ich habe mich dann durchgerungen, hier reinzugehen. Hier lag er dann. Das letzte, was ich von ihm gehört habe, war ein lautes Stöhnen, dann wurde er ohnmächtig. Ich glaube, er ist fiebrig.«

»Hm«, brummte der Arzt und leuchtete Timo mit einer Lampe in die Augen. Er steckte sie wieder weg und fühlte seinen Puls. »Wir brauchen eine Trage!«, rief er, und einer der beiden Rettungssanitäter verließ den Raum.

»Nimmt er Drogen?«, fragte Dr. Klein und sah sie mit besorgter Miene an.

Kati schüttelte den Kopf und kräuselte die Stirn. »Nein … nein, nicht, dass ich wüsste.«

Der Sanitäter kam zurück und legte die Trage auf den Boden, während Kati in eine der anderen Kabinen auswich. Dann hoben die Männer Timo gemeinsam vom Boden auf und betteten ihn behutsam auf die Tragbahre.

»Hat er seine Schmerzen näher beschrieben oder auf eine Stelle am Bauch gezeigt?«

»Nein. Er hat nur gemeint, er hätte eine Magenverstimmung oder etwas Ähnliches.« Kati sah zu Timo, den die Sanitäter inzwischen zugedeckt und festgeschnallt hatten. Er sah wirklich sehr schlecht aus, fast wie tot. »Denken Sie an den Blinddarm?«

»Wissen Sie, ob er noch einen hat?«, fragte er zurück und gab den Sanis das Zeichen zum Aufbruch. Sie schoben die Rolltrage in Richtung Ausgang.

»Er hat mir gegenüber nie etwas von einer Blinddarm-OP erwähnt, aber das muss ja nicht viel heißen«, antwortete Kati und hielt den Männern die Tür auf, die nun mit der Trage in den Gang traten.

Kranz und ein paar andere Kollegen standen neben dem Toiletteneingang und begleiteten die Szene mit ungläubigen Blicken.

»Machen Sie bitte Platz!«, bat einer der Sanitäter.

»Okay«, sagte Dr. Klein und nickte Kati zu. »Wir bringen ihn rüber ins Robert Bosch und kümmern uns dort um Herrn Prinz.« Dann lief er im Laufschritt hinter den beiden anderen Männern her, die mit der Rolltrage über den Flur fuhren.

Kati sah ihnen nach und ließ ihre Schultern sinken. Die Anspannung fiel langsam von ihr ab.

»Was hat er denn?«, fragte Lennard Kranz und trat auf sie zu. Kati schüttelte den Kopf. »Das konnte der Arzt noch nicht genau sagen. Vielleicht eine Blinddarmentzündung.«

Kranz verzog das Gesicht. »Nicht gut«, sagte er. »Gar nicht gut.«

Kati presste die Lippen zusammen. »Das stimmt.« Sie sah Kranz an. Er war ein Mittfünfziger mit krausen grauen Haaren. »Danke dir übrigens! Du warst eine große Hilfe.«

Er machte eine wegwerfende Handbewegung. »Du, nicht dafür ...« Er stockte kurz. »Und sorry nochmal, für den doofen Spruch von wegen Nummer schieben, ja?«

»Schon okay«, antwortete sie und versuchte sich ein Lächeln abzuringen.

»Frau Lindberg!«, rief von Weitem eine Frauenstimme. »Sind Sie das?« Klappernde Schritte näherten sich. Kranz trat zur Seite und Staatsanwältin Brunner kam in ihr Sichtfeld.

»Ich bin dann mal weg«, sagte er und ließ sie stehen. »Lass mich wissen, was mit Timo ist, okay?«, rief er ihr im Weggehen zu.

Kati nickte. »Klar.«

Frau Brunner erreichte sie und sah sie verwirrt an. »War das da eben auf der Krankenliege Ihr Kollege Prinz? Was ist mit ihm?« Sie machte einen besorgten Eindruck.

Kati presste kurz die Lippen zusammen. »Er ist auf der Toilette ohnmächtig zusammengebrochen. Vielleicht etwas mit dem Blinddarm. Der Arzt konnte noch nichts Genaues sagen. Sie sind mit ihm rüber ins Robert Bosch.«

Brunner sog tief Luft ein und sah den Gang hinunter, auf dem jedoch mittlerweile niemand mehr außer ihnen war. »Das ist keine gute Nachricht, schon gar nicht, wo wir gerade diesen brisanten Fall haben.«

Sie schlug die Akte wütend gegen ihren Oberschenkel. »Musste Schütte denn unbedingt nach Kopenhagen zu dieser Konferenz, bevor der Neue da ist?! Verdammt!« Die Staatsanwältin, die zwei Köpfe kleiner war als Kati, sah zu ihr hoch und verengte die Augen. »Dann werden Sie eben die Leitung der Soko übernehmen. Ich habe schon alles abgeklärt. Sie bekommen …«

»Ich …«, fiel Kati ihr ins Wort. »Mir gehts …«

Frau Brunner machte eine wegwerfende Handbewegung. »Ich weiß. Ihnen gehts um eine verbesserte Personalversorgung und genau das meinte ich gerade. Ich habe das mit Kriminalrat Jahnke abgeklärt. Sie bekommen genug Unterstützung.«

Kati schloss für eine Sekunde ihre Augen. Das konnte doch jetzt nicht wahr sein. »Sie verstehen …«, setzte sie an.

»Doch, ich verstehe Sie sehr gut. Es ist schlimm, dass Herr Prinz ausfällt, aber jetzt sind Sie mir an seiner Stelle verantwortlich, die entführten Teenies zu finden und heil nach Hause zu bringen.«

Kati starrte auf Brunners Mund. Ihr Gehirn war nur langsam in der Lage, die Elemente ihrer letzten Worte zu verarbeiten. *›Kinder finden und heil nach Hause bringen.‹*

»Aber wir wissen doch gar nicht …«

Staatsanwältin Brunner nahm sie am Ellenbogen. »Kommen Sie, wir gehen in Schüttes Büro, holen die anderen dazu und machen eine ausführliche Lagebesprechung. Kriminalrat Jahnke wird das Gespräch leiten.«

7

Die ›anderen‹, wie Brunner sie genannt hatte, waren Kati fast alle bekannt gewesen, doch keiner von ihnen arbeitete normalerweise beim Morddezernat. Micha Meyer hatte ihnen schon im Sommer geholfen und war eigentlich in der Abteilung ‚schwere Rauschgiftkriminalität' tätig. Und Isa Nowak, die ihnen ebenfalls zugearbeitet hatte, ließ ihren genialen Geist gegen die Cyberkriminellen zum Zug kommen. Außerdem hatte man ihr einen jungen Mann aus der Abteilung Jugendkriminalität zugewiesen. Einen Joschi Bornheim. Er war ganz neu und hatte erst vor kurzem sein Studium beendet.

Kati wippte mit ihrem Stuhl, fuhr sich nervös mit dem Daumen über ihre Lippen und sah in die Runde. Wie sollte sie mit diesem zusammengewürfelten Haufen ernsthaft einen Mörder und Entführer jagen? Es war nicht deren alltägliches Geschäft.

Sie bekam am Rande mit, wie Kriminalrat Jahnke redete, doch Kati hörte nicht richtig zu. Sie dachte an das vorletzte Jahr, ihrem ersten in Stuttgart, als sie den Killesbergmörder zu viert zur Strecke gebracht hatten. Sarah, Timo, Schütte und sie. Ein geniales Viererteam. Hand in Hand hatten sie gearbeitet, wie ein funktionierendes Uhrwerk. Gut, der Killer hätte sie am Ende fast ertrinken lassen, aber Timo hatte sie gerettet. Timo. Das leichenblasse Gesicht ihres Kollegen tauchte vor ihrem inneren Auge auf. *Ihm* ging es jetzt wirklich schlecht. *Er* war krank. Kränker, als sie am Morgen alle angenommen hatten. Sie sah auf. Ich darf mich nicht auch noch krankmelden, dachte sie. Ich bin doch nicht feige. Oder? Sie schluckte. Die

Ziffern donnerten wie ein D-Zug durch ihren Kopf. 1-2-8-4. 1-2-8-4. 1-2-8-4.

»Die Teenager – sie brauchen jetzt unsere Hilfe«, hörte sie Jahnke beschwörend sagen. Der D-Zug hielt. Kati sah zu ihm, aber irgendwie auch durch ihn hindurch. Die Teenies. Sie waren erst siebzehn, im selben Alter wie Florian, und hatten ihr ganzes Leben noch vor sich. Vielleicht kannte er sie sogar. Was würde er dazu sagen, wenn sie sie aufgeben würde?

»Frau Lindberg?«, drang es an ihr Ohr und Kati sah nach vorn, plötzlich aus ihren Gedanken gerissen. »Äh, ja?«

»Bitte berichten Sie uns noch schnell von Ihrem Besuch bei Frau … Frau …«

»Frau Schenk«, sagte Kati, stand auf und atmete tief durch. Sie hatte ihre Entscheidung gefällt.

Um halb zehn machten sich Kati und Isa auf den Weg zu den Eltern der entführten Teenager. Sie traten aus dem Präsidium und gingen gemeinsam zu Katis Wagen. Ein arktischer Wind empfing sie und Kati schlug das Revers ihres Mantels nach oben. »Boah, ist das kalt«, sagte sie zitternd, als sie einstiegen. Isa, die auf ihrem braunen Pagenschnitt eine rote Baskenmütze trug und damit ein wenig wie Rotkäppchen aussah, pflichtete ihr bei. »Ich hätte mich heute Morgen lieber für eine Hose statt Rock mit Strumpfhose entscheiden sollen. Das hat man davon, wenn man keine Wetternachrichten sieht.«

Da sie die Eltern telefonisch zu Hause nicht erreicht hatten, wollten die beiden sie direkt in deren Firma aufsuchen und sie über die Ereignisse informieren. Kaum saßen sie im Auto, beschlugen die Scheiben. Was für ein Scheißtag, dachte Kati. Sie stellte die Lüftung am Regler anders ein. Langsam, ganz langsam verflüchtigte sich der Beschlag und sie sah wieder etwas. »Auf gehts!«

Eine halbe Stunde später hielt Katis Wagen in einem Industriegebiet vor einem großen, modernen Gebäude. Kati stieg aus und sah sich um. Alles wirkte gepflegt und schick. Vor der gläsernen Fassade stand eine Skulptur, umrahmt von verschiedenen Bonsai-Formgehölzen. Kati trat näher heran. Als sie direkt davorstand, erkannte sie, dass es eine Frauenfigur aus Edelstahl war. Sie trug Kampfkleidung und war am Gürtel mit Messer und Machete ausgestattet. Lara Croft kam ihr in den Sinn. Eine gewisse Ähnlichkeit war nicht zu leugnen.

Isa trat neben sie. »Am besten finde ich die bunte Harlekinmütze auf ihrem Kopf. Da hat sich wohl jemand einen verfrühten Faschingsgag erlaubt.«

Kati nickte und sah zum Haus. »Auf jeden Fall steckt in dieser Firma sehr viel Geld«, sagte sie.

»Ideal, um jemanden zu erpressen.«

»Genau. Komm, gehen wir rein. Ist arschkalt hier draußen.«

Kati öffnete die Tür. Sofort empfing sie ein himmlischer Kaffeeduft. Das wäre jetzt genau das Richtige, dachte sie und sah sich suchend nach einem Empfangstresen oder einer Sekretärin um.

»Wie geil ist das denn?«, rief Isa neben ihr aus, die ihre Mütze abnahm und staunend stehengeblieben war. »Das ist ja noch viel cooler als bei Google!«

Kati verstand, was sie meinte. Das Innere des Gebäudes stellte den kompletten Gegensatz zum äußeren Teil dar. Was draußen elitär und elegant gewirkt hatte, war hier verspielt, bunt und lässig. Überall an den Wänden hingen farbenfrohe Bilder und Neonlampen. Auf der rechten Seite weiter hinten schien sich eine Art Chillout-Lounge mit mehreren modernen Liegen zu befinden und rechts von ihnen standen zwei Billardtische, ein Tischkicker und drei Flipperautomaten.

Kati bemerkte, wie hinter ihr die Tür geöffnet wurde, und drehte sich um. Ein Mann in einem langen blauen Mantel trat ein und zog sich die schwarzen Lederhandschuhe aus. Er sah sie an und wirkte erstaunt. »Sie sind früh. Waren wir nicht erst um Viertel nach zehn verabredet? Sie sind doch von der Cateringfirma und liefern das Buffet für den heutigen Brunch, oder?«, sagte er lächelnd und gab beiden Frauen die Hand.

Kati warf einen kurzen Blick zu Isa, wandte sich dann wieder dem Mann zu. »Nein, leider nicht.« Sie zog ihren Ausweis hervor. Ihre neue Kollegin tat es ihr gleich. »Polizeihauptkommissarin Lindberg, und das ist Hauptkommissarin Nowak.« Nachdem er sich die beiden Ausweise kurz angesehen hatte, steckte Kati ihren wieder in die Manteltasche. »Und Sie sind?«, fragte sie und sah ihrem Gegenüber fest in die Augen.

Der Mann runzelte seine Stirn. »Michels«, sagte er. »Sven Michels. Ich bin einer der Geschäftsinhaber.« Er machte ein paar Schritte an ihnen vorbei und zog währenddessen seinen Mantel aus.

Kati fand, er sah gut aus. Besonders die grauen Schläfen und die ersten Falten um die Augen ließen ihn interessant wirken. Er hat ein wenig etwas von Roger Moore, nur jünger, dachte sie.

»Kriminalpolizei? Können Sie mir sagen, was Sie hier wollen? Ist etwas passiert?«, fragte er und hängte seinen Mantel an einer modernen, krakenförmigen Garderobe auf.

Bevor sie antworten konnte, öffnete sich hinter Kati und Isa erneut die Eingangstür und fünf junge Männer im Alter zwischen siebzehn und dreißig traten ins Foyer. Drei von ihnen trugen leichte Bomberjacken, Jeans, heraushängende Hemden oder T-Shirts und stylische Caps. »Morgen Chef!«, riefen sie laut, schlurften mit einem kurzen Seitenblick auf die beiden Frauen vorbei und sprangen dann leichtfüßig die geschwungene Treppe hoch.

Hat mir der eine wirklich gerade zugezwinkert, fragte sich Kati amüsiert. Das wäre das erste positive Ereignis des heutigen Tages gewesen.

»Hi Jungs!«, rief ihnen Herr Michels hinterher und sah die beiden Polizistinnen danach wieder mit einem verstörten Gesichtsausdruck an.

»Wer war das?«, fragte Isa und zeigte in Richtung der Treppe.

»Einige meiner Mitarbeiter. Spieleentwickler, Gametester. Gemeines Volk.«

Gemeines Volk? Kati hob ihre Augenbrauen. Wie ist der denn drauf?

»Junge Leute«, sagte Isa und wirkte ebenfalls irritiert. »Ihr Sohn und die Kinder ihrer Mitinhaber arbeiten nicht hier?«, fragte Isa. »Als Nebenjob oder so?«

Michels zeigte nach oben und lachte hämisch. »Mit denen? Gott bewahre! Nein.«

Katis Sympathie für den Mann war wie weggeblasen. Sie beschloss, diese Aussage auf sich beruhen zu lassen und nicht weiter nachzufragen. »Herr Michels, wir haben etwas sehr Ernstes mit Ihnen zu besprechen. Mit Ihnen und Ihren Geschäftspartnern, um genau zu sein. Würden Sie sie bitte dazurufen? Wären Sie so freundlich?«

»Und vielleicht könnten wir uns irgendwohin zurückziehen, wo es ruhiger ist?« Isa zeigte in den ersten Stock. Dort war es mittlerweile recht laut geworden.

Michels wirkte zunehmend verwundert. Er nahm seine Tasche vom Boden auf und zeigte nach links. »Folgen Sie mir bitte in mein Büro.« Er schritt voran, Kati und Isa folgten ihm. Sie kamen bei einer Sekretärin vorbei, die seitlich neben dem Eingang hinter einem stylisch beleuchteten Aquarium an einem Schreibtisch saß.

»Guten Tag«, grüßte Kati sie.

»Grüß Gott«, erwiderte die Frau verdutzt und sah ihnen hinterher.

Der Weg führte sie weiter an ein paar Schaukästen vorbei, in denen vergoldete kleine Statuetten und andere Figuren standen. Gewonnene Preise, wie Kati annahm.

»Ob die anderen schon da sind, weiß ich nicht«, sagte er. Er drehte sich abrupt um und sah nach hinten. »Leo! Vanessa!«, rief er laut und winkte.

Kati und Isa drehten sich ebenfalls um. Zwei Personen standen in der Vorhalle. Sie waren ähnlich elegant gekleidet wie Michels, zogen sich gerade Mantel und Jacke aus und hängten sie an die Haken der Garderobe. Dann hob die Frau eine riesengroße Flasche vom Boden auf und schwenkte sie in der Luft hin und her. »Ich habe den Champagner mitgebracht!«, rief sie lachend.

»Schön. Aber kommt bitte mal«, rief Michels ihnen zu. Er zeigte auf die beiden Frauen vor ihm. »Das sind Kriminalbeamtinnen. Sie wollen mit uns reden.«

»Ist was passiert?«, rief die Frau und kam auf klappernden roten Stöckelschuhen und in gleichem Ton gehaltenen Kostüm auf sie zu. »Ist was mit den

Kids?«, fragte sie. Der Mann kam schnell hinter ihr her und beide reichten Kati und Isa die Hand.

»Vanessa Brandt.«

»Leo Carstens.«

Kati und Isa stellten sich ebenfalls vor, mit ihren Namen und Dienstgraden.

Kati übernahm die Initiative. »Wie wir Herrn Michels schon gesagt haben, würden wir gern in Ruhe mit Ihnen reden. Es geht um Ihre Kinder.«

Frau Brandt guckte wie ein verschrecktes Reh. Sie verharrte einen Moment, riss die Augen weit auf und fuhr sich dann fahrig über ihre braunen mittellangen Haare. »Kommen Sie«, sagte sie, ging voran und öffnete die nächste Tür. »Bitte.«

»Danke«, sagte Kati und trat in eine Art Besprechungsraum. Er war klein und bot für acht Leute Platz. Die Einrichtung entsprach der, die sie vorne gesehen hatten. Sie war jung, frech und vom Stil her sehr zusammengewürfelt. »Setzen Sie sich bitte«, forderte die Frau sie auf. »Kann ich Ihnen einen Kaffee bringen lassen? Oder einen Tee?«

So verlockend das Angebot war, entschieden sich beide Kommissarinnen dagegen. »Nein, danke«, lehnte Kati ab. Sie waren seit fünf Minuten im Gebäude und waren noch nicht dazu gekommen, ihr Anliegen vorzubringen. Sie wartete einige Sekunden, bis die drei Geschäftsführer sich ebenfalls hingesetzt hatten, und sah in ihre fragenden Gesichter. Am aufgewühltesten wirkte Frau Brandt.

Ohne weiter zu zögern, fing sie an zu berichten. »Heute Morgen wurde gegen zehn nach fünf der Kleinbus aufgefunden, mit dem Ihre Kinder, deren Begleiter Nick Martinez und der Busfahrer Tobias Schenk unterwegs waren.«

»Nach Köln«, rief Vanessa Brandt. »Und?« Sie sah

Kati fragend an. »Haben sie etwas angestellt?«

Kati schluckte. »Nein, eher im Gegenteil. Wir gehen davon aus, dass Ihre Kinder Opfer einer Gewalttat geworden sind.« Sie sagte es frei heraus. Es hatte keinen Sinn, lange um den heißen Brei herumzureden.

»Gewalttat?«, riefen Michels und Carstens, während Vanessa Brandt sie nur mit offenen Mund ansah. Sämtliche Farbe war aus ihrem Gesicht gewichen.

»Was soll das heißen, Opfer einer Gewalttat?«, fragte Michels, der auf seinem Stuhl bis zur Kante gerutscht war.

»Was … was … ist passiert?«, stammelte die Mutter von Zoe. Ihr verwirrter Blick wanderte von Kati zu Isa und wieder zurück zu Kati.

Kati faltete ihre Hände auf dem Tisch zusammen. »Ich erzähle es Ihnen am besten der Reihe nach, damit Sie alles richtig verstehen.«

Frau Brandt nickte. Ihr Oberkörper, der vorher angespannt gewirkt hatte, war nun eingefallen.

»Der Kleinbus ist während der Rückfahrt auf einem Rastplatz, Nähe Stuttgart überfallen worden. Ein Mann drang in den Bus ein und warf eine Rauchbombe. Die Passagiere, also Ihre Kinder und Herr Martinez, konnten wahrscheinlich innerhalb kürzester Zeit nichts mehr sehen.«

Isa ergänzte. »Zudem war dem Ganzen noch ein Betäubungsgas beigemischt, sodass sie ohnmächtig wurden. Der Täter fuhr den Bus dann an eine geschützte Stelle unter einer Brücke, gar nicht so weit von hier.«

»Der Busfahrer Tobias Schenk wurde etwas später erdrosselt neben dem Bus liegend aufgefunden«, übernahm Kati wieder.

Frau Brandt schlug vor Schreck eine Hand vor den Mund und sah ihre beiden Kollegen mit bleichem Gesicht an.

»Was?«, rief Michels erregt, während Carstens wie betäubt dasaß.

»Nick Martinez hat den Angriff nur knapp überlebt. Beide lagen draußen in der Nähe des Busses. Herr Martinez hatte Glück, dass ein Schichtarbeiter in seinem Wagen vorbeikam und ihn fand, sonst wäre er in seinem ohnmächtigen Zustand bald erfroren«, erklärte Isa.

»Nick! Nick!«, rief Frau Brandt erregt. »Und was ist mit Zoe, Maxim und Aaron?«, fragte sie, sprang auf und beugte sich über den Tisch, wobei Kati ihr in den Ausschnitt der teuren Bluse gucken konnte. Kati hatte das Gefühl, die Frau wollte sie am liebsten am Kragen packen und hochreißen.

»Ja! Wo sind sie?«, rief Carstens. Sein Blick flirrte ebenfalls zwischen beiden Polizistinnen hin und her wie ein Pingpong-Ball.

Kati presste ihre Lippen zusammen, bevor sie weitersprach. »Wir wissen es nicht. Wir nehmen an, dass der Täter Ihre bewusstlosen Kinder in einen anderen Wagen umgeladen und weggebracht hat.«

»Nein!«, schrie Vanessa Brandt.

Carstens hielt es auch nicht mehr auf seinem Stuhl. Er packte die Lehne, sodass die Knöchel seiner Hände weiß hervortraten. »Und was tun Sie dann hier?«, rief er erregt. Er zeigte aus dem Fenster. »Sollten Sie nicht dort draußen sein und sie suchen?«

Michels legte seine Hand auf die Schulter. »Leo«, sagte er. »Ich denke …«

»Es wird bereits nach verdächtigen Fahrzeugen Ausschau gehalten und Kollegen von uns sichten Material der Verkehrskameras, die in der Nähe sind«, unterbrach Kati ihn. »Wir brauchen noch mehr Anhaltspunkte, um erfolgreich nach ihnen fahnden zu können.«

Vanessa Brandt setzte sich wieder und sah sie mit Tränen in den Augen an. »Woher … woher wissen Sie das eigentlich alles?«, stotterte sie. »Ich meine, das mit der Rauchbombe, dem Täter und dem Überfall auf dem Rastplatz?«

Kati strich sich ein paar Haare aus dem Gesicht und steckte sie hinter ihr linkes Ohr. »Es war doch noch jemand in dem Bus«, fing sie an.

»Stimmt«, rief Michels. »Finn, der Sohn von Martinez, war auch dabei.«

Kati nickte. »Ja. Finn wurde zirka dreißig Meter vom Bus entfernt bewusstlos in einem Straßengraben aufgefunden. Wir nehmen an, dass der Täter ihn dort hinausgeworfen …«

»Und als lebenden Notizblock missbraucht hat«, beendete Isa den Satz.

Die drei Eltern sahen sie fragend an. Michels fragte nach. »Als was?«

»Auf seinem Bauch sind mit einem Messer vier Ziffern eingeritzt worden«, fuhr sie fort und Kati war froh, dass ihre Kollegin diesen Part übernommen hatte.

»Ziffern?«, fragte Carstens und runzelte die Stirn. »Was für Ziffern?«

»Es handelt sich dabei um die Folge 1, 2, 8 und 4«, sagte Isa. »Sagt Ihnen das etwas?«

»1-2-8-4«, wiederholte Michels und schüttelte den Kopf.

»Mir sagt das auch nichts«, antwortete Carstens.

Kati sah Frau Brandt an. »Und Ihnen?«

»Nein.« Sie schluckte. »Vielleicht ist es eine Telefonnummer oder so?«

»Das prüfen wir bereits«, griff Isa die Idee auf.

»Auf jeden Fall hat Finn den Angreifer noch kurz im Bus gesehen. Er trug eine Gasmaske auf dem Kopf und war nicht zu erkennen.«

»Sie müssen das Schwein finden!«, rief Michels.

Kati sah, wie Vanessa Brandt seine Hand ergriff und sie streichelte. »Bevor wir weitermachen, sollten wir noch die anderen Elternteile dazubitten«, schlug sie vor. »Arbeiten Ihre Partner und Partnerinnen auch hier im Betrieb? – Ähm, falls Sie welche haben, meine ich.« Heutzutage war das ja nicht selbstverständlich. Sie war ja selbst schon jung Witwe geworden.

Frau Brandt schüttelte ihren Kopf. »Nein, wir haben die Kinder allein aufgezogen und haben keine Partner.« Sie sah Kati offen und selbstbewusst an.

Kati zog die Augenbrauen hoch. »Sie alle?«

Carstens nickte. »Ja. Wir haben es so entschieden.«

»Entschieden«, wiederholte Isa seine Worte. »Aha.« Sie sah zu Kati und kratzte sich am Kopf.

Kati kräuselte die Stirn. »Und die Teenies sind alle siebzehn?«

»Ja«, antwortete dieses Mal Herr Michels. »In drei Monaten werden sie achtzehn.«

»Wie haben Sie …« Kati stockte und setzte nochmal neu an. »Dann haben Sie die Geburten geplant?«

Frau Brandt nickte. »Ganz genau. Ist etwas dagegen einzuwenden?« Der Ton ihrer Stimme war trocken.

»Und wer sind die Mütter von Aaron und Maxim?«

Vanessa Brandt war aufgestanden und hatte sich neben die beiden Männer gestellt. Zusammen wirkten sie wie ein Bollwerk. Sie wechselten Blicke. »Wir denken, das ist jetzt wirklich nicht wichtig«, sagte Michels in einem Tonfall, der weitere Rückfragen verbat.

Kati räusperte sich. »Gut. Ich gehe davon aus, dass bei Ihnen noch keine Lösegeldforderungen eingegangen sind, aber würden Sie bitte trotzdem schnell sämtliche Email-Konten durchsehen?«

»Privat und geschäftlich«, konkretisierte Isa.

»Einer von Ihnen sollte auch die Sekretärin in Kenntnis setzen«, verlangte Kati.

Frau Brandt nickte. »Das mache ich.«

Sie ging schon zur Tür, als Kati sie zurückhielt. »Sie soll ebenfalls alle Eingänge kontrollieren lassen. Sagen Sie ihr bitte auch noch, dass in Kürze Kollegen von uns kommen, die eine Telefonüberwachung einrichten werden.«

Zoes Mutter nickte. Die Männer zogen ihre Handys aus den Hosentaschen und wischten nervös über ihre Displays.

»Das Gleiche müssen wir bei Ihnen zu Haus auch machen. Leider steht uns zurzeit nur ein Team zur Verfügung«, entschuldigte sich Isa.

»Bei mir ist nichts eingegangen«, sagte Herr Michels.

»Bei mir auch nicht«, sagten die anderen beiden gleichzeitig.

Frau Brandt verließ den Raum und Herr Carstens ging zum Fenster. Er sah kurz hinaus in den grauen Morgen, dann drehte er sich um. »Und wie gehts jetzt weiter?«, fragte er und verschränkte seine Arme vor der Brust.

Kati zog ihr Handy aus der Tasche ihres Mantels, den sie neben sich über den Stuhl gelegt hatte und öffnete ihre Notiz-App. »Wir müssen Ihnen nun ein paar Fragen stellen.«

Michels hob erregt seine Arme und nickte ihr provokant zu. »Dann verlieren Sie nicht noch mehr Zeit, würde ich vorschlagen!«

Isa warf ihrer Kollegin einen verstohlenen Blick zu. Ganz ruhig, dachte Kati. Bleib ganz ruhig. »Okay«, sagte sie. »Wer wusste außer Ihnen davon, dass Ihre Kinder nach Köln zu dem Konzert wollten?«

Michels sah sie an und verdrehte die Augen. »Boah, was weiß ich? Frau Senneberger, ein paar Schulkollegen …«

»Wer ist Frau Senneberger?«, wollte Isa wissen.

»Die Sekretärin«, antwortete Vanessa Brandt, die gerade wieder den Raum betrat. »Sie ist ganz bestürzt und hatte ebenfalls nichts im Emailfach oder auf dem AB.«

Kati nickte ihr zu. »Und wie lange arbeitet sie schon für das Unternehmen?«

»Lange. Ich nehme an, so um die zehn Jahre«, sagte Brandt.

»Wegen der Vorgehensweise des Täters müssen wir davon ausgehen, dass seine Wahl kein Zufall war«, führte Kati aus. »Er scheint sehr organisiert und auch technisch versiert zu sein. Zu seiner Größe und seinem Aussehen konnte Finn leider keine Aussagen machen. Fällt Ihnen jemand ein, dem so eine Entführung zuzutrauen wäre?«

Alle drei schüttelten ihren Kopf.

»Haben Sie keine Feinde? Keine Konkurrenz, die Ihnen Ärger macht?«, fragte Isa.

»Feinde eher nicht und Konkurrenz jede Menge«, antwortete Carstens und drehte sich wieder dem Fenster zu.

»Und macht die Ärger?«, fragte Isa.

»Was heißt Ärger? Man muss halt schauen, was sie entwickeln und macht am besten das genaue Gegenteil.«

»Oder das gleiche, nur besser«, sagte Michels.

»Und wir reden hier von PC-Spielen?«, fragte Kati.

»Alles. PC-Spiele, Apps, Spiele für Konsolen.«

»Wie sieht es denn bei Ihren Kindern aus? Hatten die Feinde?«

Vanessa Brandt lachte grell auf. »Hatten? Sie sprechen von den Kids schon in der Vergangenheitsform?«

Kati presste ihre Lippen zusammen. »Entschuldigung, ich meinte natürlich: Haben Ihre Kinder Teenager in ihrem Umfeld, mit denen sie nicht klarkommen?«

»Sie meinen Neider? Teenies, die es nicht so gut getroffen haben?«, fragte Frau Brandt.

»Wenn Sie es so ausdrücken wollen.«

»Klar, gibt es die. Zuhauf, aber unsere Kinder sind stark, sind eine Einheit, genau wie wir. Die können das händeln.«

Eine Einheit, wie sich das anhört, dachte Kati. »In welche Schule gehen sie? Ich nehme doch an, sie gehen in dieselbe Schule?«

»Ja, in denselben Kindergarten, dieselbe Grundschule, dasselbe Gymnasium«, sagte Zoes Mutter. »Zurzeit sind sie auf dem Johannes-Kepler-Gymnasium.«

Kati hob die Augenbrauen. Da hatte sie ihre Ahnung nicht getrogen. »Da geht mein Sohn auch hin. Er ist in der 12d, und Ihre Kinder?«

»12a«, antwortete Michels trocken.

»Aha«, sagte Kati und machte sich Notizen. »Jetzt muss ich noch einmal fragen: Wer könnte Interesse daran haben, Ihre Kinder zu entführen und eventuell Lösegeld zu erpressen?«

Carstens entfernte sich vom Fenster und kam ein paar Schritte auf sie zu. Sein Gesicht war puterrot. »Ist das Ihr Ernst? Die Frage haben wir doch schon beantwortet! Wir wissen es nicht!« Er blieb stehen und fuhr sich mit der Hand über den ausrasierten Nacken. Dann blieben seine stahlblauen Augen an ihren hängen. »Wann fangen Sie denn mal an, richtig zu arbeiten? Das kann doch nicht alles sein!«

Kati riss ungläubig ihre Augen auf. Anpampen zu lassen brauchte sie sich nicht.

Frau Brandt sah das wohl ähnlich. Sie ging auf Carstens zu und nahm ihn innig in ihre Arme. Eng umschlungen standen sie für einen Moment da. »Entschuldigen Sie ihn«, sagte sie dann zu Kati und sah dabei über Carstens Schulter hinweg an. »Wir sind alle etwas durch den Wind.«

Kati nickte und sah auf ihr Handy, auf dem sie sich im Vornherein ein paar Fragen notiert hatte. »Herr Martinez gab an, dass Sie am Tag des Konzerts einer Veranstaltung beigewohnt hatten?«

»Nicht beigewohnt, wir haben sie ausgerichtet«, antwortete Michels und setzte sich wieder auf seinen Stuhl. »Ein Game-Release. Das Beste, was wir in letzter Zeit entwickelt haben.«

»Und von wann bis wann ging diese Release-Party und wo fand sie statt?«, fragte Isa.

»Ach! Wollen Sie jetzt unsere Alibis überprüfen?«, keifte Carstens sie an. »Denken Sie etwa, wir haben unsere eigenen Kinder entführt?« Er kam Isa bedrohlich nahe. »Denken Sie das wirklich?«

Kati stand auf. »Herr Carstens! Jetzt machen Sie mal halblang, ja? Das sind reine Routinefragen, die wir stellen müssen, und Sie wollen doch, dass wir ermitteln, oder?« Dieser Typ ging ihr gewaltig auf die Nerven. Ob er nun der Vater eines entführten Jungen war oder nicht.

»Das Event fand im Radisson Blu in Karlsruhe statt«, sagte Michels und tippte nervös mit einem herumliegenden Bleistift auf einem Notizblock herum.

»Wir hatten dort einen großen Saal gemietet und das Ganze ging von acht Uhr abends bis drei Uhr nachts.«

Frau Brandt setzte sich auf ihren Stuhl und zupfte einen imaginären Fussel von ihrem Rock. »Wir haben dann gleich dort übernachtet. Das war das Einfachste, da wir auch Alkohol getrunken hatten und nicht mehr fahren wollten.«

»Sie haben doch sicher eine Rechnung?«, fragte Isa und handelte sich damit einen hasserfüllten Blick von Carstens ein.

»Sicher«, giftete er und suchte sie sofort auf seinem Handy. »Hier. Sind Sie jetzt zufrieden?«

Isa blieb cool, trat einen Schritt nach vorn, um kurz auf das Dokument zu gucken. »Okay, davon hätte ich gerne einen Ausdruck.«

Carstens kniff seine Augen zusammen. »Aber gerne doch, Frau Kommissarin.«

Kati sah, wie Isa fast unmerklich den Kopf schüttelte. »Und heute Morgen sind Sie nicht in die Zimmer Ihrer Kinder und haben nach ihnen gekuckt?«, fragte Kati. »Ich meine, die Kids waren ja am Vortag bis in die Nacht unterwegs.«

»Wir sind direkt vom Hotel in Karlsruhe hierhergefahren und waren gar nicht mehr zu Hause«, sagte Frau Brandt und presste ihre Lippen zusammen. »Sie sind zu viert unterwegs gewesen, in Begleitung von Nick und überhaupt …«

»Sie sind sehr selbstständig«, unterbrach Michels sie. »Hätten sie heute Morgen beschlossen, wegen des Konzerts und der Fahrt lieber auszuschlafen und nicht in die Schule zu gehen, hätten sie es eben selbst regeln müssen.«

Kati stand auf. »Hätten Sie dann bitte von jedem Ihrer Kinder ein Foto für uns? Das brauchen wir dringend für die Fahndung.«

»Oh, ich fürchte …«, sagte Vanessa Brandt.

»Ein gutes Urlaubsfoto, wo man sie gut erkennen kann reicht uns erst einmal«, erklärte Isa.

Alle drei nahmen ihr Handy zur Hand und stöberten durch ihre Galerien.

Kati wartete und beobachtete sie.

»Also ich habe tatsächlich gerade keins hier«, sagte Michels und lief rot an. Es war ihm wohl peinlich, kein Bild von seinem Sohn dabei zu haben. Kati überlegte. Sie hatte ein Foto von Florian auf dem Schreibtisch im Büro, eins in ihrem Portmonee und bestimmt Dutzende auf ihrem Handy.

Michels sprach weiter. »Aber zu Hause. Geben Sie mir einfach Ihre Emailadresse und dann schick ich es Ihnen zu.«

»Ich kann Ihnen jetzt gleich eins schicken«, sagte Frau Brandt und Herr Carstens schloss sich an. »Ich auch.«

Kati überreichte den drei Eltern ihre Visitenkarte. »Dort steht meine Mail-Adresse, die Telefonnummer im Büro und auch meine Mobilnummer drauf. Sie können mich jederzeit erreichen.«

»Außerdem bräuchten wir so schnell es geht DNA-Proben Ihrer Kinder«, sagte Isa und sah die Eltern erwartungsvoll an. »Damit können wir bestätigen, wer sich wirklich im Bus aufgehalten hat.«

Frau Brandt erhob sich. »Was brauchen Sie dafür? Haare, Zahnbürste oder dergleichen?«

Isa nickte. »Genau. Wie eben schon angedeutet, werden gleich Kollegen von uns eine Telefonüberwachung einrichten. Ein anderes Team kommt zu Ihnen nach Hause und nimmt die DNA-Proben. Am besten, Sie brechen sofort auf.« Sie wandte sich an Herrn Michels. »Besonders das Foto ist wichtig. Bitte schicken Sie es mir so schnell wie möglich.«

Er sah sie an und nickte. »Natürlich.«

Kati nahm ihren Mantel vom Stuhl und ging zur Tür. Isa folgte ihr. »Wir melden uns sofort, wenn wir etwas Neues wissen«, sagte Kati und reichte allen die Hand. »Und falls Ihnen noch etwas einfällt, melden Sie sich bitte. Meine Karte haben Sie ja.«

Die beiden Frauen gingen in Begleitung der Eltern zurück in den vorderen Bereich und kamen bei der Sekretärin vorbei, die sie entgeistert anstarrte. Die Nachricht vom Verschwinden der Kinder schien sie sichtlich mitgenommen zu haben. Aus der ersten Etage drang weiterhin Lärm und die beiden Kommissarinnen sahen nach oben.

»Das geht hier nicht immer so zu«, sagte Frau Brandt und lächelte entschuldigend. »Unsere Entwickler sind immer noch euphorisch, weil das Spiel gestern so gut bei unseren Kunden angekommen ist, und wir haben ihnen für die nächsten paar Tage Narrenfreiheit zugesagt. Das beflügelt auch ihre Fantasie für neue Projekte.«

Michels nickte. »Ja, sie haben wirklich in den letzten Monaten Tag und Nacht gearbeitet.«

»Darf ich mir das mal kurz ansehen, um zu verstehen, was sie da so entwickeln?«, fragte Isa neugierig. »Das interessiert mich sehr.«

Kati sah sie irritiert an. Klar, Isa arbeitete normalerweise als Cyberspezialistin und interessierte sich für Hard- und Software, aber sie hatten für so etwas jetzt keine Zeit.

Frau Brandt machte eine einladende Handbewegung und wies die Treppe hinauf. »Natürlich, kommen Sie.«

Isa sah zu Kati und bemerkte anscheinend Katis Bedenken. »Nur eine Minute. Versprochen.«

Katis Handy klingelte. Sie suchte es in ihrer Manteltasche und nickte Isa zu. »Eine Minute, aber nicht länger, okay?«

»Klar.«

Kati drückte auf den grünen Hörer. »Lindberg.«

»Brunner hier. Frau Lindberg, es gibt eine neue Entwicklung. Wo sind sie jetzt genau?«

Kati sah aus dem Fenster. Ein weißer Transporter der Kollegen von der Technik parkte gerade neben ihrem Wagen. Es war immer noch ganz grau und trübe draußen, von der Sonne keine Spur. »Ich bin in der Firma der Eltern der Teenager und wollte gerade wieder aufbrechen. Was gibt es denn? Sie klingen beunruhigt.«

»Man hat in der Gerokstraße in Stuttgart die Leiche eines jungen Mannes gefunden«, sagte die Staatsanwältin.

Kati hielt die Luft an und schloss für eine Sekunde ihre Augen. Nein, dachte sie, bitte nicht. »Wissen Sie schon …«, begann sie ihren Satz, wurde aber von Brunner direkt abgewürgt.

»Nein. Da wir noch nicht wissen, wie die entführten Teenager aussehen, kann ich nicht sagen, ob es einer von ihnen ist, aber das Alter passt ungefähr. Ich hatte gehofft, dass Sie mittlerweile Fotos von ihnen haben.«

»Zwei habe ich«, antwortete Kati. »Die kann ich Ihnen schicken. Moment.« Sie leitete die beiden Nachrichten der Eltern über Teamwire, den Polizei-Messenger, an die Staatsanwältin weiter. Sie legte den Hörer wieder ans Ohr.

»Danke, aber das bringt uns leider momentan nicht weiter, da mir selbst noch kein Opferfoto vorliegt.«

»Das wusste ich nicht.«

»Ich schlage vor, Sie fahren selbst sofort dorthin und prüfen, ob das mit unserem aktuellen Fall zusammenhängt.«

»In der Gerokstraße sagten Sie? Welche Hausnummer?«

»Keine Hausnummer«, sagte Brunner und klang ein wenig heiser. »Er wurde unten in einem Abwasserkanal entdeckt. In Höhe der Bäckerei«, setzte sie hinzu.

»In einem Kanal«, stieß Kati entsetzt aus. Sie sah sich um, da sie lauter als beabsichtigt reagiert hatte, doch beide Väter waren nach vorn zur Eingangstür gegangen, um mit den Polizeikollegen zu sprechen.

»Ja. Wir treffen uns dort, Frau Lindberg. Ach, und …«

»Ja?«

»Irgendjemand muss gequatscht haben. Vor dem Präsidium wimmelt es von Journalisten und Fernsehteams. Also dann, bis gleich.«

»Bis gleich«, antwortete Kati, legte auf und sah sich suchend nach Isa um. Sie entdeckte sie oben an die Brüstung gelehnt, auf einen der Bildschirme starrend.

»Isa, kommst du? Wir müssen los.«

Isa drehte sich um, nahm ihre Jacke, die sie über das Geländer gelegt hatte und nickte. »Ja, bin unterwegs.«

Zwanzig Sekunden später hüpfte sie locker die Stufen hinunter. »Ich habe den Jungs gesagt, dass man sie zu den Vorkommnissen noch befragen wird. Wollen wir das nicht gleich hier und jetzt machen, dann brauchen sie nicht …« Sie stockte, nachdem sie Kati nähergekommen war. »Is' was?«

Kati nickte. »Ich befürchte, das müssen die Kollegen im Präsidium erledigen. Gerade wurde die Leiche eines männlichen Teenagers aufgefunden, in einem Kanal in der Gerokstraße. Dort müssen wir jetzt sofort hin. Frau Brunner wird dort auf uns warten.«

Aus Isas Gesicht war sämtliche Farbe gewichen. »Scheiße«, sagte sie fast tonlos.

Kati presste die Lippen zusammen und sah zur Treppe, auf der Frau Brandt zu ihnen heruntergestelzt kam. Kati zeigte auf ihre Kollegen, die mit einigen Metallkoffern auf sie zukamen. »Die Kollegen kümmern sich jetzt um die Telefonüberwachung, und Sie fahren sofort zu sich nach Hause, ja?«

Die Frau nickte ihr zu. »Ja, natürlich, wie besprochen.« Dann griff sie nach Katis Unterarm. Kati sah irritiert nach unten. Die kunstvoll lackierten Nägel der Frau krallten sich wie die Klauen einer Raubkatze an ihrem Handgelenk fest.

»Finden Sie unsere Kinder! Bitte!«

8

Kati war froh, dass sich Isa bereitgefunden hatte, zum Fundort der Leiche zu fahren. Kati setzte sich auf den Beifahrersitz, schnallte sich an und atmete durch.

Isa holte einen Energy-Drink aus ihrem Rucksack und hielt ihn Kati hin. »Willst du?«

Kati war zwar hundemüde, aber ihr Sinn stand ihr gerade nicht nach Gummibärenbrause mit Koffein. Sie schüttelte den Kopf. »Nein, danke. Ich brauche einen richtigen Kaffee. Dort, wo wir jetzt hinfahren, soll eine Bäckerei sein. Da gibt es sicher einen.«

»Okay«, antwortete Isa, öffnete die Dose und trank mit zügigen Schlucken. Dann stellte sie sie in den Halter und ließ den Wagen an. »Weißt du noch mehr darüber, was uns gleich erwarten wird?«

»Nein. Nur, dass es ein männlicher Jugendlicher ist, der vom Alter her passen würde, und dass er im Abwasserkanal gefunden wurde.«

»Denkst du, es ist Aaron oder Maxim?«

»Irgendwie hoffe ich es nicht, aber es ist auch egal. Ein Jugendlicher ist gestorben. Wenn er im Abwasserkanal gefunden worden ist, hat er sicher keinen Suizid verübt, sondern ist umgebracht worden.«

»Hm«, brummte Isa. »Verrückter Tag, nicht?«, fragte sie, bevor sie nach hinten zurücksetzte. Anscheinend wusste sie nicht richtig mit der Situation umzugehen.

Kati zuckte mit den Schultern. »Solche Tage habe ich schon oft erlebt. Nur kommen selten Leichen, entführte Teenager und zusammengebrochene Kollegen gleichzeitig vor.« Timo tauchte vor ihrem geistigen Auge auf. Bleich und ohnmächtig auf der Trage liegend.

»Hast du schon etwas von Timo gehört?«

Kati schüttelte den Kopf. »Nein, und ich denke, es wird auch nicht viel bringen, im Krankenhaus anzurufen. Ich bin ja keine Angehörige.« Sie sah aus dem Seitenfenster, wo die karge Winterlandschaft an ihr vorbeiglitt. »Ich werde nachher persönlich bei ihm vorbeisehen. Das bringt wahrscheinlich mehr.«

Isa nickte. »Zur Not zückst du deinen Ausweis. Das zieht immer.«

»Hm«, murmelte Kati müde. Sie sah auf ihre Uhr. Es war Viertel vor elf. Es würde ein langer Tag werden.

Ihr Handy klingelte. Sie sah auf das Display. Es war Florian. »Flo?«, meldete sie sich und versuchte, wach und fröhlich zu klingen. »Gehts dir gut? Wo bist du? In der Schule?«

»Ja. Wir haben gerade Pause und ich wollte mich nochmal entschuldigen, dass ich gestern nicht da war.«

Katis Herz machte einen kleinen freudigen Hüpfer. Wie süß, dachte sie. »Hey, das ist schon in Ordnung. Ich habe noch ein heißes Bad genommen und bin dann früh ins Bett. Ich finde es ganz toll, dass du Sandras Eltern beim Tapezieren geholfen hast. Seid ihr denn fertig geworden?«

»Sind wir«, antwortete Florian knapp. »Du ich habe heute Nachmittag noch Theaterprobe und danach gehe ich zu Tante Martha, um meine Sachen zu holen.«

»Das können wir doch zusammen mit dem Auto machen«, schlug Kati vor.

»Ach, das ist nicht viel.«

»Wie wäre es, wenn wir Tante Martha zu uns zum Essen einladen? Ich könnte kochen, so als kleines Dankeschön, dass sie dich solange beherbergt hat.«

»Dein Ernst, Mum?«, lachte Florian am anderen Ende.

»Was?«, fragte Kati und zog ihre Stirn kraus.

»Du weißt doch nie, wann du heimkommst.«

Sie verzog den Mund und konnte ihm nicht widersprechen. »Richtig. Hm, dann eben am Wochenende«, schlug sie vor.

»Okay. Du, ich muss jetzt Schluss machen. Die Pause ist gleich vorbei.«

»Warte Flo. Ich habe noch eine kleine Frage«, sagte Kati schnell.

»Aber beeil dich«, forderte ihr Sohn. Seine Stimme klang angespannt.

»Kennst du zufällig Aaron, Maxim und Zoe aus deiner Parallelklasse?«

Er lachte kurz auf. »Die Vamps. Klar. Die kennt hier jeder. Also, nicht näher, aber sie fallen auf.«

Kati sah auf die Autos vor sich. Ein kleiner Stau hatte sich auf der B27 gebildet. »Inwiefern fallen sie auf und warum nennt ihr sie ›Vamps‹?«, fragte sie.

»Na, die machen so einen auf Twilight, wenn du verstehst, was ich meine.«

Die Vampirreihe ›Twilight‹ sagte Kati etwas, aber was das konkret mit den Teenagern zu tun haben könnte, entzog sich ihr.

Florian sprach weiter. »Die laufen immer so ein wenig vampirmäßig rum, schminken sich ihre Gesichter hell, benutzen schwarzen Kajal, tragen lange dunkle Mäntel und sind irgendwie …«

»Was meinst du?«, fragte Kati nach.

»Na ja, sie sind seltsam. Lassen niemanden an sich ran. Alles was sie besitzen, ist exklusiv und teuer. Sie machen einen auf ›Beauty‹, leihen sich übers Wochenende einen Lambo …«

»Die sind doch erst siebzehn«, überlegte Kati.

»Was weiß ich«, antwortete Florian. »Du, ich muss jetzt echt los. Lass uns heute Abend weiter quatschen, ja?«

»Klar, machs gut, Flo, und pass auf dich auf.«

»Hm, Tschüss.«

»Tschüss«, sagte Kati, obwohl sie wusste, dass Florian schon aufgelegt hatte. Sie sah Isa an. »Hast du mitbekommen, was Florian über die Teenies gesagt hat?«

Isa schüttelte den Kopf. »Nicht wirklich. Was sagt er denn?«

»Dass sie seltsam drauf wären, nur zusammen abhängen, einen auf Twilight-Vampire machen und eine Menge Geld ausgeben«, fasste Kati für ihre Kollegin zusammen.

»Hört sich an, als hielten sie sich für was Besseres.«

»Hm«, brummte Kati nachdenklich. Sie musste an den Ausdruck denken, den Herr Michels für seine Mitarbeiter benutzt hatte. ›Gemeines Volk‹ hatte er sie genannt. Seltsam, dachte sie.

Isa bog ab und Kati sah, dass sie in der Gerokstraße angekommen waren. Vor ihnen war die Fahrbahn gesperrt worden. »Fahr so nah wie möglich ran«, sagte sie und zog ihre Handschuhe an.

»Das hatte ich vor«, erwiderte Isa und stoppte den Wagen neben dem der Staatsanwältin. Beide stiegen aus, und nachdem Isa abgeschlossen hatte, warf sie Kati den Schlüssel zu, den diese mit einer Hand fing.

»Auf dem Rückweg bist du wieder dran«, lachte die junge Kollegin sie an.

»Kein Problem«, antwortete Kati ernst. Ihr war nicht nach Lachen zumute, weil sie wusste, dass sie gleich sehr unschöne Bilder erwarten würden. Ein toter Teenager. Sie hob den Blick. Frau Brunner kam ihr mit dem Handy am Ohr entgegen, sah sie an, machte einen Daumen nach oben und deutete ein tonloses ›Wir telefonieren‹ an.

Kati nickte ihr zu und sah, wie die Staatsanwältin im Laufschritt weiter zu ihrem Auto rannte.

»In ihrer Haut möchte ich auch nicht stecken«, meinte Isa kopfschüttelnd.

Unsere Haut ist auch nicht besser, dachte Kati und zog ihren Ausweis aus der Manteltasche, um ihn einer Polizistin zu zeigen, die sie nach der Kontrolle durchwinkte. Sie gingen weiter die Straße hinunter. Die KTU-Tatortgruppe, eine andere als am Morgen, hatte ein offenes Zelt aufgestellt, in dem ein Tisch stand. »Guten Morgen«, rief Kati den Männern und Frauen zu, die sich dort aufhielten.

Ein einsilbiges Gemurmel kam als Antwort.

Kati wandte sich an Isa. »Würdest du dich bitte um die Leute kümmern, die den Jungen gefunden haben?«

Isa nickte. »Ich quetsche sie aus wie eine Orange«, sagte Isa grinsend und brachte Kati so doch noch zu einem Lächeln. Diesen Spruch hatte ihr Vorgesetzter Sebastian Schütte immer gemacht, er hatte sich bei allen eingebrannt. Kati fragte sich, ob ihm überhaupt bewusst gewesen war, dass er die falsche Frucht auspressen wollte.

»Okay«, sagte sie und zeigte auf den offenen Kanalausgang. »Ich zieh mich um und werde mich dort unten umsehen. Wir sehen uns nachher.«

Isa nickte und ging zu einem Rettungswagen, auf dessen Kante zwei Kanalarbeiter saßen, die in Decken eingewickelt waren.

Kati drehte sich um und entdeckte eine Kollegin der Tatortgruppe. »Ihr seid doch sicher dort unten schon fertig, oder?«

Die Frau mit dem weißen Ganzkörperanzug schüttelte den Kopf. »Nicht ganz. Wir müssen uns den Kanal noch weiter ansehen, aber jetzt ist erst einmal Pause und Aufwärmen angesagt. Ist arschkalt da unten. Du kannst ruhig runterklettern, Hettkamp ist auch unten.«

»Hettkamp?«, fragte Kati verdutzt und begann sich den Mantel auszuziehen.

Die Kollegin der KTU nickte und wandte sich bereits zum Gehen. »Ja. Soweit ich weiß, hat Brunner ihn direkt angefordert.«

»Aha«, murmelte Kati, stieg in einen weißen Anzug und streifte sich Schuhüberzieher und Gummihandschuhe über. Unwillkürlich stahl sich ein Lächeln auf ihr Gesicht. Georg, dachte sie. Dass sie ihn jetzt schon wiedersehen würde, damit hatte sie nicht gerechnet. Er hatte sie einmal während ihres Aufenthalts in Hamburg besucht, aber ein Wochenende war für eine so junge Liebe, wie die ihre, nicht lang. Sie seufzte. Den Ort und den Anlass ihres Wiedersehens hatte sie sich anders vorgestellt.

Sie drehte sich um und ging ein paar Schritte in Richtung Kanaldeckel, als ihr Handy einen Ton von sich gab. Kati hob genervt ihre Augenbrauen und nestelte das Telefon aus ihrer Hosentasche. Ein Blick auf das Display verriet ihr, dass Herr Michels ihr soeben ein Bild seines Sprösslings geschickt hatte. Kati biss sich auf die Lippen. Der Junge war braunhaarig und gutaussehend, mit kantig-männlichen Gesichtszügen. Attraktiver junger Mann, dachte Kati. Sie wollte das Telefon gerade wieder wegstecken, als sie Georg Hettkamp sah, der seinen Kopf aus dem Loch am Boden streckte. Er sah aus wie ein Maulwurf, der sich gerade an die Oberfläche vorgearbeitet hatte. »Georg!«, rief sie erfreut.

Der Gerichtsmediziner erkannte sie und winkte ihr zu. »Kati! Du hier?«

»Wie du siehst«, lachte Kati und stapfte in den Überziehern die restliche Strecke bis zu ihm vor das Loch. Georg blickte zu ihr auf und strahlte sie an. »Schön, dich zu sehen«, sagte er mit sanfter Stimme. Dann sah er sich um. »Bist du allein hier? Wo ist Timo? Sag nicht ...«, er grinste, »sag nicht, wir können uns einfach so küssen.«

Kati kniete sich zu ihm herunter und sah ihn ernst an. Seine Glatze verbarg er unter einer Haube. »Du weißt es also nicht«, sagte sie leise.

Hettkamp sah sie verwirrt an und zog seine Augenbrauen zusammen. »Was weiß ich nicht?«

»Timo liegt im Krankenhaus. Ich habe ihn zusammengebrochen und ohnmächtig auf der Männertoilette entdeckt. Er hatte sich heute Morgen mehrfach erbrochen, hatte Bauchschmerzen und Durchfall. Der Notarzt meinte, es wäre eventuell der Blinddarm, aber er wollte sich nicht festlegen.«

»Der Blinddarm«, wiederholte Hettkamp nachdenklich, dann sah er Kati ernst an. »Weißt du, ob er Fieber hatte?«

Kati nickte. »Ja, er war sehr heiß. Warum fragst du?«

Der Rechtsmediziner schüttelte den Kopf. »Ach nichts. Die werden sich schon gut um ihn kümmern.« Er legte den Kopf ein wenig zur Seite und lächelte sie an. »Und? Bekomme ich nun meinen lang ersehnten Begrüßungskuss?«

Kati wurde rot. Sie drehte sich kurz zu allen Seiten und sah, dass die Kollegen entweder beschäftigt waren oder sich im Mannschaftswagen aufwärmten. Sie hatte freie Bahn und fühlte sich, als sie sich zu Hettkamp herunterbeugte und ihn sanft auf den Mund küsste, wie eine Fünfzehnjährige, die heimlich in einer der dunklen Ecken auf dem Schulhof rumknutschte.

Er erwiderte den Druck ihrer Lippen und wollte gar nicht mehr von ihr lassen. Es fühlte sich gut an. Seine Zunge forderte Einlass in ihren Mund. Kati fing an zu lachen und kam mit ihrem Oberkörper wieder nach oben.

»Hey«, beschwerte sich Hettkamp und verzog seinen Mund.

»Wir müssen arbeiten«, ermahnte ihn Kati und bemühte sich, ernst zu klingen.

Georg Hettkamp nickte. »Du hast recht. Aber bist du wirklich schon so weit? Brunner hat mich über alles informiert. Ich hätte lieber, dass ein Kollege die Aufgabe übernimmt.«

»Lass es«, erwiderte Kati mit fester Stimme. »Es ist in Ordnung, ich ziehe den Fall durch, komme was wolle.«

Hettkamp sah sie zweifelnd an. »Wenn du meinst, dann komm mit«, sagte er und verschwand wieder in dem Loch.

Kati verzog den Mund, ließ den Blick über die nasse, kalte Straße schweifen, als könne sie sich doch noch für einen anderen Weg entscheiden. Mit einem kurzen Schnaufer begann sie den Abstieg in den Untergrund.

Ein kleiner Sprung überwand die letzte Hürde bis zum Grund, und Kati landete im knöcheltiefen Wasser. Gut, dass sie Gummistiefel anhatte. Suchend sah sie sich nach Hettkamp um und fand ihn in drei Meter Entfernung. Er stand vor einem etwas höher gelegenen Absatz, der hell ausgeleuchtet worden war. Mit einem mulmigen Gefühl im Magen watete Kati zu ihm hin.

»Du hättest mir ruhig sagen können, dass es kein Abwasserkanal …« Sie stockte, als ihr Blick auf den Leichnam fiel. »Oh nein«, sagte sie fast tonlos. Der

Junge saß leicht schräg vornübergebeugt auf einem roten Stofffetzen und war lediglich mit einem einfachen beigen Hemd bekleidet. Die Beine und die Füße waren nackt. Nein, nein, nein, dachte sie und nestelte nach ihrem Handy, zog es hervor und aktivierte das Display. Sofort erschien das Bild, das ihr Herr Michels Minuten vorher zugeschickt hatte. Sie beugte ihren Oberkörper vor und verglich das Gesicht der Leiche mit dem auf dem Foto. »Das ist er«, sagte sie zögerlich und zeigte Georg Hettkamp das Foto.

Er nickte. »Ja. Das ist er ohne Zweifel. Armer Junge. Er müsste im gleichen Alter wie Flo sein.«

Kati nickte. »Ja, er ist sogar in seiner Parallelklasse.«

»Scheiße«, stieß Hettkamp aus. »Waren sie befreundet?«

»Nein. Er kannte ihn wohl nur flüchtig.« Katis Blick löste sich von der Leiche und glitt ein wenig nach oben. Dort stand etwas an der Wand. Sie starrte darauf und in ihrem Magen begann es wieder zu rumoren. »Ich spielte«, las sie laut vor.

Hettkamp schnaufte und sah zu ihr. »Ich hatte mir schon gedacht, dass das alte Erinnerungen hervorrufen könnte.«

Es gab also schon wieder so einen kranken Menschen, der ein Spiel spielen wollte. Ein tödliches Spiel. Kati schluckte. »Heute Morgen hat der Täter auch eine seltsame Botschaft hinterlassen.«

»Ich weiß«, sagte Hettkamp. »Eingeritzt auf dem Bauch eines anderen jungen Mannes, der die Attacke aber zum Glück überlebt hat. Was war dort eingeritzt?«

»Die Ziffern 1-2-8 und 4«, beantwortete Kati seine Frage. Sie ging näher zur Wand. »Ist das mit Blut geschrieben worden?«, fragte sie.

»Wahrscheinlich schon. Das müssen wir später analysieren lassen.«

»Wie lange ist er schon tot?«

»Schwer zu sagen bei der Kälte, aber sicherlich schon mehr als acht Stunden. Genaueres kann ich dir erst später sagen. Kati …«

Kati hatte sich dem Kopf des Opfers genähert. Es kostete sie einige Überwindung, das Gesicht des Jungen genauer zu betrachten. »Wurde er erdrosselt?«, fragte sie.

»Ja. Kati …?«

»Könnte das Tatwerkzeug eine Garrotte gewesen sein?«, fragte Kati weiter. »Das hat heute Morgen einer der Notärzte vermutet«, fügte sie hinzu.

»Kann sein«, antwortete Hettkamp und wirkte ungeduldig. »Kati, jetzt hör doch mal …«

Kati erhob sich und zeigte auf die Nase des Jungen. »Sind das Rattenbisse …«

»Kati!«, rief der Rechtsmediziner nun laut.

»Was?«, fragte Kati und sah ihn erschrocken an.

»Du kannst es jetzt nicht sehen, aber der Täter hat dem Jungen etwas in seinen Anus geschoben.«

Kati starrte den Rechtsmediziner entgeistert an. »Nein«, sagte sie leise. »Woher weißt du das?«

Georg Hettkamp biss sich auf die Lippen. »Ich habe mich gewundert, dass er keine Unterwäsche trug, habe ihn leicht zur Seite gekippt und gesehen, dass dort etwas herauslugt.«

»Was ist es?«, fragte Kati.

»Das weiß ich noch nicht.«

»Hm. Und weißt du schon, ob er vor oder nach seinem Tod penetriert worden ist?«

Hettkamp schüttelte den Kopf. »Nein, das kann ich dir nicht sagen. Ich weiß auch nicht, ob er dadurch Verletzungen erlitten hat.«

Kati trat einen Schritt zurück und rieb sich mit der Hand über das Gesicht. »Was soll das bloß alles?« Sie sah zurück zu Maxim. »Warum hat man ihn hier runtergebracht, ihm dieses alte Leinenhemd angezogen und auf diesen Stoff platziert?«

Hettkamp nahm sie in den Arm. »Überleg dir nochmal, ob du diesen Fall wirklich bearbeiten willst, ja? Vielleicht bist du doch noch nicht stabil genug für so eine Aufgabe.«

Kati machte sich los und trat einen Schritt näher an die Leiche heran. »Aber irgendjemand muss den Verrückten doch stoppen. Kuck dir diesen Mist doch an«, rief sie und zeigte auf Maxim. »Der Entführer hat zwei weitere Teenager in seiner Gewalt. Wer weiß, was sie in diesem Moment gerade durchmachen?«

»Kati«, sagte Hettkamp und griff erneut nach ihrem Arm. Sie schüttelte ihn ab, holte ihr Handy aus der Hosentasche hervor und begann Fotos zu machen. Zuerst fotografierte sie die Wand mit dem blutigen Schriftzug, dann schoss sie ein paar Ganzkörperaufnahmen. »Die Scheißratten haben nicht nur seine Nase angefressen, sondern auch sein Ohr und seine Lippen angenagt«, wisperte sie entsetzt.

Wie aufs Stichwort hörten sie aus der Ferne das laute Fiepsen einer Ratte. Kati ließ ihr Smartphone sinken und sah Hettkamp traurig an. »Wie soll ich das bloß seinem Vater beibringen? Bisher sind wir davon ausgegangen, dass der Entführer wohl bald Lösegeld fordern wird. Ich fürchte, das wird nicht eintreten. Der will etwas ganz anderes und kein Geld.«

»Kati?«, rief plötzlich eine vertraute Stimme. »Bist du da?« Kati sah den Rechtsmediziner verwirrt an.

»Wer ist das?«, fragte Hettkamp.

»Das … das hört sich nach Sarah an, aber die kommt erst in drei Tagen wieder aus ihrem Vietnam-

Urlaub zurück«, antwortete Kati.

»Kati?!«, rief die Stimme erneut. »Ich weiß, dass du da bist, Isa hat es mir gesagt. Du brauchst dich nicht zu verstecken.«

»Das ist sie wirklich«, freute sich Kati und watete durch das Wasser bis zu den metallenen Stufen des Kanaleingangs. Sie sah die Umrisse eines Kopfes, konnte aber kein Gesicht erkennen. »Sarah? Was machst du hier?«, fragte sie, den Kopf in den Nacken gelegt. »Ich dachte, du bist mindestens noch drei Tage weg.«

Ihre Kollegin lachte. »Auf Vietnam kommt seit Tagen ein Mega-Sturm zu«, erklärte sie. »Ich bin zwar abenteuerlustig, aber ich habe mich doch lieber dazu entschieden, einen früheren Flug zu nehmen.« Sie machte eine ihrer berüchtigten großen Kaugummiblasen. »Und wie ich gehört habe, könnt ihr meine Hilfe gut gebrauchen. Das hat mir wenigstens die Kienle ausgerichtet, als ich im Büro angerufen habe.«

Kati nickte. »Da hat sie recht. Ich freue mich, dass du wieder da bist und mich unterstützen willst. Hast du das von Timo schon gehört?«

Sarah nickte. »Ja, er ist im Krankenhaus. Ich habe gleich versucht, dort anzurufen, aber sie haben mir telefonisch keine Auskunft gegeben.«

Kati presste ihre Lippen zusammen.

»Soll ich mich umziehen und zu dir runterkommen?«, fragte Sarah.

Kati sah kurz zu Hettkamp und zu Maxim herüber und schüttelte dann den Kopf. »Nein, spar dir den Stress. Ich komme hoch und zeige dir Fotos. Es ist irre kalt hier unten und ich würde mich sowieso gerne aufwärmen.«

»Okay, dann bis gleich«, sagte Sarah.

Ihr Kopf verschwand und Katis Blick erhaschte ein kleines Stück Himmel.

Stundenlang hatte sie vor knapp zwei Jahren in einem alten gemauerten Brunnen festgesessen, hatte gedacht, sie würde dort ertrinken.

Von Kati unbemerkt war Georg Hettkamp zu ihr getreten. Er schien ihre Gedanken lesen zu können. »Los, verschwinde von hier«, sagte er in einem liebevollen Ton und drückte ihr einen Kuss auf die Wange. »Du hast alles Wichtige gesehen und mehr kann ich dir zurzeit auch nicht sagen.«

Kati zog ihre vor Kälte gerötete Nase hoch. »Okay.« Sie streichelte mit dem Gummihandschuh über seine stoppelige Wange und sah ihm tief in die grünen Augen. »Ich sehe dich bald, ja?«

»Ja«, hauchte er und strich ihr eine kleine blonde Strähne zur Seite, die sich aus der weißen Kopfbedeckung gestohlen hatte. »Ich melde mich.«

Kati stieg über die Stufen nach oben, ging zu dem Zelt hinüber und zog sich dort um. Ihr war kalt, sie zitterte am ganzen Körper und sie war froh, endlich wieder ihren warmen Wintermantel anziehen zu können.

Isa und Sarah kamen auf sie zu. »Sarah«, sagte Kati und umarmte ihre Kollegin, die gleichzeitig auch ihre beste Freundin in Stuttgart war. »Schön, dass du wieder da bist. Hast du dich wenigstens gut erholt?«

Sarah machte einen angedeuteten Knicks und eine ausladende Handbewegung. Dann strich sie sich ihre violett gefärbte Haarsträhne aus dem Gesicht und lachte. »Sieht man mir das nicht an?«, strahlte sie.

Kati lächelte. »Doch, die Sonne scheint dich verwöhnt zu haben.«

»Und wie gehts dir? Wie war die Therapie? Alles beim Alten?«

Kati versuchte ein Lächeln. »Es geht. Ich erzähle es dir später, okay?«

Sarah nickte stumm und strich Kati über ihren Arm.

»Kommt, lasst uns da zu dem Bäcker gehen und einen Kaffee trinken«, schlug Isa vor. »Mir ist arschkalt.« Von einem Fuß auf den anderen trippelnd, fing sie an, ihre Hände aneinander zu reiben.

Kati warf einen Blick auf die Bäckerei. Dort schien nicht viel los zu sein. Dort konnten sie Sarah auf den neuesten Stand bringen und sich aufwärmen. Gegen heißen Kaffee hatte sie auch nichts einzuwenden. »Okay«, sagte sie, »gehen wir.« Kleine weiße Wölkchen begleiteten ihre Worte.

Eine viertel Stunde später wusste Sarah über alles Bescheid, was den Fall anging. Sie hatte Kati stumm angestarrt, als sie mit ihrem Bericht fertig war. Ihre Augen sprachen Bände.

»Willst du dir das wirklich antun? Wieder so einem Irren hinterherjagen?« Sie wischte ohne Unterlass über die Fotos in Katis Bildergalerie. »Warum hat der Täter ihm so ein olles Leinenhemd angezogen und was ist das für ein roter Stofffetzen, auf dem er kauert?«, fragte sie.

Darüber hatte Kati auch schon nachgedacht. »Er will uns irgendetwas damit sagen. Genau wie mit den Ziffern und dem ›Ich spielte‹-Schriftzug.«

»Hm«, brummte Sarah.

»Flo hat mir erzählt, die drei gingen in seine Parallelklasse und wären ziemlich schräg drauf.«

Sarah horchte auf. »Inwiefern schräg?«

Kati sah Sarah an. Ihre Kollegin sah selbst alles andere als 08/15 aus, mit ihren gefärbten Haaren, den vielen Piercings und Tattoos. »Sie machten wohl einen auf Twilight-Vampire. Sie schotteten sich mehr oder weniger von den anderen ab, schminkten sich stark, gaben viel Geld aus.«

Sarah nickte. »Interessant.« Sie nahm einen Schluck aus ihrer Tasse.

Kati sah aus dem Fenster. Am Kanaleingang herrschte inzwischen reges Treiben. Anscheinend waren ihre Kollegen dabei, den Toten zu bergen. Georg Hettkamp stand oben am Eingang und lugte hinunter. Sie drehte sich wieder um und sah ihre beiden Kolleginnen an. »Und was bedeutet das jetzt alles? Haben wir es mit einem Vampirjäger zu tun?« Sie griff zu ihrem Mantel. »Kommt, lasst uns bezahlen und …«

Isa zeigte plötzlich nach draußen. »Da! Oh Gott!«, rief sie und wurde bleich. Kati fuhr herum und sah dort, wo eben ihr Freund gestanden hatte, nur noch schwarzen Rauch. »Was …«, rief sie geschockt und trat an das Fenster. »Was war das?«

9

»War das eine Explosion?«

»Scheiße«, rief Sarah.

Kati drehte sich um und lief in Richtung Tür. »Ich muss zu Georg!«

Isa hielt sie am Ärmel ihres Mantels fest. »Nein! Bleib. Das ist zu gefährlich!«

Kati schüttelte ihre Hand ab. »Lass mich. Ich muss zu ihm!« Sie erreichte die Tür, riss sie nach innen auf, lief nach draußen und stieß dabei beinahe einen älteren Mann mit Krückstock um, der vor der Tür der Bäckerei gestanden hatte. »Tschuldigung«, brachte Kati hastig hervor, vergewisserte sich, dass ihm nichts geschehen war, und drehte sich wieder in Richtung Straße. Die Schreie und Rufe, die durch die Scheiben abgeschwächt worden waren, hörte sie nun laut und deutlich.

Verzweifelt sah sie zu der Stelle, an der der Rechtsmediziner vor einer Minute gestanden hatte. Der Rauch verzog sich nur langsam. »Georg?«, rief sie laut, doch sie sah ihn nicht. Polizistenkollegen und Einsatzkräfte rannten umher, husteten und riefen sich Befehle zu.

»Was ist denn da passiert?«, fragte der ältere Herr, der immer noch hinter ihr stand, mit leicht polnischem Akzent.

»Was?«, fragte Kati verwirrt und drehte sich zu ihm um.

Der Mann mit weißem Haar, langem Bart und dicker Hornbrille hob seinen Stock und wies damit zur Straßenmitte.

»Ich …«, fing Kati an. Was machte der Mann überhaupt hier? War nicht alles abgesperrt worden? »Gehen Sie bitte weiter.«

Sie nahm ein klopfendes Geräusch wahr. Aus dem Augenwinkel sah sie, wie Isa mit der flachen Hand gegen die Scheibe schlug und dann Handzeichen in Richtung Kanalausgang gab. Kati drehte sich verwirrt um. Die Rauchwolke war dünner geworden und sie sah, dass Georg auf dem Boden kniete und hustete. »Georg«, rief sie laut und lief los. Sie kam kurz vor einer der Rettungskräfte an und versuchte ihrem Freund aufzuhelfen. »Komm, wir müssen hier weg! Wer weiß, was das für eine Explosion war und ob nicht gleich noch mehr in die Luft fliegt.«

Hettkamp schüttelte seinen Kopf, hustete und zeigte mit dem Finger auf den Kanaleingang, während der Sanitäter ihn auf der anderen Seite abstützte. »Meyer und Seidel sind noch da unten«, brachte er mühsam hervor und hustete erneut. »Sie wollten den Jungen gerade hochholen.« Während sie liefen, versuchte er sich immer wieder umzudrehen. »Wir müssen nach ihnen sehen.«

»Komm erst mal«, sagte Kati und schob ihn voran in Richtung Rettungswagen, sah sich aber trotzdem nach dem Loch um. Der Kanal war nicht eingestürzt, es gab auch keinen Krater. Vielleicht war das auch hier nur eine Rauchbombe gewesen, dachte sie. War da nicht etwas Graues zu sehen? Ein Kopf unter einer Kapuze? Sie blieb stehen und sah genauer hin. Ja, da war jemand. »Da kommt jemand raus«, rief sie laut.

Zwei weitere Helfer, die ihnen bereits entgegengekommen waren, beschleunigten ihre Schritte. »Es war wahrscheinlich nur eine Rauchbombe«, rief sie ihnen zu, bevor sie den Rettungswagen erreichten, und hoffte inständig, dass sie damit nicht falsch lag. Hettkamp setzte sich auf die Kante und versuchte durchzuatmen. Der Sanitäter stieg in den Wagen und kam Sekunden später mit einer Sauerstoffmaske zurück. Kati nickte ihm zu und reichte sie an Hettkamp weiter. »Einen Becher Wasser bitte noch«, sagte sie und wendete sich ihrem Freund zu, der gierig den Sauerstoff einatmete. »Gehts?«, fragte sie und sah ihn besorgt an.

Er nickte und zeigte in Richtung Kanaleingang. Dort waren inzwischen beide Kollegen der Tatortgruppe herausgestiegen, sie wurden ebenfalls von Sanitätern versorgt. Sie muss es noch viel stärker getroffen haben, dachte Kati.

Sarah kam auf sie zu. »Es geht beiden gut«, informierte sie sie. »Haben starke Atemprobleme, aber sonst sind sie gut beieinander.«

»Es war eine Rauchbombe, wie im Bus«, sagte Kati. »Sie muss etwas weiter entfernt vom Fundort der Leiche platziert worden sein, dort, wo die Kollegen noch nicht gewesen waren. Mir ist jedenfalls nichts aufgefallen, als ich unten war«, sagte sie.

Hettkamp schüttelte den Kopf und nahm kurz die Maske ab. »Mir auch nicht.«

Sarah drehte sich langsam um die eigene Achse und scannte die Umgebung. »Wenn der Täter sie ferngesteuert hat, dann war er wahrscheinlich die ganze Zeit hier«, überlegte sie laut. Sie sah Kati an. »Sollen wir alle Gaffer mit aufs Revier nehmen und durchleuchten? Was meinst du?«

Kati schüttelte den Kopf. »Nee. Der hatte seinen Spaß und ist zu hundert Prozent schon abgetaucht. Die Mühe können wir uns sparen.«

Ein Arzt kam auf sie zu. »Ich möchte sie gerne untersuchen, um auf Nummer sicher zu gehen.«

Hettkamp stand auf und legte die Sauerstoffmaske zur Seite. »Danke«, unterbrach er den Notarzt. »Mir gehts schon wieder bestens.«

»Aber …«, setzte der Arzt an.

Isa kam und drückte Hettkamp einen heißen Tee in die Hand, den sie ihm in der Bäckerei besorgt hatte. Der Rechtsmediziner grinste. »Sehen Sie, ich werde perfekt umsorgt.« Er nahm einen Schluck aus dem großen Keramikbecher und gab den Frauen das Zeichen zum Gehen. »Kommt, wir arbeiten woanders weiter.«

Eine Minute später saßen sie in einem leeren Mannschaftsbus der Bereitschaftspolizei. Kati sah Georg besorgt an, da er immer wieder anfing zu husten. »Vielleicht hättest du doch länger Sauerstoff einatmen sollen.«

Er winkte ab. »Ach papperlapapp. Das passt so.«

»Eine Rauchbombe, aber dieses Mal ohne Betäubungsgas«, warf Isa in den Raum.

Kati nickte. »Ja. Der Täter kennt sich aus. Er will uns seine Überlegenheit zeigen. Nach dem Motto: ›Hey, passt auf, bei mir müsst ihr mit allem rechnen‹. Er entführt und ermordet nicht nur Erwachsene und Teenager, er will uns seine Macht demonstrieren.«

»Einen Teenie hat er umgebracht. Meint ihr, er wird die anderen beiden verschonen?«, fragte Isa mit belegter Stimme und sah fragend in die Runde.

Sarah schüttelte den Kopf. »Nee, der hört erst damit auf, wenn wir ihn stoppen.«

Kati nickte. »Das glaube ich auch. Der Täter ist auf einer Mission und wir sind noch nicht an dem Punkt, dass wir ihn verstehen. Falls wir es nicht schaffen, schnell genug in seinen Kopf vorzudringen, wird er die anderen beiden ebenso töten.«

»Ob er die Rauchbomben wohl selbst gebaut hat?«, fragte Isa.

»Möglich, aber nicht zwingend«, sagte Sarah. »Die

kann man mittlerweile im Darknet bestellen. Das ist alles kein Problem mehr.«

»Ich weiß nicht«, sagte Kati und fuhr sich mit dem Zeigefinger über ihre trocknen Lippen. »Ich habe das Gefühl, dass das doch irgendwie mit den Eltern zusammenhängt.« Sie sah zu Sarah und Isa. »Fahrt doch bitte zu Nick Martinez und seinem Sohn ins Krankenhaus und befragt sie noch einmal. Eventuell sind ihnen noch weitere Details eingefallen.«

Beide nickten.

Kati stand auf. Ihre Miene verdüsterte sich. »Ich werde zu Maxims Vater fahren und ihn über den Tod seines Sohnes aufklären.«

Georg strich ihr über den Arm und griff dann nach ihrer Hand, um sie liebevoll zu drücken. »Du kriegst das hin«, sagte er, erhob sich ebenfalls und öffnete die Tür des Mannschaftswagens. »Ich werde mir derweil den armen Maxim näher ansehen und gebe dir Bescheid, wenn ich mehr weiß.«

Kati setzte sich hinter das Steuer, zog die Tür zu und starrte aus dem Fenster. Schon auf dem Weg zu ihrem Auto hatte es angefangen zu schneien und jetzt setzten sich immer mehr Schneeflocken auf die Scheibe und nahmen ihr die Sicht. Sie lachte bitter auf. Wie durch die Scheibe fehlte ihr auch bei diesem Fall der Durchblick, eine Vision, was es mit dem Mord an Maxim auf sich haben könnte. Der Busfahrer, da war sie sich sicher, war nur ein Kollateralschaden gewesen, aber Maxim? Dieser gutaussehende Abiturient? Laut Florian war die Gruppe seltsam drauf, aber welche Jugendlichen durchlebten nicht solch eine Phase, in der sie den Aufstand probten und sich von anderen abgrenzten? Die Kindheit starb, und sie wurden langsam erwachsen. Kati schluckte. Das galt nicht für Maxim. Er war tot. Er würde nicht mehr erwachsen werden. Und die anderen Teenager auch nicht, wenn sie den Täter nicht zu fassen bekämen.

Das Schneegestöber erschwerte die Fahrt zur Firma. Viele der Autofahrer kamen mit den veränderten Wetterverhältnissen nicht klar. Sie krochen wie die Schnecken langsam vorwärts. Kati wollte dieses Gespräch hinter sich bringen und kam nicht voran. Scheiße, fluchte sie innerlich, schlug mit der flachen Hand gegen die Hupe und bereute es eine Sekunde später. Was konnten die Leute vor ihr für das schlechte Wetter? Mist!

Die Überbringung der Todesnachricht machte ihr zu schaffen. Maxim war jung, er war nicht auf normalen Wege gestorben. Kati lachte erneut bitter auf. Hah, was hieß das schon, ›auf normalen Wege gestorben‹? So ein junger Mensch hatte nicht zu sterben! Er war brutal ermordet, geschlagen und irgendwie auch vergewaltigt worden. Kati wurde schlecht. Ihr Kopf schmerzte. Sollte sie eine Tablette nehmen? Sie linste zu ihrer Tasche, die auf dem Beifahrersitz lag. Plötzlich klingelte ihr Handy, das ebenfalls dort drin war. Sie sah durch die Scheibe nach vorn. Der Verkehr stand. Sie nahm das Handy raus, drückte die grüne Hörertaste und stellte das Telefon auf laut. »Lindberg«, meldete sie sich, während die Flocken die Scheibe langsam zudeckten.

»Laura Kienle dahana«, meldete sich die Sekretärin am anderen Ende.

»Hm. Was gibt es? Neuigkeiten von Timo?«

»Er … er wurd nodoberierd«, antwortete Kienle stockend. »Mehr woiß i ned.«

»Notoperiert? Scheiße.« Kati fuhr sich mit der Hand über die Stirn.

»Jo. I … Se solla soford dahana im Bräsidium erscheinen«, brachte Kienle hervor. Sie schien leicht verwirrt zu sein.

»Ich bin gerade unterwegs und kann nicht«, sagte Kati unwirsch, fuhr fünf Meter weiter, um dann doch noch von der roten Ampel gestoppt zu werden. Mist, dachte sie. Was für ein Scheißdreck. Sie war sich selbst nicht sicher, ob sie die Ampel anfauchte oder sie die Tatsache mitnahm, dass es ihrem Kollegen so schlechtging.

»Ähm, Se müssa. Der neie Chef …«, begann Kienle, doch sie wurde unterbrochen. Eine tiefe, sonore Männerstimme übernahm.

»Kommen Sie sofort ins Präsidium, ich muss mit Ihnen sprechen.«

Kati kam nicht dazu, zu antworten, denn am anderen Ende der Leitung war aufgelegt worden. Sie runzelte die Stirn. Der neue Chef? Er war schon da? Und diese Stimme. Kam sie ihr nicht bekannt vor?

Die Ampel wurde grün, aber anstatt weiter geradeaus zu fahren, setzte sie den Blinker nach rechts. Der Vater und die unangenehme Nachricht mussten warten.

Vor dem Präsidium war die Hölle los. Fernsehteams und Journalisten harrten in der Kälte aus und versuchten, auch sie auszuquetschen. Kati enthielt sich jeden Kommentars und verwies auf eine baldige Pressekonferenz, die ihr neuer Chef abhalten würde und nicht sie. Mit einem winzigen Lächeln auf den Lippen betrat sie das Gebäude, spurtete im Eilschritt über die Treppen in den zweiten Stock und weiter zu Schüttes altem Büro. Sie wollte gleich hineinstürmen, besann sich jedoch kurz, bevor sie auf die Klinke drückte, und atmete dreimal tief durch. Der erste Eindruck, dachte sie kurz, griff nach dem Kiesel und betastete ihn für ein paar Sekunden. Dann klopfte sie an, fest entschlossen, es mit jedem neuen Chef aufzunehmen.

»Herein«, sagte dieselbe sonore Stimme wie am Telefon.

Kati öffnete die Tür und trat ein. Laura Kienle stand an Sebastian Schüttes altem Schreibtisch und sah ihr mit sorgenvollem Gesicht entgegen.

Neben ihr drehte sich der Drehstuhl halb um die eigene Achse und ein groß gewachsener Mann stand auf. Er war schwarz und trug Dreadlocks, die ihm bis auf die Schulter reichten. Zuerst sah er sie mit ernsten braunen Augen an und verzog dann seinen Mund zu einem Lächeln.

Kati glaubte, nicht recht zu sehen, und zog die Augenbrauen zusammen. Dann lächelte sie ebenfalls und ging auf ihn zu. »Lenny? Du?«

Der Mann in blauer Jeans und hellblauem Hemd kam zu ihr und nahm sie in die Arme. »Kati Lindberg! Ich habe mir schon gedacht, dass du das bist, als ich den Namen gehört habe.« Lenny Verbeek ließ sie los und trat einen Schritt zurück. »Lass dich anschauen.« Er schnalzte mit der Zunge.

»Hast dich gut gehalten, meine Liebe.« Sein leicht holländischer Dialekt war nicht zu überhören. Kati wusste, dass er in den Niederlanden seine ersten Lebensjahre verbracht hatte und später dauerhaft in Deutschland gelebt hatte. Kennengelernt hatten sie sich an der Polizeiakademie in Nienburg. Sie hatten dann gemeinsam beim Landeskriminalamt in Hannover gearbeitet, bis er dann vor Jahren nach Wiesbaden gewechselt war.

»Danke«, antwortete Kati perplex und ließ sich auf einen der Stühle plumpsen. »Du bist hier der neue Chef?«

»Hm, ganz genau«, grinste er und wendete sich an Laura Kienle. »Würden Sie meiner durchgefrorenen Kollegin und mir bitte einen heißen Tee organisieren?«

Kienle nickte und fuhr sich nervös über das Dekolletee. »Jo, sichr.« Sie drehte sich um, verließ mit klackernden Absätzen das Büro, nicht, ohne sich noch einmal zu den beiden umzusehen.

Kati sah ihr grinsend nach, dann wendete sie sich wieder Lenny Verbeek zu. Der hatte sich mit dem Hintern an den Schreibtisch gelehnt und die muskulösen Arme vor seinem Oberkörper verschränkt. Man sah ihm an, dass er viel und intensiv Sport trieb. Er lächelte immer noch und sein Anblick wirkte auf seltsame Weise beruhigend auf Kati.

Er ist mein neuer Chef, dachte Kati. Sie konnte es immer noch nicht richtig glauben. Sie hatte so viel mit diesem Mann erlebt, so viel Spaß gehabt. Sie merkte, wie sie bei dem Gedanken rot anlief. Früher … Bevor sie ihren Ehemann Stefan kennengelernt hatte.

Verbeek räusperte sich. »Da ich weiß, dass wir einen sehr brisanten Fall auf dem Tisch haben, schlage ich vor, wir vertagen die große Wiedersehensfeier ein wenig und du bringst mich direkt auf den neusten Stand. Ich habe eben zwar schon mit der Staatsanwältin Frau Brenner …«

»Brunner«, verbesserte Kati ihn.

»Ähm, Brunner geredet, aber du weißt als leitende Ermittlerin sicher mehr.«

Kati nickte ihm zu.

Er kam herüber und setzte sich zu ihr an den Tisch.

Als er saß, legte Kati für zwei Sekunden ihre Hand auf seine und sah ihn mit großen Augen an. »Schön, dass du bei uns bist.«

Zwanzig Minuten später hatte Kati Lenny Verbeek komplett ins Bild gesetzt. Sie beschlossen, gemeinsam zu Herrn Michels zu fahren, um ihm die Todesnachricht zu überbringen. Außerdem wollte Lenny die Eltern der entführten Teenager persönlich kennenlernen. Kati kannte ihn von früher nicht anders. Er war ein Mann der Tat, der das Büro am liebsten mied und gern aktiv im Außendienst arbeitete.

Nachdem Kati schon vom Präsidium aus in der Firma angerufen hatte, um zu erfahren, ob sich Michels im Büro oder bereits zu Hause aufhielt, standen sie nun an einem Außentor neben einer hohen, dichten Hecke. Kati drückte auf die Klingel. Sie kräuselte ihre Stirn und beugte sich zu dem Schild herunter. Brandt, Carstens, Michels stand dort. Sie drehte sich zu Lenny um. »Die wohnen hier alle zusammen! Das haben die gar nicht erzählt.«

Lenny Verbeek beugte sich ebenfalls herunter. »Stimmt. Das Ganze wird ja immer kurioser.«

Sie sah nach oben, als sie bemerkte, dass sich eine Überwachungskamera über ihnen bewegte. Lenny zog seinen Ausweis und hielt ihn vor die Kamera.

Der Türsummer ertönte und gleichzeitig sagte eine Stimme: »Kommen Sie bitte rein.« Kati drückte das hohe Holztor auf und sie gingen über den gepflasterten Weg, auf dem der Schnee sich nicht hatte halten können, in Richtung Haustür.

»Kein Wunder, dass die Teenies auf der Fahrt nach Köln gekidnappt worden sind«, sagte Lenny, der einen sportlichen beigen Winter-Parka mit Kunstfellkapuze trug. »So, wie das Haus abgeschirmt ist, war das auf jeden Fall der einfachere Weg.«

Kati nickte. »Schon, aber durch die Hecke kommt man durch, wenn man will.« Sie sah vom linken Teil des Hauses zum rechten Teil. Es war lang. Ungewöhnlich lang. Gebaut in einem hochmodernen doppelstöckigen Bungalowstil mit vielen Fenstern. Sie traten gerade auf den Absatz der modernen Eingangstür, als sie von einer Frau geöffnet wurde. Kati schätzte sie auf fünfzig Jahre, sie schien asiatischer Herkunft zu sein. »Kommen Sie bitte«, sagte die Frau in einwandfreiem Deutsch und machte eine einladende Bewegung. »Ihre Kollegen sind auch schon da. Herr Michels ist im Gemeinschaftszimmer. Gehen Sie einfach geradeaus durch die Glastür. Er erwartet Sie bereits.«

Kati nickte ihr zu. »Vielen Dank.«

Sie durchschritten den mit Marmor gefliesten Flur und gingen weiter in Richtung Glastür. Kati bemerkte aus dem Augenwinkel einen der Kollegen, der am anderen Ende des langen Flurs stand. Von hier aus schienen die verschiedenen Wohnbereiche der einzelnen Familien abzuzweigen. »Hey«, rief sie ihm zu. »Wie weit seid ihr? Steht die Fangschaltung schon?«

Der Mann mit Schirmmütze hob einen Daumen in die Luft. »Ja, wir sind hier gleich fertig. Die Kollegen sammeln gerade die DNA-Proben ein.«

Kati ging auf den Kollegen zu, Lenny Verbeek im Schlepptau.

Sie stellte alle einander vor.

»Sind Herr Carstens und Frau Brandt nicht daheim?«

Der Kollege von der Technik zuckte mit den Schultern. »Wohl nicht. Als wir in der Firma mit der Installation fertig waren, sagten sie, sie müssten dort bleiben. Die Haushälterin oder Herr Michels würde uns hereinlassen.«

Kati nickte. »Hm. Seltsam. Nun gut. Ich könnte unter diesen Umständen nicht arbeiten. Eigenartig, die ganze Sippe.«

»Sippe?«, sagte eine Stimme hinter ihnen.

Kati fuhr erschrocken herum und merkte, dass sie leicht errötete. »Ich …«

Lenny rettete die Situation, indem er seinen Ausweis aus der Jackentasche zog und sich vorstellte. »Hallo. Ich bin der neue Leiter der Mordkommission, Erster Polizeihauptkommissar Lenny Verbeek.« Er streckte Michels die Hand hin, die dieser ergriff, nachdem er verwirrt zu Kati geschaut hatte.

»Herr Michels«, ergriff Lenny erneut das Wort. »Lassen Sie uns doch in Ihr Gemeinschaftszimmer gehen und uns setzen.«

»Warum?«, fragte Michels sofort. »Gibt es etwas Neues von Maxim und den anderen?« Er stockte kurz und fasste Kati am Arm. »Haben Sie sie gefunden? Geht es Ihnen gut?«

Kati starrte ihn an. Ihr wurde schlagartig schlecht. Sie wusste nicht, was sie sagen sollte. »Ich …«

Verbeek nahm Michels Hand von Katis Arm, führte ihn den Flur entlang in Richtung Wohnzimmer und dann zum Sofa. Kati folgte ihnen.

»Was ist denn nun?«, fragte Michels erneut und riss erwartungsvoll seine Augen auf. »Haben Sie sie gefunden?«

»Herr Michels«, begann Lenny Verbeek, doch Kati stoppte ihn mit einer Handbewegung. Sie fand es nicht richtig, dass er dem Vater von dem Tod des Sohnes erzählte. Er war erst vor knapp eineinhalb Stunden zum Team gestoßen und sie selbst hatte am Morgen Herrn Michels vom Verschwinden seines Sohnes in Kenntnis gesetzt. Nun musste sie es auch zu Ende bringen. Sie nahm sich die Zeit und schnaufte kurz durch.

»Herr Michels«, sagte Kati und musste sich überwinden, die nächsten Worte auszusprechen. »Ich muss Ihnen leider mitteilen, dass Ihr Sohn Maxim tot aufgefunden wurde.«

Michels starrte sie an. Jegliche Farbe wich aus seinem Gesicht. Es war, als hätten ihre Worte ein Vakuum erschaffen, das Zeit und Raum zum Erliegen brachte. Minuten des Schweigens schienen zu vergehen. Dann schüttelte Maxims Vater den Kopf. »Nein. Nein, das kann nicht sein.«

Kati beugte sich ein wenig vor und griff nach seiner Hand. »Es tut mir sehr, sehr leid.«

Er schüttelte sie ab und sprang vom Sessel auf. »Sie waren zu langsam!«, schrie er. »Sie … Sie …« Er brach in Tränen aus, unfähig, weiterzusprechen.

Lenny stand auf und trat auf ihn zu. »Herr Michels.«

»Lassen Sie mich!«, schrie Michels, strauchelte ein paar Meter bis zum großen Panoramafenster, das zum Garten herauszeigte. Dort blieb er stehen und klatschte verzweifelt mit den flachen Händen auf das kalte Glas. »Warum?«, rief er. »Warum Maxim?«

Kati sah zu ihm und traute sich kaum zu atmen. Sie war froh, dass Lenny bei ihr war und sie die Nachricht nicht hatte allein überbringen müssen.

Michels drehte sich abrupt um und starrte sie mit rot verweintem Gesicht an. »Was ist mit Aaron und Zoe? Sind sie auch …«

Bevor er das letzte Wort aussprach, schüttelte Kati den Kopf. »Nein. Sie werden immer noch vermisst. Es gibt nach wie vor keine Hinweise zu ihrem Verbleib und anscheinend auch keine Lösegeldforderungen.«

Michels kam einen Schritt auf sie zu. Er machte die Figur eines gebrochenen Mannes. »Was ist mit Maxim geschehen?«, fragte er. Kati sah, wie er am ganzen Leib zitterte. »Wie … ich meine, musste er leiden?« Seine Worte kamen nur sehr stockend.

In Katis Magen verklumpte sich alles. Sie schluckte und sah zu Lenny. Er hatte nur die Fotos gesehen.

»Er wurde erdrosselt, genau wie Tobias Schenk«, sagte Kati langsam und suchte den Kiesel in der Manteltasche. »Es tut mir leid.«

Michels presste seine bebenden Lippen zusammen. »Oh Gott, mein Junge! Mein armer Junge!«

»Kanalarbeiter haben ihn gefunden, nachdem ein anonymer Anruf eingegangen war, dass es aus einem Gully stinken würde«, erläuterte Lenny Verbeek und handelte sich von Kati ein ungläubiges Kopfschütteln ein. Männer! Wie unsensibel konnte man eigentlich sein?

»Aber dem war gar nicht so«, sagte sie schnell. »Der Anruf war nur ein Fake. Der Täter wollte einfach, dass Maxim schnell gefunden wird.«

Michels torkelte bis zur nächsten Sitzgelegenheit, einem Klavierschemel, und ließ sich kraftlos darauf nieder. »Man hat ihn in einem stinkenden Kanal liegenlassen?«, fragte er mit schwacher Stimme. Tränen liefen immer noch über sein Gesicht. »Warum?«

»Es … es war kein Abwasserkanal«, sagte Kati, doch sie wusste, dass würde den Vater des toten Jungen kaum trösten.

Lenny Verbeek ging zu Michels und stellte sich vor ihn. »Herr Michels, können Sie sich vorstellen, warum man ihrem Sohn ein einfaches, beiges Leinenhemd mit Schnüren angezogen haben könnte?«

Michels sah ihn an und zog die Augenbrauen zusammen. »Ein Leinenhemd?«

»Außerdem hat der Täter ihn auf einem Stück rotem Samtstoff platziert.«

»Roter Samtstoff?«, wiederholte Michels und schien zusehends verwirrt. »Ich weiß nicht. Keine Ahnung.«

Kati mochte es kaum aussprechen, aber sie musste wissen, ob Michels etwas mit den Worten auf der Wand des Kanals anfangen konnte. »Über Ihrem Jungen stand der Satzanfang: ›Ich spielte‹, danach drei Punkte, als ob es Teil eines Satzes ist. Sagt Ihnen das etwas?« Dass das Ganze mit dem Blut des Jungen geschrieben worden war, verschwieg sie.

»Ich spielte«, redete er ihr nach. Sein Blick ging von ihr weg in den Raum hinein.

»Herr Michels?«, fragte Lenny. »Sagen Ihnen diese Worte etwas? Beziehungsweise das Hemd und der Stoff?«

Michels starrte weiterhin stumm in den Raum. Er wirkte wie betäubt auf Kati. Sie wusste, nichts und niemand würde ihn jetzt dazu bringen, irgendetwas zu sagen. Sie versuchte etwas anderes. »Dürften wir uns in Maxims Zimmer umsehen?«, fragte sie ohne viel Hoffnung in der Stimme.

Sie hatte Glück und drang zu ihm durch. Michels nickte schwach, doch sein Blick war immer noch gebrochen.

»Sein Zimmer …«, begann Lenny Verbeek, doch Kati schob ihn in den Flur.

»Komm. Wir fragen Frau Ling.«

Katis Handy klingelte in ihrer Manteltasche, während sie im Flur nach der Haushälterin suchten.

»Lindberg.«

»Ich bin's, Georg.«

»Georg«, sagte Kati. »Hast du was Neues für uns?«

Hettkamp antwortete nicht sofort. »Ja. Ich hatte dir doch erzählt, dass bei Maxim rektal etwas eingeführt worden war.«

Kati schluckte schwer. »Hm. Und was war es?«

»Das ist ja das Seltsame. Es war eine Holzflöte. Nicht groß, nur so dreizehn Zentimeter lang. Farbig, wie für Kinder, mit Blumen bemalt.«

»Eine Kinderflöte?«, fragte Kati ungläubig nach.

»Ja, sieht so aus.«

»Und weißt du, ob er ihn noch zu Lebzeiten damit …«

»Nein«, sagte Hettkamp schnell. »Es gab leichte Blutungen, aber es kann auch kurz nach dem Tod geschehen sein.«

»Hm.« Kati wusste gar nicht, was sie dazu sagen sollte. Was sollte das alles? Die Wörter an der Wand, das Hemd und die Flöte? Sie räusperte sich. »Und hast du sonst noch etwas gefunden?« Sie biss sich auf die Lippen.

»Ja. Da war etwas in seinen Haaren. Eine Substanz. Einerseits milchig …«

Oh nein. Sperma, dachte Kati sofort.

»Andererseits gelblich.«

Kati kräuselte die Stirn. Sie war inzwischen Lenny Verbeek die Treppe hinaufgefolgt und betrat hinter ihm das Zimmer von Maxim. »Und was ist es?«

»Ein rohes Ei.«

»Ei?«, wiederholte Kati.

»Ja. Keine Ahnung, wie das dorthin kam. Vielleicht hat der Täter irgendein Faible für rohe Eier?«

»Okay, Georg. Ich leite diese Informationen gleich an die Fahndungsgruppe weiter. Danke dir erst mal.«

»Gerne. Ich mach dann mal hier weiter«, sagte er. »Wir sehen uns.«

»Ja«, antwortete Kati. »Tschüss, Georg.« Sie tätigte einen kurzen Anruf, steckte das Telefon in ihre Manteltasche und nahm die Einmalhandschuhe entgegen, die ihr Lenny Verbeek hinhielt. »Danke.«

Er nickte. »Und? Was gibt es Neues?«

Kati erzählte ihm, was sie von Georg Hettkamp erfahren hatte.

Lenny Verbeek schüttelte den Kopf. »Krank, einfach nur krank!«

Kati nickte. »Die Kollegen kümmern sich drum. Vielleicht gibt es ja in unserer Datenbank jemanden mit solchen Vorlieben.«

Sie begann sich im Raum umzusehen. Das Zimmer war groß. Vor dem großen Fenster stand ein ausladendes Bett, links davon ein moderner Schreibtisch, und auf der anderen Seite hatte sich der Junge eine kleine Bar eingerichtet. Alkoholika füllten das Regal dahinter, genauso wie Cocktailgläser, Eiscrusher und alles andere, was dazugehörte. Sogar einen eigenen Kühlschrank hatte er.

Neben der Bar fand sich ein gemütliches Sofa und davor ein uralter, zum Tisch umfunktionierter Reisekoffer, mit einer voll mit Wachs betropften Flasche. Kati hätte einen Sarg noch origineller gefunden.

»So ein Zimmer würde Florian sicher auch gefallen«, sagte sie und trat an eine Wand, an die Maxim alte Konzertkarten, Backstagepässe und Poster der Twilight-Schauspieler gepinnt hatte.

»Florian?«, fragte Lenny und sah zu ihr.

Kati ging zwei Schritte weiter und öffnete eine Art Fotoalbum, das auf einem kleinen Tischchen lag. In ihm hatte Maxim Autogrammkarten aufgeklebt und Orte und Zeiten daneben geschrieben. Hollywood, New York …

»Mein Sohn«, erklärte Kati und sah kurz zu Lenny, der aus dem Fenster auf den angrenzenden Wald sah. »Er ist im selben Alter wie die drei.«

»Ah, okay.« Lenny drehte sich zu ihr um. »Mir tut es übrigens leid, was deinem Mann zugestoßen ist«, sagte er und strich sich unsicher über seinen Dreitagebart. »Als er beerdigt wurde, war ich gerade in den USA, sonst wäre ich gekommen.«

Kati nickte und lächelte ihn zaghaft an. »Das ist schon in Ordnung.« Sie wollte das Thema wechseln und zeigte auf das Album. »Was denkst du, ist es nicht seltsam, dass fast erwachsene Männer so einen Kult um Vampir-Schauspieler treiben?«

»Das alles ist schon Jahre her«, sagte Herr Michels, der von ihnen unbemerkt in die Tür getreten war.

Kati und Lenny drehten sich ihm zu. Sein Gesicht war verweint, doch er schien sich ein wenig gefasst zu haben. »Zuerst war nur Zoe von diesem Quatsch hin und weg, doch dann hat sie die Jungs mit in den Bann der Vampir-Saga gezogen. Erst waren es die Bücher, dann die Filme. Sie flogen sogar zu den Premierenfeiern nach Los Angeles.« Er schüttelte seinen Kopf. »Keine Ahnung, was sie so daran fasziniert hat.«

Kati wusste es. Sie hatte die Bücher und Filme ebenfalls verschlungen. Es war diese andere, diese geheimnisvolle Welt, die sie damals fasziniert hatte, und die Frage, wie es mit dem ungleichen Liebespaar weitergehen würde. Würden sie es schaffen, ihre Liebe gegen alle Vernunft zu leben und nebenbei noch Kämpfe gegen andere Feinde bestreiten können?

»Und dann begannen sie irgendwann, selbst im Stil der Vampire herumzulaufen?«, fragte Kati.

Michels nickte. »Ja, sie fanden es stylisch und schick.«

Kati fragte sich, ob er wusste, dass sie sich damit auch von den anderen Jugendlichen und Mitschülern abheben wollten. Die Worte von Michels, die er am Morgen hatte fallen lassen, kamen ihr wieder in den Sinn: ›Gemeines Volk‹. Das bewog sie dazu, nicht weiter nachzufragen.

Es war eigentlich auch egal. Sie glaubte nicht, dass Jugendliche für den Mord an Maxim und die Entführung verantwortlich waren. Dafür war der Plan zu gut ausgearbeitet gewesen. Es musste etwas mit den Eltern zu tun haben. Sie waren jetzt allein mit ihm, ohne die anderen Elternteile, was gut war.

»Herr Michels«, sagte sie und trat einen Schritt auf ihn zu. »Überlegen Sie bitte noch einmal genau …«

Michels ging an ihr vorbei und setzte sich auf die Kante des Bettes. Dann nahm er einen kleinen Plüsch-Vampir in die Hand und sah aus dem Fenster.

Kati folgte ihm und setzte sich vor ihm in die Hocke. »Wer könnte Sie dermaßen hassen, dass er Ihren Kindern so etwas Schlimmes antut?«

Herr Michels schüttelte den Kopf, sagte aber nichts. Kati biss sich auf die Lippen. Er tat ihr unendlich leid, aber sie musste mehr erfahren, wissen, wer diesen Eltern so feindselig gesonnen war. »Was ist mit den Ziffern? 1-2-8-4? Fällt Ihnen dazu etwas ein? Oder zu dem Stoff, den Worten: ›Ich spielte‹«

In Michels Augen standen erneut Tränen. »Nein, nein.«

Lenny Verbeek trat zu ihnen. »Hat Ihr Sohn Flöte gespielt, Herr Michels?«

Er sah verwirrt zu dem Hauptkommissar auf. »Flöte?« Er schüttelte den Kopf. »Nein.« Er sah zu Kati. »Wie kommen Sie auf eine Flöte?«

»Man hat …«, setzte Verbeek an, doch Kati erhob sich aus der Hocke und schüttelte den Kopf. Es war besser, er erfuhr nichts von der Penetration.

Verbeek verstand und nickte ihr zu.

Michels starrte lethargisch aus dem Fenster. Versunken in einer anderen Welt. In einer Welt, wo sein kleiner Sohn draußen im Garten mit seinen Freunden war und im Wald spielte? Kati wusste es nicht. Sie wusste nur, dass sie in diesem Zustand keine Infos mehr aus ihm rausbekommen würde. Sie trat zur Tür.

»Herr Michels, wir halten sie auf dem Laufenden. Wenn Sie bitte morgen zur Identifikation ihres Sohnes zur Pathologie in Robert-Bosch-Krankenhaus kommen könnten«, versuchte Lenny Verbeek es noch einmal.

»Komm«, sagte Kati und zog ihn mit sich. »Das hat keinen Zweck. Der steht total neben sich.« Sie zückte ihr Handy und wählte die Nummer der Psychologin für Krisenfälle. Dann zeigte sie auf den Flur. »Kannst du bitte einen der Kollegen der Telefonüberwachung herholen? Ich würde ja solange dableiben, bis die Psychologin hier ist und sehen, dass er keinen Quatsch macht, aber wir müssen weiter zu Carstens und Brandt in die Firma.«

Verbeek nickte. »Klar, kein Problem. Bin gleich wieder da.« Kati lächelte. Dafür mochte sie Verbeek. Er machte kein Aufheben und war sich auch für solche Aufgaben nicht zu schade. Er war einfach unkompliziert. So kannte sie ihn von früher.

Nachdem ihr die Psychologin versprochen hatte, sich direkt auf den Weg zu machen, klingelte Katis Handy nach dem Auflegen erneut. »Lindberg«, sagte sie ein wenig genervt. Ihr Magen knurrte.

»Ich bin es, Sarah. Ich bin gerade im Krankenhaus. Herr Martinez hat sich schon vor ein paar Stunden selbst entlassen. Sein Sohn sagte mir, er wollte in die Firma und den Chefs seine Hilfe anbieten.«

Kati sah zu einem Teller mit saftigen Orangen. »Hm. Okay. In der Firma war er vorhin nicht.«

»Ich versuche herauszufinden, wo er sich aufhalten könnte, vorher spreche ich noch kurz mit dem Sohn über den Überfall. Vielleicht kann er sich jetzt an etwas mehr erinnern.«

»Tu das«, sagte Kati. »Ruf mich an, wenn du was erfährst.«

»Klaro. Bis dann.«

10

Zwanzig Minuten später schritt Kati neben Lenny Verbeek den Weg zum Firmeneingang entlang. »Also ich schließe mittlerweile fast aus, dass wir es mit einem fremden Täter zu tun haben, aber diese Kinderflöte bereitet mir Kopfzerbrechen«, sagte sie, zog die Tür auf und ließ Verbeek den Vortritt.

Die Sekretärin trat auf sie zu. »Was kann ich für Sie tun?«, fragte sie unsicher.

»Wir müssen mit Herrn Carstens und Frau Brandt sprechen«, sagte Lenny.

»Ja sicher, einen Moment, bitte«, wisperte die Frau.

»Wir sind hier«, rief eine Frauenstimme und winkte von der Chillout-Lounge-Ecke zu ihnen herüber.

Kati nickte der Sekretärin kurz zu und lief dann gemeinsam mit Verbeek zu den Eltern von Zoe und Aaron.

»Die DNA-Proben werden bereits genommen«, sagte Frau Brandt, bevor Kati überhaupt zu Wort kam. »Unsere Haushälterin weiß …«

»Das wissen wir, Frau Brandt«, stoppte Kati die Frau in ihrem Redefluss. »Wir waren gerade bei Ihnen zuhause. Keiner von Ihnen hat heute Morgen erwähnt, dass sie alle zusammen wohnen.«

Carstens und Brandt sahen sie irritiert an. »Hätten wir sollen? WGs sind doch nicht so ungewöhnlich, würde ich meinen«, sagte Frau Brandt. Ihr Blick wendete sich von Kati ab. »Und Sie sind?«, fragte sie Verbeek und musterte ihn von oben bis unten.

Er streckte seine Hand aus und stellte sich beiden nacheinander vor. »Lennard Verbeek, Leiter der Mordkommission Stuttgart.«

Kati biss sich auf die Lippen. »Vielleicht setzen Sie sich wieder.«

Carstens riss seine Augen auf. »Haben Sie die Kinder gefunden?«

In den nächsten Minuten schilderte Kati, unter welchen Umständen man Maxim aufgefunden hatte. Sie ließ dabei kaum etwas aus.

Frau Brandt brach weinend zusammen. »Maxim, unser Maxim«, schluchzte sie leise, während Herr Carstens sie sanft über den Rücken streichelte. Auch ihm standen Tränen in den Augen. »Meinen Sie, dieser Verrückte wird dasselbe …«

Kati legte einen Finger vor ihre Lippen und wies dann auf die aufgelöste Frau neben ihm. »Wir glauben mittlerweile, dass es sich um eine Beziehungstat handeln muss«, sagte sie. »Deshalb müssen wir sie nochmal bitten, darüber nachzudenken, wer Ihnen schaden will. Sie sind derzeit die Einzigen, die uns weiterhelfen können. Noch haben wir Zeit, Ihre Kinder zu finden.«

Lenny Verbeek wanderte derweil nervös durch den Raum, blieb stehen und sah sie eindringlich an. »Überlegen Sie bitte: Wer, den Sie kennen, ist in der Lage Rauchbomben zu bauen oder sich zu beschaffen? Wer ist intelligent genug, so eine Entführung zu planen und durchzuführen? Wer hätte einen Grund, Ihnen das anzutun?«

Katis Smartphone klingelte. Sie griff in ihre Manteltasche und meldete sich. »Lindberg. – Sarah. Okay. Warte kurz.« Kati warf Lenny einen Blick zu, der ihm bedeutete, mit ihr rauszugehen.

»Also bitte, denken Sie nochmal intensiv darüber nach. Wir sind gleich wieder bei Ihnen.«

Beide Ermittler traten vor die Tür. »So, leg los. Ich stelle dich auf laut. Unser neuer Chef ist nämlich auch bei mir«, sagte Kati.

»Unser neuer Chef?«, fragte Sarah mit erstaunter Stimme.

Verbeek beugte sich zum Handy. »Lenny Verbeek hier. Hallo.«

»Hallo«, antwortete Sarah verdattert.

»Dann leg mal los«, schlug Kati vor, die sich Sarahs verwirrtes Gesicht bildlich vorstellen konnte.

»Ich habe Martinez bei sich zu Hause angetroffen. Er öffnete mir verschlafen und im Bademantel die Haustür. Sah ganz schön lädiert aus, der Mann. Er wohnt mit seiner Frau, seinen Zwillingsmädchen und Finn auf so einem alten umgebauten Fabrikgelände. Die Frau war gerade nicht da, weil sie die Kleinen vom Kindergarten abholte.«

»Aha. Und weiter?«, fragte Kati.

»Tja, er erzählte mir, dass er vom Krankenhaus direkt zur Firma gefahren sei, und dass ihn die Chefs, nachdem er ihnen alles über den Überfall erzählt hatte, nach Hause geschickt hätten. Sie hätten ihn wohl sogar dafür gerügt, dass er nicht im Krankenhaus geblieben sei, sagte er.«

»Und ist ihm noch etwas eingefallen?«, fragte Kati, die gerne zum Punkt kommen wollte.

»Ja. Ihm ist eingefallen, dass, bevor er nach dem Rauchen wieder in den Bus stieg, ein Mann an ihm vorbeigegangen war, dessen Telefon zu klingeln begann. Mit einem bekannten klassischem Stück, das er aber nicht mit Namen kannte.«

»Und das ist alles?«, fragte Verbeek nach.

»Ja. Der Sohn erinnert sich leider auch nicht an mehr Details.«

»Das ist nicht viel. Danke erstmal. Wir sehen uns dann im Präsidium«, sagte Kati und legte auf.

»Ein Klingelton«, überlegte Lenny Verbeek. »Wie

soll uns das weiterbringen?«

»Komm. Lass uns wieder reingehen. Vielleicht ist den Eltern inzwischen eine Erleuchtung gekommen.«

Sie betraten erneut die Chillout-Lounge mit den gemütlichen Sofas. Frau Brandt schien sich etwas gefasst zu haben und hielt eine Tasse mit heißem Tee in den Händen.

»Sie haben uns gar nicht erzählt, dass Herr Martinez in der Firma war und Ihnen seine Hilfe angeboten hatte«, sagte Kati und sah beide Eltern an.

Carstens sah kurz zu Brandt. »Ja. Stimmt. Jetzt, wo Sie es sagen. Er war kurz da und erzählte uns von dem Überfall.«

Frau Brandt unterbrach ihn. »Ich habe ihm dann gesagt, er soll nach Hause gehen und ein paar Tage frei nehmen.« Sie machte eine dramatische Geste mit der Hand. »Ich meine, was soll das? Er ist heute Morgen überfallen worden. Ist fast dabei draufgegangen. Er sollte im Krankenhaus liegen und sich erholen.«

Carstens legte ihr die Hand auf die Schulter. »Reg' dich nicht auf, Liebes. Du weißt doch, wie gewissenhaft er ist. Er wollte nur helfen.«

»Dann hätte er gefälligst den Überfall verhindern sollen.« Sie brach in Tränen aus.

Kati presste die Lippen zusammen. So drehten sie sich nur im Kreis. »Ist Ihnen noch jemand eingefallen, der Ihnen schaden wollen könnte?«, fragte sie und richtete ihren Blick vornehmlich auf Zoes Mutter.

»Nein«, antwortete Frau Brandt leise.

»Aber mir«, sagte Carstens.

»Was? Wer?«, fragte Frau Brandt und sah ihn mit großen rotgeränderten Augen an.

Er strich sich unschlüssig über den Nacken. »Wir waren mal zu viert«, sagte er, stand vom Sofa auf und trat ans Fenster.

»Wie – zu viert?«, fragte Lenny, bevor Kati es tat. »Wie meinen Sie das?«

»Leo«, hauchte Vanessa Brandt entsetzt. »Ist das dein Ernst? Du meinst Paul …«

Carstens schnaufte laut und drehte sich zu ihr um. »Warum nicht?«

Frau Brandt schüttelte ungläubig den Kopf. »Nicht Paul. Das glaube ich nicht.«

»Und er, dieser Paul, war Teil ihrer, wie soll ich sagen? Teil ihrer Vierer-Familie?«

»Ja. Paul Roth war einmal ein Teil von uns. Wir alle kennen uns schon seit unserer Kindheit.«

»Er war Teil der Firma, Teil der Familie. Genau wie Ekin«, steuerte Frau Brandt bei, die im Anschluss an ihrer Teetasse nippte.

»Ekin?«, fragte Lenny nach.

»Sein Sohn«, erklärte Carstens.

»Und was ist passiert?«, fragte Kati und zog ihren Mantel aus. Ihr war warm geworden. Sie legte ihn sich über den Arm und sah erwartungsvoll zu den beiden Eltern. Es dauerte alles so wahnsinnig lange. Musste man den Leuten denn alles aus der Nase ziehen? Warum war ihnen das nicht schon früher eingefallen? Heute Morgen zum Beispiel, als sie nach möglichen Feinden oder Hassern gefragt worden waren.

»Paul war hier in der Firma der Chef-Spieleentwickler.«

Der Schriftzug: ›Ich spielte‹, der an der Kanalwand gestanden hatte, kam Kati sofort in den Sinn.

»Warten Sie bitte mal«, verlangte Lenny und zeigte auf Aarons Vater und danach auf Frau Brandt. »Was haben Sie beide denn für eine Position in der Firma inne?«

»Ich bin für die Finanzen verantwortlich«, sagte Brandt.

»Und ich für Werbung und Marketing.«

»Und Herr Michels?«, fragte Kati, die sich ein wenig ärgerte, sich mit dem Thema nicht vorher beschäftigt zu haben, denn dann wäre ihr vielleicht aufgefallen, dass jemand fehlte, der die Entwicklungsabteilung leitete.

»Sven kümmert sich um Produktion und Qualitätsmanagement«, erläuterte Vanessa Brandt.

Kati verengte die Augen zu Schlitzen. Sie war sich ziemlich sicher, dass alle vier ihre Studiengänge aufeinander abgestimmt hatten, um später eine erfolgreiche Firma auf die Beine stellen zu können. Einerseits total verrückt, andererseits genial. Doch anscheinend war trotzdem etwas schiefgelaufen.

»Gut, dann erzählen Sie uns jetzt bitte, warum Paul Roth nicht mehr im Team ist.«

Carstens spitzte die Lippen. »Er hat gegen eine unserer Regeln verstoßen und deshalb …«, sagte er in verächtlichem Ton.

»Mussten wir ihn eliminieren«, führte Frau Brandt den Satz weiter.

»Eliminieren?«, griff Lenny auf.

»Rausschmeißen, meint Vanessa«, unterbrach ihn Carstens.

»Okay«, sagte Lenny und lächelte leicht. »Das hört sich schon anders an. Und warum genau?«

»Er hat geheime Pläne für zukünftige Spiele an eine russische und eine amerikanische Spielefirma verraten. Die haben sie sich zunutze gemacht, direkt umgesetzt, da die ganz andere Kapazitäten freistellen können als wir. Die werden unsere Spiele bald herausbringen.«

»Und wir gucken in die Röhre und dürfen wieder

von vorne anfangen.«

Kati merkte den beiden an, dass sie angepisst waren. Genau das war sie selbst auch. »Warum haben Sie uns das nicht schon heute Morgen erzählt?«

»Ich … ich«, stotterte Brandt.

»Und die Regel, gegen die er verstoßen hat, lautet wie?«, fragte Lenny, bevor sie auf die Frage antworten konnten.

Carstens riss entnervt seine Arme in die Luft. »Firmenverrat und somit auch Verrat an der Familie wird mit Rausschmiss, Schadensersatz und Auszug bestraft.«

»Auszug?«

»Ja, er musste innerhalb von vier Wochen das Haus und auch den Stadtteil verlassen«, erläuterte Brandt. Sie verzog den Mund und wirkte um Jahre gealtert.

»Puh«, sagte Kati und starrte die beiden an. Das war ja wie im Wilden Westen. »Und wie hoch ist der Schaden, den er angerichtet hat?«

»Vermutlich etliche Millionen, doch wir hatten es damals vertraglich auf zwei Millionen gedeckelt.«

»Zwei Millionen«, wiederholte Lenny und pfiff durch die Zähne.

»Er hat die Sache zugegeben und Sie haben es nicht zur Anzeige gebracht?«, fragte Kati.

Carstens schüttelte den Kopf. »Nein, er hat alles vehement abgestritten, aber die Beweise waren erdrückend.«

Frau Brandt traten erneut Tränen in die Augen. Sie suchte in ihrer Hosentasche nach dem gerade eingesteckten Taschentuch und schnäuzte sich laut.

»Nach vielen Diskussionen und der Drohung, alles zur Anzeige zu bringen, hat er schließlich die vereinbarte Strafe bezahlt.«

Carstens legte Brandt eine Hand auf die Schulter. »Er ist vor ein paar Tagen ausgezogen.« Er machte ein unglückliches Gesicht.

Kati erinnerte sich, dass hinter den lesbaren Namen an der Klingel ein schwarzer Balken zu sehen gewesen war, doch sie hatte dem keine weitere Bedeutung zugemessen.

»Wir waren die ›Fabulous Four‹, wenn Sie verstehen, was ich meine«, schluchzte Vanessa Brandt und sah zu Kati auf.

»Und Sie beide trauen ihm solch eine Rache zu?«, fragte Kati mit ernster Miene.

»Nein. Ich nicht«, antwortete Vanessa Brandt, wie aus der Pistole geschossen, während sich Carstens bedeckt hielt.

»Sie schon?«, fragte Lenny nach.

Carstens rieb sich mit der Hand über Bart und Nacken. »Boah, ich weiß nicht. Er war immer loyal, ein netter Typ und wie ein Bruder für mich.« Er sah kurz aus dem Fenster, dann drehte er sich wieder zu ihnen. »Ich meine, sonst hätten wir es auch nicht so viele Jahrzehnte miteinander ausgehalten, oder?« Kati sah, dass ihm eine Träne übers Gesicht lief.

»Hat er denn Erfahrungen mit Bomben oder Waffen? Ist er mal beim Militär gewesen? War er psychisch auffällig?«, bombardierte Lenny die beiden nun mit Fragen.

Vanessa Brandt hatte bei den letzten Sätzen Lennys aufgehorcht.

»Er war Spieleentwickler«, sagte Carstens. »Und unsere Firma hat auch Kampfspiele entwickelt und herausgebracht.«

»Sie meinen also, er hat sich für Waffen und Kampftechniken beruflich weitergebildet?«, fragte Kati.

Carstens nickte. »Ja, klar, aber ich hätte nicht gedacht, dass er das gegen uns …« Er brach mitten im Satz ab.

Frau Brandt erhob sich vom Sofa. »Er war vielseitig interessiert und sehr belesen. Wollen Sie vielleicht sein Büro sehen? Ein paar Sachen hat er dagelassen.«

Kati nickte. »Ja, gerne.«

Frau Brandt ging voraus und brachte die beiden Kommissare ins ehemalige Büro von Paul Roth. »So, hier ist es. Bitte sehen Sie sich um.«

Kati trat zu einem Regal, auf dem Spiele und Bücher standen, während sich Lenny zu Roths Schreibtisch begab. »Und er arbeitete ausschließlich hier?«, fragte Kati und sah sich kurz zu Brandt und Carstens um.

»Nein«, antwortete Carstens. »Die meiste Zeit verbrachte er oben mit den Jungs. Programmieren war seine große Leidenschaft. Jeder hatte da seinen Part, aber sie haben alles immer wieder mit ihm besprochen und Veränderungen vorgenommen.«

Kati griff nach einem der Spiele und sah auf das Cover. Es war ein Shooter-Spiel ab 18 Jahren. Sie rümpfte die Nase. »Harter Tobak«, sagte sie und wedelte damit in der Luft.

Lenny Verbeek sah sich um und nickte.

Carstens zuckte mit den Schultern. »Das ist, was die Jugend heutzutage spielen will.«

»Neben Fantasy-Games«, fügte Vanessa Brandt schnell hinzu, als ob sie das Ganze abschwächen wollte.

Florian spielt diesen Scheiß auf jeden Fall nicht, dachte Kati und hoffte, dass sie damit recht hatte.

Sie stellte das Spiel zurück. Etwas anderes hatte ihre Aufmerksamkeit erregt. Sie nahm eines der Bücher aus dem Regal und begutachtete es.

»Foltermethoden im Mittelalter«, las sie laut und blätterte bis zu einer mit einem Marker versehenden Stelle vor. Ein Bild zeigte einen Mann, der gefesselt auf einem Stuhl saß und von hinten mit einer Garrotte erdrosselt wurde. Eine im Mittelalter übliche Foltermethode, die besonders in Frankreich gang und gäbe war, stand darunter.

Lenny trat zu ihr und sah ihr über die Schulter. »Interessant.« Er drehte sich zu Brandt und Carstens um. »Wissen Sie, warum er solch ein Buch hier stehen hatte?«

Carstens kniff kurz die Augen zusammen. »Eventuell.« Er zögerte. »Das Buch selbst kenne ich nicht, aber wir haben mal mit dem Gedanken gespielt, ein Mittelalterspiel zu entwickeln, dass so etwas am Rande – und ich betone am Rande – beinhaltet hätte, aber wir haben den Gedanken dann wieder verworfen. Selbst, wenn Folter geschichtlich ein Thema gewesen ist, ist das heute nicht mehr gesellschaftsfähig. Auch politisch.«

Ach, wirklich?, dachte Kati und schüttelte den Kopf. Sie nestelte eine Tüte aus ihrer Tasche und packte das Buch ein. »Das müssen wir mitnehmen und untersuchen lassen«, sagte sie.

Vanessa Brandt nickte. »Ja, klar.« Sie biss sich auf die Lippen. »Er hat sich zwar damit beschäftigt, aber ich glaube nicht, dass er dazu fähig wäre.«

»Ich auch nicht«, pflichtete Carstens ihr bei. »Ich meine, sich beruflich mit so etwas zu beschäftigen ist eine Sache, aber einem von unseren Kindern so etwas anzutun.«

»Leider kann man das nicht so leicht abtun«, sagte Lenny. »Es reicht oft ein kleiner Tropfen, der das Fass zum Überlaufen bringt. Der Rauswurf aus Firma und der Familie«, dabei deutete er Gänsefüßchen in der

Luft an, »kann ein Auslöser gewesen sein, wenn er sich ungerecht behandelt gefühlt hat.«

»Familie«, wiederholte Vanessa Brandt und wurde kreidebleich.

»Was?«, fragte Kati.

»Sein Vater.«

»Was ist mit seinem Vater?«

»Er lebt in einer geschlossenen Einrichtung.«

»Und weiter?«, fragte Lenny und warf Kati einen genervten Blick zu. Ihm schien dieses Rumgedruckse auch auf den Zeiger zu gehen.

»Er leidet unter Schizophrenie«, wisperte sie leise.

»Okay«, sagte Lenny gedehnt und warf Kati erneut einen Blick zu der sagte: ›Da haben wir doch mal etwas Brauchbares‹.

Frau Brandt zupfte sich nervös an der Lippe. »Soweit ich weiß, ist die Krankheit vererbbar. Was ist, wenn sie sich schleichend entwickelt hat und er sie bis zuletzt gut verstecken konnte? Er erzählte mal, dass die Intelligenz keineswegs davon betroffen wäre.«

»Sind Ihnen denn an Herrn Roth in letzter Zeit Wesensveränderungen aufgefallen? War er anders als früher?«, fragte Kati.

Frau Brandt wandte sich Herrn Carstens zu und sprach einen Verdacht aus, anstatt Kati zu antworten. »Leo, vielleicht hat er deshalb die Firmengeheimnisse verraten, weil er hier oben nicht mehr ganz richtig tickte.« Sie stockte und tickte sich an die Stirn.

»Bitte beantworten Sie meine Frage«, forderte Kati erneut. »Hatte Herr Roth sich offensichtlich verändert? Waren sein Tun und Handeln irrational und für Sie kaum noch nachvollziehbar?«

»Eigentlich nicht«, antwortete Carstens. »Es gab nur diesen Firmenverrat und das Dilemma, das daraus folgte, die Diskussionen und Drohungen unsererseits.«

»Hm, wir sollten uns Herrn Roth schnellstens vornehmen«, sagte Lenny.

Carstens trat einen Schritt auf ihn zu und sah ihn beunruhigt an. »Denken Sie, er war's?«

Verbeek schüttelte den Kopf. »Das kann ich so nicht sagen.«

»Wo könnte er denn untergekommen sein?«, fragte Kati. »Hat er Freunde, bei denen er sein könnte?«

Beide schüttelten den Kopf. »Wir waren seine Freunde«, sagte Herr Carstens.

»Was ist mit seiner Mutter?«, fiel Kati ein. »Lebt die noch? Könnte er bei ihr sein?«

Frau Brandt nickte. »Ja, vielleicht. Allerdings …«

»Hm?«

Die Frau verzog ihr Gesicht. »Na ja, sie lebt sehr bescheiden, auf einer Art Hof. Das ist nicht gerade Pauls Stil. Ich glaube nicht, dass er dort richtig eingezogen ist.«

»Er wird ja auch wollen, dass Ekin weiter zur Schule geht, und seine Mutter lebt in einem abgelegenen Dorf«, fügte Carstens hinzu.

Kati zog ihr Handy hervor. »Haben Sie die Adresse von der Dame?«

»Ja, ich habe sie, glaube ich in meinen Kontakten«, sagte Frau Brandt, sah nach und gab Kati die Daten.

»Vielen Dank«, sagte Kati, nahm ihren Mantel und sah fragend zu Lenny.

Er nickte. »Gut, dann war es das erst mal. Vielen Dank für ihr Entgegenkommen.«

Brandt und Carstens nickten.

»Wir melden uns bei Ihnen, falls wir weitere Fragen haben oder sich die Situation ändert«, sagte Kati und verabschiedete sich.

Die beiden Kommissare verließen die Firma und traten ins Freie. Es schneite immer noch und mittlerweile hatte sich auf den Gehwegen und auf der Straße eine weiße Schneedecke gebildet. Kati sah auf ihre Armbanduhr. »Schon vier«, sagte sie, und dann knurrte ihr Magen dieses Mal so laut, dass man es durch ihren Mantel hindurch hören konnte.

Lenny lachte laut auf und zeigte die Straße runter. »Ich habe dort hinten auf der Herfahrt einen Imbisswagen gesehen. Mein Vorschlag: Du rufst unsere Kollegin an. Wie hieß sie noch? Sarah?«

Kati nickte. »Ja.« Ihr Unterkiefer zitterte vor Kälte. Schlotternd zog sie ihren Mantel enger um sich.

»Ich hole uns was Leckeres zum Futtern. Du informierst erst die Staatsanwältin und schickst dann Sarah, zwei weitere Kollegen und vier Streifenpolizisten zu der Adresse der Mutter. Sie sollen vorsichtig die Lage checken. Falls Roth sich dort aufhält, rufen wir das SEK, falls nicht, sollen sie alles durchsuchen und die Mutter in die Mangel nehmen.«

»Okay und wir beide fahren nochmal zu dem Haus der ›Fabulous Four‹ und sehen uns dort bei Roth um?«

»Genau. Das macht meiner Meinung nach Sinn, weil wir nicht weit entfernt sind.«

»Hm. Ich bin mit allem einverstanden, aber ich muss Brunner jetzt gleich anrufen, damit endlich etwas ins Rollen kommt«, sagte Kati und holte ihr Handy hervor.

Sie waren mittlerweile beim Wagen angekommen und stiegen ein. Kalt, dachte Kati. Während sie telefonierte, stellte sie die Heizung auf volle Stärke. Lenny lenkte den Wagen ein paar Hundert Meter weiter bis zur Currywurstbude.

Sie aßen schnell. Kati erzählte Lenny von Timo, der Currywurst liebte und der nun nach einer Notoperation im Krankenhaus lag.

Verbeek nickte. Seine kurzen Dreadlocks mit einigen farbigen Perlen darin wippten leicht auf und ab. »Ja, ich habe davon gehört. Frau Kienle war ganz aufgelöst deswegen. Du hast ihn auf dem WC gefunden?«

»Ja. Es war wohl höchste Eisenbahn. Der Verrückte hat seine Schmerzen nicht ernst genommen. Er hat gedacht, er hätte sich den Magen verdorben.« Kati nahm einen Schluck von ihrer Cola. »Ich hoffe wirklich, er hat die OP gut überstanden.«

Lenny sah sie an. »Ihr versteht euch gut?«

Kati schluckte und sah aus dem Fenster. »Das war einmal. Wir haben seit dem letzten Sommer einige Probleme.« Sie brach ab und drehte sich zurück zu Lenny. »Lassen wir das. Komm, wir fahren zur Vierer-WG. Wir dürfen keine Zeit mehr verlieren.«

Lenny verstand, steckte seinen Holzspieß in das letzte Stück Currywurst und hielt es in die Höhe. »Aber das hier war auch wichtig. Ich will ja nicht, dass meine Mitarbeiter plötzlich vor Entkräftung umkippen.«

Kati lachte. »Da hast du recht.«

Es dämmerte jetzt stark, wurde immer dunkler und auf den Straßen nahm der Verkehr deutlich zu. Die Leute fuhren von ihren Arbeitsstätten nach Hause, zu Freunden oder ins Fitnessstudio und genossen ihre Freizeit. Kati seufzte. Davon konnte bei ihnen heute wohl keine Rede sein. Der Gedanke an das Fitnessstudio erinnerte sie an etwas. Joggen ging sie sowieso regelmäßig, Ausdauer hatte sie, doch sie wollte aktiv in einem anderen Bereich für sich etwas tun. Sie sah lauernd zu Lenny hinüber. »Sag mal, Lenny?«

Er sah zu ihr und grinste mit seinen weißen Zähnen. »Lenny.«

»Haha, du Scherzkeks«, lachte sie und boxte ihm gegen die Schulter. »Trainierst du noch immer Antiterror Combat?« Sie stockte. »Ich meine, auch andere? Als Trainer sozusagen?«

Er wiegte den Kopf hin und her, als wisse er es nicht genau. »Kommt drauf an. Grundsätzlich ja, aber ich bin ja heute erst hier angelandet und hab noch gar keinen Plan, was hier so abgeht.«

Stimmt, dachte Kati. Die Arbeit mit ihm kam ihr, trotz der vielen Jahre, die dazwischengelegen hatten, so seltsam vertraut vor, dass sie komplett ausgeblendet hatte, dass es ihm so ähnlich gehen musste wie ihr vor zwei Jahren. Da war sie mit Sack und Pack und Florian nach Stuttgart gezogen, ohne zu wissen, auf was sie sich einließ.

Kati nickte. »Das stimmt, aber eine Halle haben wir. Sogar eine, die gut ausgestattet ist.« Sie sah hinaus auf die verschneite Straße. Die Straßenlaternen leuchteten schon. Sie wollte ihn nicht drängen und warten, ob von ihm was kam.

Er sah kurz zu ihr. »Wenn das so ist, bin ich gern bereit, den Tiger in dir zu wecken.« Er grinste. »Du musst aber früh raus, wenn du mit mir arbeiten willst. Ich trainiere nämlich grundsätzlich morgens vor der Arbeit.«

Kati hielt ihm die geschlossene Faust hin. »Die Challenge nehme ich an. Zweimal die Woche?«

Lenny boxte seine Faust gegen ihre. »Dreimal, sonst lohnt es nicht.«

Kati nickte. »Okay Trainer, dreimal und morgen früh fangen wir an.«

»Hm. Alles klar«, brummte Lenny.

Kati liebte es, dass er so unkompliziert und locker

war. »Sag mal, wo wohnst du denn überhaupt?«, fragte sie. »Zur Not könntest du bei mir im Gästezimmer Unterschlupf finden.« Sie sagte es spontan ohne nachzudenken.

»Du, meine Freundin und ich hatten Glück. Unser Makler hat eine großzügige Vierzimmerwohnung für uns gefunden. Gar nicht weit weg vom Präsidium.«

»Oh, cool«, sagte Kati erstaunt. »Da habt ihr aber echt Glück gehabt.« Sie sah wieder aus dem Fenster. »Und habt ihr Kinder zusammen?«

Lenny bog in die Straße ab, in der das Wohnhaus der WG lag. »Nein. Klaudia ist zwar jünger als ich, aber sie … wir wollen keine Kinder.« Er sah sie an.

Kati nickte und presste die Lippen zusammen. An einem Tag wie heute konnte sie Leute verstehen, die sich dagegen entschieden.

Sie hielten vor dem Haus und Lenny parkte das Auto neben dem der Psychologin.

»Okay, dann lass uns mal reingehen«, sagte er und öffnete die Tür. Sie stiegen aus. Ein eisiger Wind sauste Kati um die Ohren und sie bereute, keine Mütze mitgenommen zu haben. »Weißt du, welche Regel ich bei uns gut finde?«, fragte sie, während sie zum Tor gingen.

»Die, nicht über den Fall zu reden, während wir im Auto sitzen, um mal kurz abzuschalten?«

Kati nickte. »Genau. Das ist uns beiden wahrscheinlich irgendwie im Blut geblieben«, sagte sie lachend. »Das kriege ich mit den anderen nicht hin.«

Lenny drückte auf die Klingel. »Ich fürchte, das wird bei uns auch nicht so bleiben. Manchmal kommt man nicht drum rum.«

Kati zuckte mit den Schultern. »Ja. Leider«, sagte sie in bedauerndem Ton. »Für mich ist Roth momentan der Hauptverdächtige«, sagte sie schlotternd.

»Dieses Mittelalterbuch mit den darinstehenden Foltermethoden und der Schriftzug ›Ich spielte‹ spricht auf jeden Fall für seine Täterschaft, auch wenn die anderen Eltern es nicht glauben wollen.«

»Na ja«, sagte Lenny und wärmte sich, indem er immer wieder seine Arme um sich selbst schlug. »Diese Schizophrenie-Geschichte hat sie dann doch nachdenklich gestimmt.«

»Kommen Sie rein«, sagte plötzlich Frau Lings Stimme, das Tor öffnete sich und unterbrach ihre Überlegungen.

Drei Minuten später führte die schluchzende und verweinte Haushälterin sie in den Teil des fünfteiligen Hauses, den Paul Roth mit seinem Sohn Ekin bis vor kurzem bewohnt hatte. Er lag ganz am rechten Flügel des langen Gebäudes. Sie betraten einen Raum nach dem anderen, doch bis auf ein paar liegengebliebene Putzartikel und Kabel, die wie zerschnittene Adern aus der Decke ragten, fanden sie nichts, was sie weiterbringen würde. »Das war ja wohl ein Schuss in den Ofen«, sagte Lenny und trat zu seiner Kollegin ans Fenster.

Der Garten war nett angelegt, fand Kati. Nicht übertrieben. Es gab ein paar zurechtgeschnittene Büsche und ein paar Stellen, an denen hohe Gräser und Bambus wuchsen. Dazwischen war Rasenfläche. Hier hatten die vier Kinder früher sicher schöne Stunden verbracht. Etwa vierzig Meter entfernt, hinter einem Zaun mit eingelassenem Tor, begann ein kleiner Wald aus Fichten und Tannen, wie Kati zu erkennen glaubte. Schön, dachte sie und war ein wenig neidisch. Ihre Vierzimmerwohnung war zwar auch behaglich, aber ein Stück Natur direkt vor der Tür, da würde sie nicht nein sagen.

»Hm«, brummte Kati gefrustet und wollte sich

gerade umdrehen und vorschlagen, die anderen Kollegen bei Roths Mutter zu unterstützen, als ihr draußen etwas auffiel. Stieg dort an der Feuerstelle nicht ein kleiner Rauchfaden auf? Aufgeregt zeigte sie zu der Stelle in den Garten, die sich farblich vom Schnee und dem dunklen Waldstück dahinter abhob. »Da! Siehst du das? Ist das Rauch?«

Lenny kniff die Augen zusammen und schirmte sein Gesicht mit der Hand an der Scheibe vom Licht ab. »Könnte sein. Weiß nicht. Ist schlecht zu erkennen«, sagte er.

Kati machte sich an der Terrassentür zu schaffen, von der man in den Garten gelangen konnte. Sie zog den Hebel nach innen und schob die Tür links zur Seite auf. Lenny trat schnell einen Schritt nach hinten. »Hey, was machst du?«

Kati trat bereits ins Freie. »Ich will nachsehen, was dort verbrannt wird«, rief sie und stiefelte durch den inzwischen fast zehn Zentimeter hohen Schnee bis in die Mitte des Gartens. Sie hörte, dass Lenny ihr leise fluchend in die Kälte folgte.

Kati ging weiter und gelangte an die runde Feuerstelle. Sie war von Steinen umsäumt, darüber hing mittig ein runder Grillrost, der leicht im Wind hin und her schwang. Und sie hatte recht gehabt: Darunter brannten die Reste eines Feuers. Das letzte bisschen Glut wehrte sich gerade noch gegen die Nässe der Schneeflocken. Kati nahm einen der dünnen Stöcke, die neben der Feuerstelle lagen und stocherte in der Asche herum. »Bücher«, sagte sie und ging in die Hocke, was mit dem dicken Wintermantel gar nicht so leicht war. Dann fischte sie mit der rechten Hand den Rest eines stark angebrannten Buches heraus.

Lenny trat hinter sie und leuchtete ihr mit einer

Taschenlampe, die er im Auto vorsorglich eingesteckt hatte. »Was ist das?«

Kati hielt das Buch in den Lichtkegel der Lampe und versuchte den Titel auf dem angekokelten Deckel zu entziffern. »Grimms Märchen«, las sie vor. Dann sah sie zurück zur fast erloschenen Glut. »Das müssen viele Bücher gewesen sein.«

»Hm«, brummte Lenny. »Ich dachte, die haben hier so ein tolles Müllsystem. Warum verbrennt man dann die Bücher hier?«

Kati sah zum Haus rüber. »Ich frage mich eher, warum das keiner beaufsichtigt hat.« Sie zeigte zu den Fenstern der Wohneinheiten von Carstens, Brandt und Michels. »Sieh mal, Frau Ling hat sogar überall die Rollläden heruntergelassen. Da hätte ja sonst was passieren können.«

Plötzlich vernahm Kati hinter sich aus dem Wäldchen ein knackendes Geräusch. Sie sah Lenny alarmiert an und kam aus der Hocke nach oben. »Hast du das auch gehört?«

Lenny nickte. »Das kam aus dem Wald und hörte sich an, als ob jemand auf einen Ast getreten wäre.« Es knackte erneut.

»Da ist doch jemand«, sagte Kati und griff zu ihrem Holster mit der Waffe. Langsam öffnete sie den Druckknopf.

Lenny griff ihr an den Arm. »Du, das war vielleicht nur ein Tier.«

Doch Kati zeigte auf das Feuer. »Ich weiß nicht. Vielleicht war es aber auch derjenige, der hier die Bücher verbrannt hat. Das können Tiere nicht.«

»Hm«, brummte Lenny.

»Komm«, sagte Kati und machte sich mit ihrem Haargummi blitzschnell einen Zopf. »Wir sehen uns das mal näher an.«

Mit vorsichtigen Schritten näherte sie sich dem Tor, das zum Wald führte. Sie hatte es schon fast erreicht, da sah sie hinter dem Zaun eine Gestalt, die versuchte, sich langsam rückwärts von ihnen zu entfernen. »Halt stehenbleiben! Polizei!«, rief Kati laut und legte ihre Hand auf den Türgriff des Tores. Hoffentlich ließ sie sich öffnen. Sie drückte den Knauf hinunter und zog. Die Tür war nicht verschlossen. Sie trat hindurch und hatte die Gestalt immer noch fest im Blick. Es war ein Mann mit Mütze und Mantel, der jetzt wie versteinert dastand.

»Kripo Stuttgart«, sagte Kati laut und bemerkte, dass Lenny neben sie trat. Er lenkte den Lichtkegel seiner Taschenlampe und blendete den Mann, so dass dieser seinen linken Arm hochriss und die Hand vors Gesicht hielt, um das helle Licht ein wenig abzuschirmen.

Kati war nicht in der Lage zu erkennen, ob es sich um Paul Roth handelte. Größe und Statur konnten stimmen, doch das Gesicht war verdeckt.

»Sind Sie Paul Roth?«, fragte Lenny mit sonorer Stimme. »Können Sie sich ausweisen?«

Der Mann nickte. »Nein … ja. Moment. Mein Ausweis …« Er zog seine rechte Hand, die er hinter seinem Rücken verborgen gehalten hatte, nach vorne. Doch anstatt in seine Manteltasche zu greifen, flog den beiden plötzlich etwas entgegen. Kati erkannte im letzten Moment, dass es eine Axt war. »Vorsicht!«, rief sie, dann sprang sie schnell auf die Seite.

Lenny erkannte die Gefahr zu spät. Die Axt traf ihn am rechten Arm. Seine Waffe fiel auf den Boden. Kati stockte vor Schreck der Atem. Sie konnte auf den ersten Blick nicht erkennen, ob die Axt ihren Kollegen mit der scharfen Kante getroffen hatte oder nicht.

Lenny schrie auf und griff sich an den Arm.

»Hat er dich verletzt?«, rief Kati und sah im selben Moment, dass sich der Angreifer umdrehte und in den Wald rannte.

Lenny nickte. »Ja, aber es geht schon. Lauf ihm hinterher. Schnell!«

Kati sah ihren Kollegen zweifelnd an, doch er nickte nochmal. »Los, mach schon«, rief er und kniff seine Augen vor Schmerzen zusammen. »Das ist ganz sicher Roth! Du musst ihn kriegen.«

Kati konnte nicht erkennen, wie stark Lenny verletzt war und ob er blutete, aber er war ihr Vorgesetzter und er würde wissen, was er tat. »Okay«, sagte sie aufgewühlt, griff sich die heruntergefallene Taschenlampe und nahm die Verfolgung auf.

»Sei vorsichtig«, rief Lenny ihr nach.

Der Mann hatte sich durch die Aktion mit der Axt einen Vorsprung verschafft, den Kati unbedingt wettmachen musste. Die Bäume standen dicht und der Unbekannte war schnell. Er sprang im Zickzack wie ein Eichhörnchen zwischen den Bäumen umher.

»Polizei! Stehenbleiben!«, rief sie in den Wald hinein. Er war schon außer Sichtweite. Wenn sie sich nicht beeilte, würde sie ihn bald verlieren. Dummerweise war der Waldboden nur sehr wenig mit Schnee bedeckt. Außerdem lauerten überall Mulden und Baumwurzeln. Sie lief schnell, versuchte seiner Spur zu folgen, doch sie konnte seine Fußabdrücke kaum wahrnehmen. Als sie sich schließlich ganz in Luft auflösten, weil die Äste über ihr immer dichter geworden waren, blieb sie stehen, um sich zu orientieren.

Sie leuchtete mit der Taschenlampe vor sich in den Wald und horchte angestrengt. Doch bis auf ihren eigenen Atem, das Rauschen des Windes in den Bäumen und fahrende Autos auf der nicht weit entfernten Straße hörte sie nichts. Scheiße, dachte sie und folgte mit ihrem Blick dem Lichtkegel.

Plötzlich hörte sie hinter sich knackende Geräusche von brechenden Ästen. Sie wirbelte mit gezogener Waffe herum und erfasste einen Mann, der auf sie zu stolperte. »Lenny«, sagte sie erleichtert, als sie ihren Kollegen erkannte, dann drehte sie sich wieder dem Wald zu. »Ich weiß nicht, aber ich glaube, wir haben ihn verloren.« Sie warf Lenny einen kurzen Blick zu. »Gehts?«

Lenny nickte. »Ja er hat mich zwar mit der scharfen Kante getroffen, aber der Mantelstoff hat wohl das Schlimmste verhindert. Ist nur eine kleine Fleischwunde.«

»Wirklich?«, fragte Kati und sah ihn zweifelnd an. Sie wusste von früher, dass Lenny hart im Nehmen war, aber ein verletzter Kollege stellte im Ernstfall auch eine Gefahr dar.

»Wirklich«, beteuerte Verbeek und zeigte nach vorne. »Wir verlieren wertvolle Zeit.«

Kati richtete den Leuchtkegel der Taschenlampe wieder auf die Bäume. »Okay, dann komm.« Sie schritt vorwärts und schwenkte währenddessen die Taschenlampe von rechts nach links über den Boden, als sie plötzlich zehn Meter vor sich ein paar schwarze Schuhspitzen hinter einem Baum hervorlugen sah. Sie sah alarmiert zu Lenny und zeigte dann auf die Stelle, während sie den Schein der Taschenlampe zur Ablenkung weiter im Zickzack über den Waldboden gleiten ließ.

Ihr Kollege nickte. Sie gaben sich Handzeichen, dass sie sich dem Mann langsam nähern wollten, doch der musste das spitzgekriegt haben, denn fünf Sekunden später lief er los.

»Halt! Stehen bleiben!,« rief Kati und rannte ihm so

schnell wie möglich hinterher, fest entschlossen, ihn dieses Mal zu fassen.

Ihr war es ein Rätsel, wie sich Lennys Angreifer so schnell und leicht in diesem dichten Wald bewegen konnte. Obendrein hatte sie das Gefühl, sie würden im Kreis laufen. Sie behielt den Mann im Auge und machte langsam Boden gut, als er plötzlich zehn Meter vor ihr stehenblieb und anfing zu schreien.

Was zum Teufel?, dachte Kati irritiert. Sie wurde langsamer und konzentrierte sich, den Mann im Schein der Lampe vor sich auszumachen, als sie mit dem rechten Fuß in eine Senke trat, und umknickte. Während sie fiel, erwischte sie der spitze Ast einer Tanne, und ein brennender Schmerz durchfuhr sie direkt rechts oben neben dem Auge. »Aah!«, schrie sie und tastete instinktiv mit den Fingerspitzen nach ihrer Schläfe. Sie fühlte einen tiefen Ratscher und merkte, dass sie Blut an den Fingern hatte.

Egal, dachte sie lakonisch und rappelte sich schnell wieder auf. Der Typ schrie immer noch und hatte sich anscheinend keinen Zentimeter bewegt. Sie legte leicht humpelnd die letzten Meter zurück, bis sie auf eine kleine Lichtung traf, dann richtete sie ihre Waffe auf den Mann im Mantel und trat näher. »Drehen Sie sich um und nehmen Sie die Hände hoch!«, rief sie ihm zu.

Lenny Verbeek traf ebenfalls mit erhobener Waffe und schmerzverzerrtem Gesicht auf der Lichtung ein. Beide nickten einander zu.

»Du blutest«, sagte Lenny.

»Geht schon«, antwortete Kati knapp. »Ist nur ein Kratzer.«

Kati hob ihre Taschenlampe ein wenig höher und leuchtete dem Mann direkt ins Gesicht. Wieder versuchte er, sich vor dem Licht zu schützen.

»Hände über den Kopf!«, rief Kati ihm zu. Er folgte ihrem Befehl, und dann war es klar. Es war eindeutig nicht Paul Roth. Er sah völlig anders aus als der Mann, den sie vorhin auf dem Foto gesehen hatten.

Der Typ mit Mütze und Dreitagebart machte einen fahrigen Eindruck, drehte immer wieder den Kopf zu den Bäumen hinter ihm und brüllte unverständliches Zeug. »Da, da«, rief er. »Sehen Sie doch.«

Kati runzelte die Stirn. Warum war der Fremde so plötzlich stehengeblieben, ergab sich freiwillig und schrie wie am Spieß? War das ein Trick? Wollte er sie erneut angreifen? Sie wollte auf Nummer sicher gehen und es ihm so schwer wie möglich machen. »Auf die Knie!,« forderte sie den Mann auf, der sich ohne zu zögern auf den Boden warf.

»Kati«, rief Lenny plötzlich. »Leuchte mal dorthin.« Er zeigte mit dem Finger auf die Stelle, zu der sein Angreifer vorher geguckt hatte.

Mit leichter Skepsis kam sie der Aufforderung nach. Sie hob die Hand, in der die Taschenlampe lag nach oben und lenkte den Lichtkegel zu den Bäumen.

Das Blut in ihren Adern gefror. »Nein«, wisperte sie ungläubig. »Bitte nicht.«

11

An einem Ast einer abgestorbenen Tanne, nahe am Stamm, hing Aaron. Er schwang in der Dunkelheit, nur von dem kleinen Licht der Taschenlampe erhellt, vor den dreien im leichten Wind hin und her.

Kati schluckte schwer und schloss für eine Sekunde ihre Augen. Am liebsten hätte sie sie für immer geschlossen gehalten, damit sie den Anblick nicht mehr sehen musste. »Es ist Aaron«, sagte sie zu Lenny, der ebenfalls wie versteinert dastand, aber auch gleichzeitig den Mann, der auf dem Boden kniete, im Auge behielt.

»Ich weiß«, antwortete Lenny und atmete tief aus. Er hatte die Bilder der vermissten Jugendlichen am Vormittag in den Akten gesehen.

Aaron war nackt, bis auf ein Leinenhemd, das dem Maxims aufs Haar glich. Kati presste die Lippen zusammen. Warum musste der Täter den Jungen, der in seinem Leben wahrscheinlich noch nie jemanden etwas zuleide getan hatte, auf diese widerliche Weise exponieren? Sie dachte an Florian, der schon mit zwölf Wert auf seine Privatsphäre gelegt hatte. Der Täter hatte ein Seil um Aarons Oberkörper geschlungen und ihn an dem Ast hinaufgezogen.

Kati trat näher an den Toten heran, während Lenny Handschellen vom Gürtel seiner Hose löste. Dann baute er sich vor dem Angreifer auf. Dieser hatte mittlerweile aufgehört zu schreien und sah sich immer wieder wimmernd und heulend zu dem toten Jungen um. »Das war ich nicht. Das war ich nicht«, stammelte er.

»Das werden wir ja sehen«, sagte Lenny und versuchte, ruhig zu bleiben. Er griff dem Mann unter einen seiner Arme und zog ihn hoch. »Los, umdrehen und Hände auf den Rücken«, forderte er und verzog dabei schmerzvoll sein Gesicht.

Der Mann leistete keinen Widerstand und tat, was man von ihm verlangte. Lenny steckte seine Waffe weg und legte ihm die Handschellen an. Währenddessen klärte er ihn auf, dass er ihn vorläufig wegen tätlichen Angriffs auf einen Polizeibeamten im Dienst festnehmen würde. Ebenso klärte er ihn über seine Rechte auf. So viel Zeit musste sein.

Nachdem von dem Mann keine Gefahr mehr ausging, nahm er sein Handy aus der Tasche und schaltete die dort integrierte Taschenlampe ein. Mittlerweile war es richtig dunkel geworden.

Kati, die sich bemühte, nicht so viele Spuren auf dem Boden zu hinterlassen, war inzwischen einmal um den Jungen herumgegangen. Nun leuchtete sie mit der Taschenlampe auf seine Rückenpartie.

Der Täter hatte Aaron aus einem roten Stück Stoff eine Art kleinen Umhang umgelegt und ihn vorn am Hals zusammengeknotet. Kati kniff die Augen zusammen. Stand dort nicht etwas? Sie konnte es erst kaum erkennen. »Und führte«, las sie leise. Der nächste Teil des Satzes!

Sie sah zu Lenny hinüber. »Dort auf dem roten Stoff steht: ›und führte‹, und davor und danach kommen jeweils drei Punkte.«

Lenny nickte. »Das heißt, der Satz geht noch weiter und wir werden auf jeden Fall ein nächstes Opfer finden, wenn wir dem Täter nicht zuvorkommen.« Er drehte sich abrupt dem Mann zu, dessen Identität sie noch immer noch nicht kannten und fasste ihn rabiat am Mantelkragen. »Aber vielleicht haben wir ihn ja auch schon?« Seine Augen blitzten bei den Worten.

»Nein! Nein!«, schrie der Mann, stellte sich auf

seine Zehenspitzen und versuchte, mit seinem Körper nach hinten auszuweichen.

Verbeek ließ ihn los. »Dann erzählen Sie uns doch mal, wer Sie sind, was Sie dort am Grundstück von Roth und Co gemacht haben.«

Kati trat neben Lenny und suchte in ihrer Manteltasche nach ihrem Smartphone. »Und wieso Sie uns angegriffen haben und dann flüchten wollten.« Sie wählte die Nummer der Staatsanwältin, um sie über die neuste Entwicklung zu informieren.

Der Mann sah sie aus verzweifelten Augen an. »Ich heiße Klaus Hoppe«, sagte er und neigte sein Kinn in Richtung seiner Beine. »Mein Ausweis ist dort im Portmonee in meiner Gesäß …«

Lenny ließ ihn nicht aussprechen, griff den Mann unsanft am Arm, drehte ihn herum und zog im Schein der Taschenlampe die Brieftasche hervor. Er las und nickte. »Stimmt. Klaus Hoppe.«

»Sag ich ja.«

Lenny legte den Kopf schief. »Und weiter?«

»Mich hat so'n Typ auf der Straße angesprochen.« Er stockte, überlegte und fuchtelte dann mit seinen gefesselten Händen in der Luft herum. »Er war so komplett eingehüllt, mit Mütze, Arabertuch, Handschuhen und so weiter.«

»Aha«, sagte Lenny wenig überzeugt und machte eine anspornende Handbewegung. »Ein Deutscher?«

Hoppe nickte. »Ich glaube schon.«

»Und weiter?«

»Er hat mir zweihundert Euro geboten, wenn ich mit ihm käme, um ein paar Bücher in seinem Garten zu verbrennen. Danach könnte ich mir auch noch Brennholz mitnehmen, was in dem Unterstand am Waldrand lagern würde.« Er lachte bitter auf. »Ich dachte: Wow, heute ist dein Glückstag! So viel Kohle für ein kleines Feuerchen, dazu gratis Holz. Ich hatte Zeit und ich habe einen Ofen zu Hause, wissen Sie?«

»Hm«, brummte Lenny unzufrieden und suchte das Bild von Roth auf seinem Handy. »War das dieser Typ?«

Hoppe beugte sich vor und sah genau hin. Dann schüttelte er den Kopf. »Schwer zu sagen. Der war komplett eingehüllt, dass fast nur seine Augen zu sehen waren, aber das machen ja bei dieser fiesen Kälte viele Leute so.«

»Scheiße«, rief Lenny laut, dann drehte er sich zu Kati um.

Die hatte mit Frau Brunner und dem Team telefoniert, um sie über den neuen Leichenfund zu informieren. »Das Tatortteam und der Notarzt sind unterwegs. Brunner auch«, sagte sie und schlang die Arme um sich. Die Kälte hatte mittlerweile jede einzelne Faser ihres Körpers erfasst. Sie hatte das Gefühl ihre Hände und Füße würden bald absterben, so schmerzten sie. Auch die Wunde an der Schläfe und Lennys Verletzung machte ihr Sorgen.

Ihr Kollege nickte. »Okay. Hast du am Rande mitbekommen, was Herr Hoppe ausgesagt hat?«

»Ja.« Sie sah zu Aaron, der im Dunklen wie ein kraftloser Vampir zwischen den Bäumen zu fliegen schien. »Mich würde es nicht wundern, wenn Roth oder wer auch immer Aaron während der Bücherverbrennung hierher verbracht hat. Das Blut scheint noch ziemlich frisch zu sein.«

Bei den letzten Worten stöhnte Klaus Hoppe leise.

Lennys Augen wurden zu Schlitzen. »Eine Frage haben Sie uns noch nicht beantwortet«, sagte er und wies mit seiner Hand auf den verletzten Arm. »Warum haben Sie die Axt nach uns geworfen und sind geflüchtet?«

Hoppe senkte im Schein der Taschenlampe den Blick. »Es tut mir leid. Ich hatte Angst. Der Typ hat gesagt, das mit den Büchern dürfe niemand mitbekommen und das mit dem Holz auch nicht. Ich sollte das machen und danach mit dem Wagen über den Waldweg verschwinden.«

»Aber haben Sie sich nicht gefragt, warum?«, fragte Kati genervt, während sie ihren weißen Atemwölkchen hinterher sah. »Eine Axt nach einem Polizeibeamten zu werfen, war auf jeden Fall eine Scheißaktion und ein hohes Risiko. Sie hätten einen von uns töten können! Ist Ihnen das eigentlich klar?«

Hoppe stand da wie ein verletztes Reh und riss die Augen auf. »Ich … Scheiße. Es tut mir leid.«

Lenny sah zu Kati. »Ein Gutes hatte diese Verfolgungsjagd wenigstens«, sagte er und zeigte zu Aaron.

»Wir haben den Jungen früher gefunden, als Roth geplant hatte.«

12

Kati hatte sich von Laura Kienle einen Kaffee bringen lassen, während Lenny einen heißen Tee bevorzugt hatte. Beide sahen sich über ihre Becher hinweg an. Lenny begann zu grinsen. »Mein erster Tag und gleich geht es in die Vollen.«

Er zeigte auf Katis Wunde an der Schläfe, die mit mehreren kleinen Minipflastern zugeklebt worden war. Lenny hatte am Arm genäht werden müssen und trug nun einen dicken Verband unter seinem Hemd.

Kati rang sich ein kleines Lächeln ab. »Ich bin das nicht anders von dir gewohnt«, sagte sie und sah auf ihre Uhr. »Sarah und die anderen müssten jede Sekunde …« Sie stoppte mitten im Satz, da die Tür aufgerissen wurde.

Isa Nowak, Sarah Koch und Joschi Bornheim stürmten nacheinander wie eine laute Horde Schulkinder in den Raum, zogen ihre Jacken und Mäntel aus und warfen sich erschöpft auf die Stühle am Tisch.

Sarah schielte direkt auf die Tasse, die Kati in ihren Händen hielt. »Ist das Kaffee?«

Kati nickte.

Sarah streckte ihre rechte Hand aus. »Darf ich einen Schluck?« Sie blinzelte Kati wie ein kleiner Hundewelpe an. »Bitte, bitte. Ich bring dir auch gleich einen Neuen mit.«

Kati hielt ihr die dampfende Tasse hin und Sarah griff dankbar zu.

Lenny Verbeek richtete sich in seinem Stuhl auf und räusperte sich laut. Er hatte eigentlich immer von sich gedacht, dass er auffällig genug aussah, aber bisher schien ihn niemand richtig wahrgenommen zu haben. Er stand auf. »Darf ich kurz um Ihre werte Aufmerksamkeit bitten, meine Herrschaften?«

Isa sah ihn mit großen Augen an und auch Sarah und Joschi wendeten sich dem Fremden zu.

»Ich …«, fing Lenny gerade an, da wurde an die Tür geklopft.

Micha Meyer steckte seinen Kopf durch die Tür und erfasste sofort die Situation. Er kam hinein und versuchte sich so unauffällig wie möglich auf einen der Stühle zu platzieren.

Lenny nickte ihm zu und lächelte in die Runde.

»Also nochmal. Mein Name ist Lenny Verbeek und ich bin der Neue. Heißt, ich ersetze ab sofort und bis auf weiteres Sebastian Schütte, der, wie Sie wahrscheinlich alle wissen, zum BKA nach Wiesbaden wechselt.« Er sah in die Runde und wusste, nun hatte er die volle Aufmerksamkeit. Er trat ans Fenster und sah für drei Sekunden raus. Dann drehte er sich wieder um. »Wie Sie bald feststellen werden, bin ich ein sehr aktiver Abteilungsleiter und erfülle so gar nicht das Klischee eines amtlichen Sesselpupsers.«

Isa zog erstaunt ihre Augenbrauen hoch.

»Und da wir immer noch ein verschwundenes Mädchen und den Mörder von zwei jungen Männern und einem Busfahrer finden müssen, halte ich es für angebracht, gleich in den Fall einzusteigen. Besser kennenlernen können wir uns im Laufe der nächsten Tage. Sagen Sie mir vor der ersten Wortmeldung bitte gleich Ihren Namen.« Er kratzte sich an der Stirn. »Wer von Ihnen möchte Frau Lindberg und mir berichten, wie es bei der Mutter von Paul Roth war, welche neuen Erkenntnisse es gebracht hat und so weiter?«

Sarah stellte die Tasse vor sich ab und sah Lenny Verbeek an. »Das kann ich gerne machen.« Sie stand auf, trat zu ihm und hielt ihm die Hand hin. »Erstmal hallo. Ich bin Sarah Koch.«

Lenny nahm die Hand und schüttelte sie mit einem kräftigen Händedruck. »Hallo Sarah«, sagte er und zeigte auf die weiße Stellwand hinter ihr. »Dann fangen Sie bitte an und halten die wichtigsten Details dort parallel für uns fest, okay?«

Sarah nickte und nahm einen der dicken Stifte zur Hand. »Klar.« Sie holte Atem und sah in die Runde. »Zuerst einmal sondierten wir die Lage vor Ort. Heißt: Wir versuchten per fingiertem Telefongespräch mit Frau Roth herauszufinden, ob sich Paul Roth bei ihr aufhielt und ob er eine Gefahr für uns darstellen könnte. Sein Auto war auf den ersten Blick nicht auszumachen gewesen.«

Lenny nickte ihr aufmunternd zu, zeigte dann aber auf seinen Mund. »Könnten Sie Ihren Kaugummi kurz rausnehmen, dann versteht man sie noch besser, Frau Koch.«

Sarah sah ihn irritiert an, nickte und fischte das Teil aus ihrem Mund, um es dann kurzerhand an die Seite der Tafel zu kleben.

Typisch Sarah, dachte Kati amüsiert und schüttelte den Kopf.

»Was?«, fragte Sarah in provozierendem Ton und zuckte mit den Schultern. »Ihr kennt mich. Ich mache das Ding da gleich wieder weg.«

»Das hoffen wir alle«, sagte Lenny und machte ein Zeichen, dass sie fortfahren sollte.

»Nachdem sie seine Anwesenheit am Telefon verneint hatte und meinte, ihr Sohn sei nicht da, sind wir direkt zu ihr hin, haben sie zu ihrem Sohn befragt.«

Kati erschrak. »Aber ihr habt nicht gesagt, dass wir ihn wegen Mordes suchen, oder?«

Sarah schüttelte den Kopf. »Natürlich nicht. Wir haben ihr nur gesagt, dass er im Zusammenhang mit einer Straftat gesucht wird, und das hat schon fast ausgereicht, um ihr einen Herzinfarkt zu verschaffen. Die alte Dame war ziemlich aufgelöst, stimmte dann aber sofort einer Durchsuchung des Hauses und der Scheune zu. Während die Kollegen sich umsahen, unterhielt ich mich weiter mit ihr. Sie meinte, sie wüsste, dass er bei der Firma und der …« Sarah machte Anführungszeichen in die Luft, »›Familie‹ herausgeflogen sei. Er hätte sie gefragt, ob er seine Sachen bei ihr in der Scheune lagern dürfe, bis er eine adäquate neue Bleibe gefunden hätte.« Sarah holte kurz Luft, dann sprach sie weiter. »Frau Roth sagte, er wäre mit seinem Sohn in einem Hotel in Stuttgart untergekommen, in der Nähe der neuen Schule von Ekin.«

»Wisst ihr, welches Hotel das war. Oder welche Schule?«

»Noch nicht«, schaltete sich Joschi Bornheim das erste Mal ein und vergaß prompt, sich kurz vorzustellen. »Aber zwei der Fahnder sind da dran. Zumindest den Namen der Schule könnten sie bald kennen.«

Lenny Verbeek verschränkte seine Arme und sah ein wenig unzufrieden aus.

Kein Wunder, dachte Kati. Er hat sich sicher auch gewünscht, dass die Kollegen ihn direkt bei der Mutter antreffen und ihn festnehmen.

»Frau Roth erzählte weiter, dass ihr Sohn beteuert hätte, die Anschuldigungen wegen der Geheimnisklausel wären nicht wahr und er würde Beweise sammeln, die seine Unschuld bestätigen. Mehr wollte er ihr wohl nicht erzählen, um sie nicht zu belasten. Sie selbst hatte den Eindruck, dass dieser Vorfall ihren Sohn schwer mitgenommen hat und er eher depressiv war, als voller Drang, seine Unschuld zu beweisen. Ekin hat ebenfalls einen sehr geknickten Eindruck gemacht, sagte sie. Seine Freunde fehlten ihm und auf seiner neuen Schule konnte er sich nur schwer eingewöhnen.«

Das kannte Kati nur zu gut. Für Florian war der Umzug von Hannover nach Stuttgart auch wie ein Schubs ins kalte Wasser gewesen. Bei ihm hatte es lange gedauert, sich einzugewöhnen und anzupassen. Sie lächelte, als sie ihn im Geiste mit seiner Freundin vor sich stehen sah. Anders als Ekin war er mittlerweile angekommen.

»Haben Sie sie nach der Krankheit des Vaters gefragt?«, wollte Lenny Verbeek wissen.

Sarah nahm ihr Unterlippenpiercing zwischen die Lippen und nickte. »Ja, ihr Mann lebt wohl schon seit zwanzig Jahren in der geschlossenen Anstalt in Lindhorst. Es wäre nicht ausgeschlossen, dass die Krankheit an die Nachkommen weitergegeben werden kann. Bis jetzt hätte sie aber weder an Paul Roth noch an ihrem Enkel Krankheitsanzeichen wiedererkannt, die sie von ihrem Mann her kannte. Der, so erzählte sie, hätte immer wieder Wahnschübe gehabt, er hielt sich für jemanden anders. Dazwischen hatte er auch manchmal Phasen, in denen er, zumindest am Anfang, noch normal auf alle wirkte.«

Kati warf Lenny einen Blick zu und so, wie er ihn erwiderte, dachten sie anscheinend dasselbe. Paul Roth war weiter ihr Hauptverdächtiger.

»Im Haus und in der Scheune haben wir nichts Verdächtiges gefunden«, sagte Isa Nowak. »Nur den Hausrat der Dame und eine Menge Umzugskisten und Möbel von Roth. Vier Kollegen sind immer noch dabei, die Sachen in den Kisten zu sichten.«

Verbeek fuhr sich nachdenklich mit dem Zeigefinger über die vollen Lippen, dann sah er auf. »Vielen Dank, ihr drei. Leider war es nicht der Hauptgewinn, aber auch keine Niete. Zumindest wissen wir jetzt, dass Roth Ekin an einer Schule in Stuttgart angemeldet hat, und er dort mit ihm in der Nähe in einem Hotel lebt. Nun müssen wir ihn nur noch finden.« Er wandte sich an Sarah Koch. »In Ihrer Akte habe ich gelesen, Sie sind hier die Rechercheexpertin?«

Sarah lief rot an und warf einen vorsichtigen Blick zu Isa. »Normalerweise schon, aber Isa kommt direkt aus der Cyber-Ecke und hat viel mehr Erfahrung.«

Verbeek wedelte mit seiner Hand in der Luft herum. »Okay, das wusste ich nicht. Ich hatte ja nur die Personalakten der Mordermittler.« Er sah zu Joschi Bornheim. »Und Sie? Aus welchem Bereich kommen Sie?«

Der junge Kommissar, sah aus, als wäre er gerade bei irgendetwas ertappt worden und lief rot an. »Ich? Ich heiße Joschi Bornheim und bin sonst bei der Jugendkriminalität.«

Lenny Verbeek klatschte einmal in die Hände. »Das ist doch super. Dann unterstützen Sie drei jetzt die Kollegen von der Fahndung, telefonieren die restlichen Schulen und die Hotels ab. Zur Not fahren Sie alle Hotels in der Stadt persönlich ab, wenn es sein muss. Vergessen Sie die Melderegister nicht.Wir müssen diesen Roth möglichst schnell ausfindig machen.«

»Wenn es überhaupt stimmt, was er seiner Mutter erzählt hat«, wagte Sarah zu äußern.

Verbeek nickte. »Stimmt, doch das ist momentan der einzige Anhaltspunkt, den wir haben.« Er machte erneut eine wedelnde Bewegung mit den Händen. »Also bitte, fangen Sie an.«

Während die drei den Raum verließen, trat er zu Kati. »Und was machst du?«

Kati war es unangenehm, dass sie anscheinend bei Verbeek eine Sonderstellung einnahm. Bei einem Mal würde das nicht auffallen, aber auf Dauer durfte das nicht so bleiben. »Wenn du nichts dagegen hast, fahre ich in die Gerichtsmedizin und danach werde ich Timo im Krankenhaus einen kurzen Besuch abstatten.«

Verbeek runzelte die Stirn.

»Keine Angst, das ist alles im selben Haus.«

»Die Gerichtsmedizin ist in diesem Robert-Bosch-Krankenhaus hier um die Ecke?«

»Ja, genau.«

Lenny nickte und lächelte ihr dann zu. »Nee, du. Alles gut. Mach das. Ich werde derweil die Bücher zur KTU bringen, hören, was die bisher haben und mich dann mit Staatsanwältin Brunner über die weiteren Schritte beraten. Pressekonferenz und was weiß ich noch alles.«

»So machen wir das.« Kati strich Lenny über den Unterarm und lächelte ihn an. »Du machst das richtig gut.«

Die Fahrt mit dem Auto zum Krankenhaus dauerte nur fünf Minuten. Sie wäre gerne zu Fuß gegangen, doch das hätte zwanzig Minuten gedauert, bei Dunkelheit und Eiseskälte. Kati hatte Glück, fand sofort einen der spärlichen Parkplätze und eilte ins Warme. Der Fahrstuhl brachte sie in das Untergeschoss des Krankenhauses und kurze Zeit später klopfte sie an die Tür der Pathologie. »Georg?«, rief sie und trat in sein kleines Büro.

»Ich bin im Saal!«, antwortete Hettkamp. »Komm ruhig rein, aber denk bitte an den Kittel und die Überzieher.«

Kati trat in den Zwischenbereich, der mit einer Glasfront vom Autopsiesaal abgetrennt war, zog sich die türkise Schutzbekleidung über und trat zu Hettkamp, der sich zu Katis Überraschung über die Leiche von Aaron beugte und dabei in sein Diktaphon sprach. Sie küsste ihn auf die Wange. »Hallo. Du bist schon bei der äußeren Leichenschau?«

Georg, der ebenfalls Arbeitskleidung in Form von Kittel, Haube und Mundschutz trug, legte das Aufnahmegerät zur Seite, drehte sich zu ihr um und nickte. Er zog die Maske nach unten, aber anstatt sie anzulachen, machte er ein besorgtes Gesicht und zeigte auf ihre Wunde. »Ja, aber erzähl lieber, was du angestellt hast.«

Kati winkte ab. »Alles halb so schlimm. Mach ich später.« Sie sah sich um. »Ist Konny nicht da?« Sie hatte damit gerechnet, dass der zweite Rechtsmediziner ebenfalls anwesend sein würde. So war es gesetzlich vorgeschrieben.

»Der ist nur kurz weg, was für die Brunner erledigen. Er kommt gleich wieder und kümmert sich um den Kopf des Jungen.«

Kati sah ihn mit großen Augen an. »Dann nimm mich bitte ganz schnell fest in deine Arme, ja?«

Georg zog sie an sich heran, umarmte sie und gab ihr einen Kuss auf die Stirn. »Ich habe dich vermisst. Vorhin im Kanal hatten wir gar nicht so richtig die Möglichkeit, unser Wiedersehen zu feiern. Die zwei Wochen nach meinem Besuch bei dir waren lang.«

Kati verzog ihren Mund. »Da hast du recht, aber Zeit und Ort waren nicht gerade angebracht.«

Hettkamp lockerte den Griff um ihre Hüften ein wenig und sein Blick wanderte auf die nackte Leiche von Aaron, dessen Scham er mit einem quadratischen weißen Tuch bedeckt hatte. Ein kleines Stöhnen kam aus seinem Mund. »Und ich fürchte, hier ist es auch nicht besser.« Er ließ sie widerwillig los, trat an den Stahltisch und wurde sachlich. »Du willst sicher wissen, welche Erkenntnisse ich bisher habe, oder? Ich habe ihn noch nicht aufgemacht, wie du sehen kannst. Die Staatsanwältin hat mich aufgehalten.«

Kati griff sanft nach Georgs Arm, und er drehte sich zu ihr um. »Das auch, aber hauptsächlich …«, sie trat näher an ihn heran, sodass sie direkten Körperkontakt hatten, »hauptsächlich wollte ich dich sehen.«

Georg schien erstaunt. »Mich?«

Kati kuschelte sich in seine Arme. »Ja, der ganze Tag war so furchtbar. Maxim und Aaron. Dann eben die Verfolgungsjagd.«

Hettkamp schob sie wenige Zentimeter von seinem Oberkörper fort und sah sie mit zusammengezogenen Augenbrauen von oben herab an. »Verfolgungsjagd?«

»Ich hatte das dringende Bedürfnis, in die Arme genommen zu werden«, wiederholte Kati, ohne auf ihn einzugehen.

»Okay, Liebes.« Georg drückte sie an sich und küsste ihr blondes Haar. Dann hielt er sie einfach nur fest. Zwei Minuten vergingen und Kati merkte, wie müde und erschöpft sie plötzlich war. Die Wärme, die Georg ausstrahlte, hatte so etwas Beruhigendes. Sein Herzschlag war gleichmäßig ruhig, so lebendig. Sie hob langsam ihren Kopf, nahm ihre Hand nach oben und streichelte ihm über sein Gesicht. Dann küsste sie ihn mit sanften Lippen. Er erwiderte ihren Kuss, und als ob er ihre Gedanken gelesen hätte, nahm er sie auf den Arm und trug sie in sein Büro.

Eine viertel Stunde später schloss Hettkamp die Tür zu seinem Büro von innen auf und sie traten, als wäre nichts gewesen, in den Autopsiesaal. Konrad Willes war noch nicht wieder da.

»Darf ich dir nun meine Erkenntnisse bezüglich Aaron und Maxim mitteilen?«, fragte Georg, wobei ein schelmisches Lachen seine Augen umspielte. »Oder sollen wir nochmal …«

Die tiefen Falten unterstrichen seinen Charakter und Kati fand, dass er aussah wie George Clooney, nur dass Georg eine Glatze hatte. Kati lächelte ihn an. »Lieber nicht.« Sie ging zu Aaron und stellte sich an den Stahltisch. Normalerweise war ihr Freund verpflichtet, erst die Staatsanwaltschaft über seine Erkenntnisse zu unterrichten, aber ihr gegenüber machte er immer eine Ausnahme.

»Bitte erzähl mir, was du bisher weißt.«

Der Siebzehnjährige lag vor ihr und Kati hatte wegen der Turtelei in Georgs Büro ein schlechtes Gewissen, als sie auf ihn hinabblickte. So blass und tot, dachte sie. Sie lachte innerlich auf. Wie ein Vampir, nur dass er nicht als Untoter auf Erden wandeln würde, wie seine Vorbilder aus dem Kinoblockbuster.

Georg trat ebenfalls an den Tisch und rückte seine Brille auf der Nase zurecht. »Wie du dir vielleicht denken kannst, ähneln sich die Merkmale bei den beiden Jugendlichen. Auch Aaron wurde mit einem Drahtseil, vermutlich einer Garrotte, erdrosselt, und auch er hatte eine kleine Holzflöte im Anus.« Er zeigte auf eine der metallenen Schalen auf dem Tisch hinter ihm. »Sie liegt dort, kannst du dir gleich ansehen.«

Kati schloss die Augen und schüttelte den Kopf. Sie wusste nicht, wie Georg es aushielt, Mordopfer zu begutachten, sie aufzumachen und zu untersuchen. Sie selbst wäre niemals dazu in der Lage gewesen.

»Es gibt aber einen großen Unterschied.«

Kati sah den Gerichtsmediziner an. »Er hatte im Gegensatz zu Maxim Blut im Gesicht.«

Georg nickte. »Genau. Der Täter hat ihm, wahrscheinlich post mortem, die Zunge herausgeschnitten. Es muss ein ziemlich scharfes Messer gewesen sein. Eine Stümperarbeit war das auf keinen Fall.«

In seinem Tonfall klang schon fast Bewunderung mit, fand Kati. Sie schluckte. »Seine Zunge«, sagte sie wie betäubt. »Die haben wir aber nirgends gefunden.«

Georg zuckte mit den Schultern. »Vielleicht ist sie noch dort, wo man ihn getötet hat.«

Kati presste die Lippen zusammen. »Ja. Umgebracht hat er die Jungen woanders. Irgendwo, wo er Ruhe hatte. Er muss irgendwo ein sicheres Versteck haben, wo ihn niemand so leicht überraschen kann.«

»Hm«, brummte der Gerichtsmediziner zustimmend. »Ein rohes Ei wie Maxim hatte Aaron übrigens nicht im Haar.«

»Dafür trug er ein Stück des roten Samtstoffes, das wie ein Vampirumhang um seine Schultern hing. Als ob sich der Mörder über die Teenies lustig machen wollte.«

Georg stimmte zu. »Ja, das Leinenhemd und der Samtstoff sind bereits bei der KTU im Labor.«

»Ich spielte und führte«, dachte Kati laut nach. »Was soll das bloß bedeuten? Dazu habe ich noch ein halbverbranntes Märchenbuch aus dem Feuer hinter Paul Roths Wohnbereich gefischt. Und in seinem ehemaligen Büro stand ein Buch über mittelalterliche Foltermethoden. Dort war ein Lesezeichen bei der Abbildung eines alten Kupferstichs, das eine Erdrosselung mit einer Garrotte zeigte.«

Georg sah sie ernst an. »Das passt doch.«

»Ja, aber ich verstehe das alles nicht. Seine Mutter

schwört Stein auf Bein, dass er gesagt hat, er würde nicht aufgeben und Beweise für seine Unschuld bezüglich des Betrugs sammeln.«

Der Rechtsmediziner kräuselte die Stirn. »Er hat sie natürlich belogen. Ich meine, er wird nicht damit hausieren gehen und sagen: Hey, ich habe aus Rache die Kinder meiner Freunde und die besten Kumpels deines Enkels umgebracht.«

Kati schnaufte leise. »Natürlich nicht. Da hast du recht. Weißt du eigentlich, dass Roths Vater an Schizophrenie leidet und seit zwanzig Jahren in einer geschlossenen Anstalt lebt?«

Georg zog die Augenbrauen hoch. »Echt? Warum? Ist er hochgefährlich?«

Kati zuckte mit den Schultern. »Das weiß ich nicht, aber es ist wohl so, dass es vererbt werden kann.«

»Ja, das stimmt.«

»Vielleicht steckt Roth in einer tiefen Psychose und weiß gar nicht, was er da anrichtet«, sagte Kati und merkte selbst, dass sie mit ihrer Annahme wahrscheinlich falsch lag.

Georg, der zwischenzeitlich das Skalpell zur Hand genommen hatte, fing an, den Schnitt unterhalb des Kehlkopfes des Jungen anzusetzen, um ihn zu öffnen. »Nee, das kann nicht sein. Solche rationalen Handlungen sind bei einer Psychose nicht möglich.«

Kati starrte auf das Skalpell. »Du, ich muss jetzt wieder los. Ich will noch kurz zu Timo. Weißt du, wie es ihm geht?«

Georg drehte sich zu Kati um und schüttelte den Kopf. »Nein, nichts Aktuelles. Vor zwei Stunden lag er immer noch auf der Intensivstation.«

Kati presste die Lippen zusammen und fasste Georg sanft auf die Schulter. »Okay, dann pack ich's mal. Ich melde mich bei dir.«

Hettkamp neigte sich zu ihr herunter und gab ihr einen Kuss auf die Nase. »Ja, tu das, mein Schatz, und nimm dir das alles nicht so zu Herzen, hörst du?«

Kati rang sich ein Lächeln ab. »Ich versuchs – versprochen.« Dass alles noch sehr viel schwerer werden würde, ahnte sie nicht.

13

Kati fuhr mit dem Fahrstuhl in den zweiten Stock. Die zuständige Stationsschwester, eine Matrone mit kastanienbraunem Haar, sah mit strengem Blick auf die Uhr an der Wand. »Die Bsuchszeid gohd nur bis 20 Uhr ond dahana uf der Indensivschdazion digga die Uhra nomol anders. Zu wem wolldet Sie noh?«

Kati setzte ihr charmantestes Lächeln auf und zog ihren Dienstausweis hervor. »Zu meinem Kollegen Timo Prinz.«

Die Frau spitzte ihre Lippen, über denen ein stattlicher Damenbart wucherte, und sah skeptisch auf den Ausweis. Zu Katis Erstaunen fing sie an zu lächeln. »Die Bolizei. Dai Freind ond Helfr. Na, da mache i mol oi Ausnahm.« Sie schob ihre stattliche Figur in das Schwesternzimmer, das an ein Aquarium erinnerte, und blätterte in einer Liste. »Dimo Brinz. Da han mir ihn ja. Zimmer 234. I bring sie hin. Kommet Sie, bidde.«

»Danke«, sagte Kati und folgte der Schwester, die mit gemächlichen Schritten den Gang hinab watschelte. Nach zwanzig Metern blieb sie stehen und zeigte auf einen kleinen Raum und erklärte Kati, dass sie sich einen Kittel sowie Haar- und Mundschutz anziehen sollte. Das zweite Mal am heutigen Tag, dachte Kati.

Mit dem Hinweis, dass sie nicht mehr als fünf Minuten hätte, schob Kati die Schiebetür zu Timos Zimmer auf und ging hinein. Timo war allein im Raum. Zwei weitere Betten waren nicht belegt.

Kati trat an sein Bett und hielt bei seinem Anblick die Luft an. Timo hatte die Augen geschlossen und schien zu schlafen. EKG-Kabel liefen von dem Gerät zum Aufzeichnen der Herzaktivitäten zu seinem Oberkörper und es gab ein gleichmäßiges Piepen von sich. Eine dünne weiße Bettdecke bedeckte seinen Körper. Sein Gesicht hob sich farblich kaum davon ab, so blass war er. Zwei durchsichtige Schläuche, an denen Infusionsbeutel angeschlossen waren, führten zu seinem linken Arm.

Oh Timo, dachte Kati mitleidig und trat näher. Sie zog sich einen Stuhl heran, setzte sich und nahm seine linke Hand in die ihre. Vorsichtig streichelte sie ihm über die Finger und betrachtete sein Gesicht. Wie ähnlich er ihrem verstorbenen Mann Stefan sah. Verrückt. Fast wie eineiige Zwillinge. Sie schluckte, als sie daran dachte, dass sie Stefan selbst getötet hatte. Ihn töten musste. Sie merkte, dass sich Tränen ihren Weg bahnten und sie wendete ihren Blick von Timo ab.

»Weinst du wegen mir?«, sagte Timo plötzlich mit schwacher Stimme. Kati drehte sich überrascht zu ihm um und wischte sich schnell mit den Handballen über ihre Wangen.

»Du bist ja wach. Wie gehts dir? Hast du Schmerzen?«

Timo fuhr sich mit der Zunge über die trockenen Lippen und schüttelte seinen Kopf. »Nein. Die pumpen mich mit Schmerzmitteln und Antibiotika voll.« Er schob sein Kinn vor und sah zur Schnabeltasse, die neben ihm auf dem Nachttisch stand. »Wärst du so lieb?«

»Klar.« Kati nahm den Becher und hielt ihn Timo an die Lippen, sodass er trinken konnte. Dann stellte sie ihn wieder auf den Tisch. Sie sah ihn an. Der sonst so stark anmutende Kollege, lag wie ein Häufchen Elend da. »Timo, Timo. Warum hast du bloß so lange gewartet? Warum bist du nicht früher zum Arzt?«

Timo seufzte leise. »Ich dachte wirklich es wäre nur eine Magenverstimmung. Erst als ich auf dem Klo saß wurde mir plötzlich schwindelig und dann wurde alles schwarz.«

»Ich weiß. Ich hatte mir Sorgen gemacht, als die Kienle meinte, du wärst solange fort. Ich habe dich ohnmächtig neben der Toilette gefunden.«

Timo schloss für eine Sekunde die Augen. »Du warst das? Das wusste ich nicht. Dann … dann hast du mir wahrscheinlich das Leben gerettet.«

Kati lachte auf. »Ach, Quatsch.«

Timo schüttelte den Kopf. »Doch. Professor Liebstein hat gesagt, der Blinddarm war bereits längere Zeit perforiert und Eiter hatte sich in den Bauchraum ergossen.«

Kati presste die Lippen zusammen. Das hörte sich nicht gut an. »Und deshalb liegst du noch auf der Intensivstation?«

Timo nickte schwach. »Hm. Trotz der Operation und der Antibiotika will das Fieber nicht sinken, aber sie tun, was sie können. Alle sind sehr nett hier. Vor allem die Schwestern.« Er rang sich mit Mühe ein kleines Lächeln ab. Dann wurde er wieder ernst. »Aber erzähl mir, wie ihr vorangekommen seid. Habt ihr die Kids gefunden?«

Kati biss sich auf die Lippen. Sie hatte mit dieser Frage gerechnet und zögerte ein wenig.

»Nun sag schon, Kati. Ich bin doch nicht aus Zucker«, sagte Timo und sah sie auffordernd an.

Nicht aus Zucker, dachte Kati. So, wie er da vor ihr lag, schien er eher aus Puderzucker zu sein. Trotzdem entschied sie sich, ihm die Wahrheit zu sagen. Sie sah ihn ernst an. »Zwei der Jungen sind tot.«

Timos Gesicht wurde leichenblass. »Nein«, hauchte er schwach und schloss mit zittrigen Lidern die Augen.

»Maxim wurde in einem unterirdischen Kanal in der Gerokstraße in der Nähe vom Wagenburgtunnel aufgefunden und Aaron in einem Wäldchen hinter dem Anwesen der Eltern.« Timo starrte sie stumm aus großen traurigen Augen an und sie schilderte ihm alles, was sie bisher ermittelt hatten.

»Und ihr glaubt, dass Paul Roth der Täter ist und er Rache nehmen will, für seinen Rausschmiss und die Ächtung?«, brachte Timo schwach hervor.

Kati zuckte mit den Schultern. »Eine andere Spur haben wir nicht. Er ist bisher der Einzige, der ein Motiv hat.«

»Und dieser Lenny meint das auch?«, fragte Timo und Kati bildete sich ein, wieder mal eine Spur Eifersucht in seiner Stimme zu hören.

Kati nickte. »Ja, zumal es in der Familie eine genetisch vererbbare Schizophrenie zu geben scheint. Solange wir Roth nicht gefunden und befragt haben, bleibt er für uns erstmal der Hauptverdächtige.«

Timo sah sie mit dem Ausdruck des Bedauerns an. »Ich wünschte, ich könnte euch unter die Arme greifen und dieses miese Schwein finden, bevor er auch noch das Mädchen umbringt.«

Kati griff erneut nach seiner Hand. »Du wirst erstmal wieder ganz gesund, kommst auf die Beine und dann sehen wir weiter.«

Jemand klopfte an das Fenster und als Kati sich umdrehte, sah sie die Matrone, die mit dem Zeigefinger auf ihre Uhr tickte. Kati nickte ihr zu.

»Die Schwester meint …«, begann sie, doch als sie sah, dass Timos Augen geschlossen waren, brach sie den Satz ab. Der Arme, dachte sie und legte seine

Hand vorsichtig auf dem Bett ab. Sie stand auf und ging in Richtung Tür.

»Gehst du?«, vernahm sie Timos Stimme in ihrem Rücken und sie drehte sich noch einmal zu ihm um. Er hatte die Augen halb geöffnet.

Kati trat ein paar Schritte auf ihn zu. »Ja, die Schwester sagt, ich soll mich jetzt verdrücken, weil es schon spät ist, aber ich kann morgen wiederkommen, wenn du willst. Lenny möchte dich auch kennenlernen …«

Timo stoppte sie mitten im Satz und winkte sie mit der rechten Hand zu sich. Er streckte die Hand ein wenig in die Höhe. Kati nahm sie.

»Ich möchte mich für meine kindische Eifersucht bei dir entschuldigen«, flüsterte Timo und versuchte Kati dabei mit offenen Augen anzusehen. Kati merkte, dass es ihm schwerfiel.

»Ich wollte so gerne, dass wir ein Paar werden, und habe zu spät begriffen, dass es bei dir nicht gefunkt hat. Ich wünsche dir und Georg alles Glück der Welt.« Eine Träne rollte seitlich an seiner Wange hinunter.

»Timo«, sagte Kati und streichelte mit dem Daumen über seinen Handrücken. »Ich …«

Timo schüttelte den Kopf. »Nein, das war schon lange fällig und ich habe mich benommen wie ein bescheuerter Teenager. Sogar heute Morgen noch. Entschuldige bitte. Lass uns einfach Freunde sein, ja?« Sein Blick flehte sie förmlich an.

Kati schnaufte leise. Sie merkte, ihm war es wirklich ernst. Sie beugte sich zu ihm, umarmte ihn und küsste ihn durch den Mundschutz auf die Wange. »Entschuldigung angenommen und Freunde waren wir doch irgendwie immer«, flüsterte sie ihm ins Ohr.

Ein Klopfen am Fenster erinnerte sie erneut daran, dass sie gehen sollte.

Sie löste sich von ihm und richtete sich auf. »Wenn du gesund bist, dann machen wir mal wieder einen drauf, okay?«

Timo nickte und wirkte zunehmend erschöpft. »Okay«, hauchte er und versuchte zu lächeln.

»Dann schlaf jetzt«, sagte Kati und drückte ihm das letzte Mal die Hand.

Kati ging mit einem seltsamen Gefühl im Bauch den Gang hinunter und sah noch einmal zurück zu Timos Zimmer. Er hatte sich wirklich bei ihr für sein unmögliches Verhalten in den letzten Monaten entschuldigt. Dass ich das nochmal erleben darf, dachte Kati und lächelte, als sie im Fahrstuhl nach unten in die Lobby des Krankenhauses fuhr. Sie war zuversichtlich, dass sich ihr Verhältnis jetzt bessern würde, und das würde auch positive Auswirkungen auf ihre Arbeit haben. Arbeit! Oh Mann, dachte sie, gähnte mit vorgehaltener Hand und sah auf die Uhr. Es war schon Viertel vor neun. Ich muss zurück ins Präsidium. Die anderen warten sicher auf mich.

Vielleicht hatte der Rest des Teams bereits herausgefunden, in welchem Hotel Roth untergetaucht war. In der Manteltasche summte ihr Handy. Kati verdrehte die Augen. Wer war denn das schon wieder? Hatte das nicht Zeit, bis sie im Büro war?

Sie zog das Telefon hervor und sah eine Messenger-Nachricht von – Florian! Scheiße, dachte sie und bekam sofort ein schlechtes Gewissen. Den habe ich ja total vergessen.

KOMMST DU BALD? WARTE AUF DICH! FLO

Dahinter hatte er einen Zwinker-Emoji gesetzt. Mist, Mist, Mist, dachte Kati. Sie warf einen entnervten Blick auf die verspiegelte Fahrstuhlwand und sah in ein müdes verzerrtes Gesicht. Ein Tag an einem

Mordfall hatte ausgereicht, um sie wieder vier Wochen zurückzuwerfen. Psychisch fühlte sie sich zwar trotz der seltsamen Botschaften und Inszenierungen stabil – instinktiv tastete sie nach ihrem Kiesel – aber körperlich fühlte sie sich wie ein Wrack. Müde und ausgelaugt. Kein Wunder, dachte sie sich. Ich bin schon seit dreizehn Stunden fast ohne Pause unterwegs. Und die ist jetzt fällig. Und zwar zuhause.

Die Fahrstuhltür öffnete sich und sie trat hinaus. Ein angenehmer Kaffeeduft stieg ihr in die Nase und drei Sekunden später hatte sie den Automaten, der dazu gehörte, entdeckt. Genau das Richtige, dachte sie, wenn ich nicht gleich hier an Ort und Stelle vor Müdigkeit umkippen will. Sie tippte schnell eine Antwort an Florian in ihr Handy und suchte dann Kleingeld für den Kaffee.

Den heißen Cappuccino hatte sie schon lange ausgetrunken, als sie vor ihrer Wohnung aus dem Auto stieg und nach oben zum Balkon sah. Es brannte Licht. Sie lächelte, schloss den Wagen ab und stapfte mit schnellen Schritten über die mit braunem Schneematsch bedeckte Straße.

Als sie die Wohnungstür öffnete, empfing sie Licht, Wärme und … Kati schnupperte. War das Tante Marthas Rosenkohleintopf mit Kassler?

»Flo?«, rief sie, legte ihre Handtasche auf das Tischchen neben der Tür und nahm am Rande wahr, dass dort ein Brief lag. Dann streifte sie sich die Schuhe von den Füßen, hängte ihren Mantel auf und riskierte einen Blick ins Esszimmer, aus dem sie leises Gemurmel vernommen hatte. Drei Personen saßen an dem gedeckten Esstisch und sahen sie mit amüsierten Gesichtsausdruck an. Florian stand auf und kam auf sie zu. »Hey, Ma, da bist du ja endlich. Wir warten schon auf dich.« Er drückte ihr einen Kuss auf die Wange. Kati wuschelte ihm zur Begrüßung über das Haar und lachte über das ganze Gesicht. »Hallo alle miteinander! Das ist aber eine gelungene Überraschung!«

»Da haschd du ned mid grechned, gell?«, rief Tante Martha und erhob sich ebenfalls, um Kati in den Arm zu nehmen. »Herzlich willkomma dahoim.«

»Danke.« Sie tätschelte Martha die Schulter. »Und sonst? Gehts dir gut?«

Die alte Frau nickte lachend. »Jo. Mai Dokdor hedd mi gschdern erschd undersuchd. Er isch mordsmäßich zfrieda.«

»Super«, sagte Kati und drehte sich zu dem Mädchen um, das ihr schüchtern die Hand entgegenstreckte. Kati schüttelte die Hand und lächelte. »Du musst Sandra sein.«

Die junge Frau nickte, und bevor sie noch etwas sagen konnte, trat Florian neben sie und umfasste mit einem Arm die Taille des schlanken Mädchens. »Ja, das ist sie«, verkündete er mit strahlendem Gesicht. Kati bemerkte einen gewissen Stolz in seiner Stimme.

Sandra grinste und schubste ihn ein wenig aus Spaß. »Ich kann mich schon selbst vorstellen, du Heini.«

Florian zog erstaunt die Augenbrauen hoch und pikste sie mit einem Zeigefinger in den Bauch. »Ach, echt?«

»Ey«, beschwerte sich Sandra und kicherte.

»So gohd des scho den ganza Abend«, sagte Tante Martha mit einem verschmitzten Lächeln und nahm wieder Platz. Sie klopfte auf den Stuhl neben sich. »Komm Kadi, du haschd do sichr einen Bärenhungr, ond danach erzählsch vo der Kur in Hamburg.«

Kati setzte sich und Martha schöpfte ihr aus dem großen Topf, der auf dem Tisch stand, etwas von dem Rosenkohleintopf auf den Teller. Es duftete herrlich und für eine Stunde vergaß sie alles, was mit der Arbeit zu tun hatte und genoss das Zusammensein mit ihrem Sohn, Sandra und Martha. Nur Georg fehlte in der fröhlichen Runde, fand sie.

»Ich bin bald wieder da«, rief ihr Florian zu, der Martha und Sandra später am Abend nach Hause bringen wollte.

Kati winkte ihm durch den Türschlitz zu. »Ja, bis dann. Seid vorsichtig und denk dran, dass ich nochmal ins Büro fahre.«

Während die anderen den Tisch abgeräumt hatten, hatte sie schnell geduscht und sich die Haare gewaschen. Sie ging ins Schlafzimmer, um sich frische Kleidung aus dem Schrank zu holen, als ihr der Brief wieder einfiel, der im Flur gelegen hatte. Im Bademantel und mit einem Handtuchturban auf dem Kopf ging sie zu dem Tisch hinüber und las den Absender. Staatsanwaltschaft Hannover.

Hm, dachte sie. Was wollen die denn von mir? Hoffentlich war es nicht wegen diesem wahnsinnigen Serienmörder aus Hannover, der sie in den Fängen gehabt hatte. Mit einem mulmigen Gefühl im Bauch setzte sie sich auf das rote Sofa und zog die Beine an. Unschlüssig, ob sie den Brief öffnen sollte, drehte sie ihn immer wieder in ihren Händen. Sie seufzte. Was soll's, dachte sie und riss den Brief auf. Sie nestelte das Papier aus dem Umschlag und gleichzeitig fiel ihr ein weiterer winziger Umschlag auf den Schoß.

Zu ihrer Überraschung fiel ihr ein goldener Ring in die Hand. Ihr lief ein kalter Schauer über den Rücken. Nein, dachte sie und schlug eine Hand vor den Mund. Das kann nicht sein. Der Schauer verschwand, jetzt wurde ihr warm. Das war der Ring, den sie Stefan am Tag ihrer Hochzeit an den Finger gesteckt hatte!

Mit zittrigen Händen griff sie nach dem Brief und begann zu lesen. Nach einer halben Minute ließ sie das Papier wieder sinken. Der Ring war zwei Jahre nach seinem unerklärlichen Verschwinden in der Asservatenkammer aufgefunden worden. Die Dienststelle entschuldigte sich ausdrücklich für die lange Wartezeit und drückte ihr noch einmal ihr Beileid zum Verlust ihres Mannes aus.

Kati nahm den Ring in die Hand und steckte ihn zu ihrem an den Finger. Er war viel zu groß. Stefan, mein Stefan, dachte sie.

Er war ein beliebter Kollege im Hannoveraner Präsidium gewesen. Alle hatten ihn gemocht und gerne mit ihm zusammengearbeitet. Kati schluckte. Aber er war viel zu früh gestorben. Durch ihre Hand. Kati presste die Lippen zusammen und merkte, dass sie kaum noch ihre Tränen unterdrücken konnte. Einerseits wollte sie mit dem Ganzen abschließen und ihre Traurigkeit abschütteln, andererseits das Andenken an ihn bewahren; was hätte Stefan wohl an ihrer Stelle getan, fragte sie sich. Sie nahm seinen Ring wieder ab und drehte ihn in ihren Fingern hin und her.

Die Widmung kam ihr plötzlich in den Sinn. Sie hatte Stefan damals den Anfang seines Lieblingszitats neben das Datum der Eheschließung gravieren lassen. Es stammte von Muhammad Ali, dem legendären Boxer, der in den sechziger und siebziger Jahren seine großen Erfolge gefeiert hatte. Sie führte den Ring ganz nah an ihre Augen und versuchte, die ersten Wörter zu entziffern. »Der, der nicht mutig

…«, las Kati laut. Sie wusste, wie es weiterging und führte den Satz im Flüsterton zu Ende: »… genug ist, Risiken auf sich zu nehmen, wird in seinem Leben nichts erreichen.« Kati ließ die Hand mit dem Ring sinken. Genau so war Stefan gewesen. Stark, mutig und risikobereit. Bis in den Tod.

Doch wie sollte ihr das nun weiterhelfen? Sollte sie so stark und mutig sein wie er? Sie sah auf Stefans Ehering. Oder war sie das schon? Hatte sie das letzte Jahr und alles, was vorgefallen war, Stefans Tod, ihre Entführung und die Todesgefahr in dem alten Brunnen nicht letztendlich stärker gemacht? Sie nahm den Ring, stand auf und ging barfüßig ins Schlafzimmer. Dort öffnete sie die Schublade an ihrem Bett und nahm das mit rotem Samt bezogene Schatzkästchen hervor, dass sie als kleines Mädchen von ihrer Großmutter geschenkt bekommen hatte. Sie öffnete es und legte den Ring sanft auf die goldene Locke, die Kati von Florian aufgehoben hatte. Ein letzter Blick, dann schloss sie das Kästchen wieder und sah in den Spiegel an der Wand.

Es war Zeit sich auf die Lebenden zu konzentrieren. Zoe war irgendwo gefangen und brauchte ihre Hilfe.

14

Nach einer unbequemen Nacht auf dem Büro-Sofa rüttelte sie jemand am nächsten Morgen unsanft an der Schulter. »Hey Kati! Aufwachen. Es ist schon sechs. Zeit für eine Runde Antiterror Combat.«

Kati öffnete vorsichtig ihre Augen und blinzelte. »Hm?«, brummte sie und wusste im ersten Moment gar nicht, wo sie sich befand. Das grelle Licht der Deckenlampe blendete sie. Schnell zog sie die Wolldecke über ihr Gesicht und hoffte, sie träumte nur.

»Kaaatiiii«, sagte Lenny gedehnt und zupfte leicht an der Decke.

»Lenny. Lass mich! Ich kann nicht, ich habe bis um drei Uhr morgens recherchiert.«

Lenny Verbeek zog die Decke mit einem Ruck fort und zog sie sachte am Arm hoch. »Egal. Los, komm. Das bringt dich in Minuten auf hundertachtzig und du fühlst dich den ganzen Tag topfit.«

Kati setzte sich auf und fuhr sich mit der Hand durch ihre blonde, zerzauste Mähne. »Topfit? Bevor ich keinen Kaffee hatte …«

Lenny lachte und streckte ihr einen großen Kaffeepott hin. »Läuft nix – ich weiß! Also trink ihn schnell, zieh dich um und dann gehts los, bevor der Trubel startet.«

Kati nahm einen Schluck aus der Tasse und guckte Lenny müde aus kleinen Augen an. »Wieso bist du eigentlich so fit am frühen Morgen? Bist du schon um neun ins Bett gegangen, oder was?«

Er schüttelte den Kopf. »Nee, auch erst um zwei, aber ich habe mir antrainiert, im Notfall mit vier Stunden Schlaf auszukommen.«

»Dann hast du auch hier geschlafen?«, fragte Kati und gähnte.

»Yep.«

»Und haben die Kollegen von der Fahndung gestern noch herausgefunden, in welchem Hotel Roth abgestiegen ist?« Sie hatte keinen von ihnen angetroffen, als sie spät wieder im Büro eingetrudelt war.

»Das nicht, aber das kann nicht mehr lange dauern. Wir denken, dass er sich unter falschem Namen eingemietet hat. Ich gebe ihnen noch zwei Stunden, dann folgt die Öffentlichkeitsfahndung.«

Kati verzog den Mund. »Ekins neue Schule konnte auch nicht ausfindig gemacht werden. Vielleicht hat er ihn überhaupt nicht angemeldet und seine Mutter nach Strich und Faden belogen.«

»Würde mich nicht wundern. Die KTU hat gestern jedenfalls noch Ergebnisse geliefert. Und zwar sind auf den beiden Büchern, dem mittelalterlichen und dem Märchenbuch, ausschließlich Roths Fingerabdrücke gefunden worden. Ebenso auf den beiden kleinen Flöten.«

»Wow«, entfuhr es Kati und sie merkte, wie das Adrenalin ihre Adern flutete. »Dieses Schwein! Wenn das nicht genug Indizien sind, dann fress ich einen Besen.«

Routiniert machte sie sich mit ihrem Haargummi in Windeseile einen einfachen Dutt. Dann klopfte sie sich mit den flachen Händen auf die Beine. »Okay, dann lass uns loslegen!« Sie wollte auf alles vorbereitet sein, wenn sie auf Roth trafen, und das konnte nicht mehr lange dauern.

Eine Stunde später standen sie geduscht und angezogen im Besprechungsraum. Sarah grinste sie an. Beide hielten ihren zweiten Kaffee in den Händen.

»Und? Hast du ihn auf die Matte gelegt?«, flüsterte sie Kati zu. Sie hatte mitbekommen, wie beide gutgelaunt aus der Trainingshalle gekommen waren.

Kati schüttelte den Kopf. »Nee, das dauert noch ein paar Trainingsstunden, aber es lief besser, als ich nach den vielen Jahren vermutet hätte.« Sie fasste sich an die linke Schulter. »Ein paar blaue Flecken werde ich davontragen, fürchte ich.« Im Hintergrund klingelte das Telefon.

Sarah winkte ab. »Wenn es nur das ist. Wie oft habe ich mir schon kleine Verletzungen beim Kung Fu zugezogen. Da gewöhnt man sich dran.«

»Leute!«, rief Lenny laut in den Raum und unterbrach sie mitten im Satz. Die Gespräche verstummten und alle sahen ihn an. »Ein dritter Teenager ist aufgefunden worden. Die Leiche liegt in einem zum Abriss vorgesehenen alten Parkhaus. Wahrscheinlich ist es Zoe.«

»Scheiße«, entfuhr es Kati und Sarah gleichzeitig und auch die anderen sahen sich betroffen an. Sie hatten auf ganzer Linie versagt und keinen der Teenager retten können.

»Kati und Sarah«, sprach sie Lenny direkt an, »ihr fahrt mit mir zum Parkhaus.«

Sie nickten und nahmen ihre Jacken von den Stuhllehnen.

»Ihr anderen kümmert euch weiter um die Suche nach Roth. Der Typ muss ja irgendwo sein und sein Sohn auch. Also los. Tut, was ihr könnt. Ich veranlasse von unterwegs aus die Öffentlichkeitsfahndung, Straßenkontrollen, das gesamte Programm.«

Zwanzig Minuten später trafen sie auf dem Gelände des alten Parkhauses ein. Die Streifenbeamten, die als erstes vor Ort gewesen waren, hatten alles mit den rotweißen Flatterbändern abgesperrt.

Auf dem Weg zur etwas weiter hinten gelegenen Einfahrt kamen sie an einem Krankenwagen vorbei, auf dessen Liege ein Obdachloser saß, den die Sanitäter mit einem heißen Tee versorgt hatten. Eine Polizistin stand neben ihm und nahm seine Daten auf. Kati vermutete, dass er derjenige war, der den Leichnam gefunden hatte.

Mit einem klammen Gefühl zog sich Kati gemeinsam mit ihren Kollegen die weißen Schutzanzüge an und Überzieher über die Schuhe. Dann liefen sie die Rampe in das zweite Untergeschoss hinunter. Zoe ist nun auch tot, dachte sie und ihr Magen drehte sich bei dem Gedanken um, dass sie gestern noch gelebt hatte und sie einfach zu langsam gewesen waren. Doch hatten sie überhaupt eine Chance gehabt, bei der Geschwindigkeit, die der Täter an den Tag gelegt hatte?

Je tiefer sie kamen, desto weniger Tageslicht fiel ein. Sie zückten alle ihre Handys, um mit den integrierten Taschenlampen den Weg zu beleuchten. Überall an den Seiten lag Unrat und Müll, und Kati meinte, auch Ratten herumkriechen zu hören. Unten angekommen sah sie, dass die Kollegen der Tatortgruppe gerade ihre Gerätschaften und Lampen aufbauten.

Der herbeigerufene Notarzt deckte die Leiche gerade provisorisch mit einer Decke zu und griff zu einem Klemmbrett, um seine Notizen zu vervollständigen.

Kati ging direkt zu ihm und reichte ihm die Hand, während sich Lenny mit Sarah zum Leiter der Tatortgruppe begab. »Guten Tag, Kati Lindberg, Kripo Stuttgart. Und Sie sind?« Ein Tropfen Wasser fiel von der Decke und traf in der Mitte ihres Kopfes auf. Verwundert sah sie nach oben.

Der Arzt, der sich ebenfalls einen der Ganzkörperanzüge trug, sah sie über seine runde Nickelbrille hinweg an und lächelte. »Grüß Gott, Dr. Herbert Jung mein Name.«

»Sie haben das Mädchen bereits untersucht?«, fragte Kati und rechnete fest damit, dass sie Ähnliches von ihm vernehmen würde, wie bei den beiden anderen toten Teenagern. Ein Stück roten Samtstoff hatte sie bereits gesehen.

Dr. Jung sah sie verwirrt an. »Wieso Mädchen? Es ist doch …«

In dem Moment kam Sarah auf Kati zugelaufen und rief: »Ekin! Es ist Ekin!«

Ekin? Der Sohn von Roth? »Was?«, rief sie. »Das kann doch nicht sein.« Sie trat zu der abgedeckten Leiche und hob die Decke an.

»Vorsicht«, rief Dr. Jung, doch es war zu spät.

Kati starrte auf das Gesicht des Teenagers und meinte, jemand träte ihr direkt in die Magengrube. Anstatt zweier intakter Augen sah sie zwei rote Tomaten, die in den leeren Augenhöhlen steckten. Ihr wurde schlecht. Nicht der Anblick selbst löste dieses Gefühl der Ohnmacht aus, das sie plötzlich erfasste, sondern die Vorstellung, dass jemand ohne Skrupel die beiden Augen aus den Höhlen geschält hatte.

»Oh mein Gott«, brachte Sarah hervor, die neben sie getreten war. Sie drehte sich weg und röchelte laut.

Lenny kam ebenfalls zu ihnen und sah zu dem geschundenen Körper hinunter. »Scheiße!«, rief er laut und schlug mit der geschlossenen Faust gegen einen Betonpfeiler.

»Ich wollte Sie noch warnen«, setzte der Notarzt an, doch Kati beschwichtigte ihn mit einer kurzen Handbewegung. »Ist schon gut. Ist nicht Ihre Schuld.«

Mit schmerzhaft verzogenen Gesicht rieb sich Lenny die leicht blutende Hand, raufte sich dann seine Rastalocken und fluchte erneut, wobei er unruhig hin und her lief. »Fuck! Fuuuck!«

Kati wendete den Blick von ihm ab und ging zurück zur Leiche. Dort zog sie die Decke weiter herunter. Der Junge trug wie die anderen Opfer auch nur ein dünnes beiges Leinenhemd mit Schnürung. Der Unterkörper war unbekleidet. Wahrscheinlich hat man auch ihm eine kleine Flöte eingeführt, dachte Kati und presste die Lippen aufeinander. Sie leuchtete mit der Taschenlampe an den Beinen entlang; ihr fielen viele frische Hämatome auf. Und was war das dort an den Füßen? Blut? Sie deckte Ekin wieder zu und trat zu dem Arzt.

»Was sind das für blutige Wunden an den Füßen? Können Sie das jetzt schon näher bestimmen?«

Der Arzt, den Kati auf Mitte fünfzig schätzte, nickte. »Ich glaube, sie stammen von Tierbissen. Vermutlich von Ratten.« Er lachte bitter auf. »Ich meine, die gibts ja hier unten genug.«

»Und ist der Junge stranguliert worden?«

Dr. Jung nickte. »Ja, wahrscheinlich mit einem Metalldraht oder ähnlichem.«

»Todeszeitpunkt?«

»Da will ich mich nicht genau festlegen, aber wahrscheinlich in der Nacht so gegen drei oder vier Uhr. Das muss dann der Gerichtsmediziner feststellen.«

»Hm«, brummte Kati. »Und stimmen Sie mir zu, dass er nicht hier getötet wurde?«

»Ich gehe davon aus. Durch die Strangulation mit dem Draht wurde unter anderem die Halsschlagader durchtrennt. Wir müssten hier eine große Lache Blut und eine Menge Blutspritzer sehen, doch die sind hier nicht vorhanden.«

Genau wie bei den anderen, dachte Kati. Der Täter musste die Opfer in einem absolut sicheren Versteck untergebracht haben. Er hatte sie dort gefoltert, anschließend getötet und sie zu den Ablageorten verbracht. Kati nickte ihm zu. »Okay. Vielen Dank.«

Mit einem lauten Klacken gingen plötzlich alle Flutlichter an, die die Tatortgruppe inzwischen aufgestellt hatte und erhellten den an eine Höhle erinnernden Raum.

»Seht mal!«, rief Sarah und zeigte auf die Wand hinter Ekin.

»Sie hinfort«, flüsterte Kati, als sie die roten Lettern entziffert hatte, die wahrscheinlich wieder mit Blut geschrieben worden waren. »Ich spielte und führte sie hinfort«, sagte sie etwas lauter. Sarah und Lenny traten zu ihr.

»Hinfort ist gut«, lachte Kati bitter auf. »Warum hinfort? Es hätte heißen müssen ›in den Tod‹.«

»Roth hat seinen Satz beendet«, sagte Sarah, ohne darauf einzugehen.

»Und seinen eigenen Sohn getötet?«, fragte Kati und schüttelte ungläubig den Kopf. »Das kann ich nicht glauben. Vielleicht sollten wir doch in Betracht ziehen, dass der Täter jemand anders ist.«

Lenny steckte seine Hände in die Seitentaschen der warmen Jacke. »Warum? Wenn er wirklich schizophrene und psychotische Schübe hat?«

Kati sah ihn zweifelnd an. »Und was soll das alles mit dem Stoff, der Zunge, den Flöten und jetzt mit diesen Tomaten? Was soll das alles, frage ich dich? Kannst du mir das sagen?«

Lenny zuckte mit den Schultern und schüttelte zerknirscht seinen Kopf. »Nein.«

»Und wo ist Zoe?«, stellte Sarah in den Raum. Sie nahm ihre Hände vor den Mund und hauchte Luft hinein, wohl in der Hoffnung, sie damit ein wenig aufwärmen zu können.

»Die Fahndung nach Roth läuft«, sagte Lenny. »Jeder Polizist und jeder Mensch in Stuttgart, der Nachrichten sieht oder Radio hört, weiß, dass er gesucht wird.« Er machte eine ausladende Handbewegung. »Und irgendeiner von denen da draußen wird uns einen Tipp geben, da bin ich mir sicher. Dann finden wir ihn und damit auch Zoe.«

»Wenn es dann nicht schon zu spät ist«, sagte Kati. »Er hat in zwei Tagen vier Menschen umgebracht. Ein regelrechter Overkill. Und er macht noch nicht mal vor seinem eigenen Sohn halt, da wird Zoe wahrscheinlich heute auch noch tot aufgefunden werden.«

»Vielleicht auch nicht«, sagte Sarah und verzog den Mund. »Zoe ist eine junge Frau. Mit der kann er …«

Kati stoppte sie mit einer schnellen Handbewegung. »Lass es! Das will ich nicht hören!«

Ihr Handy fing an zu klingeln. Sie nestelte es aus der Manteltasche und sah auf das Display. Es war Laura Kienle, die Sekretärin.

»Lindberg«, sagte Kati, doch sie hörte nur ein Rauschen und ein paar abgehackte kryptische Wortfetzen. »Tot … Hilfe … zu spät.«

»Tot?« Wer? Was? Katis Herzschlag beschleunigte sich. What the Fuck! Sie verstand überhaupt nichts! Sie nahm das Telefon vom Ohr und sah irritiert auf das Display. Der Balken, der die Verbindungsstärke anzeigte, ging gegen Null.

»Ich rufe zurück«, rief sie ohne viel Hoffnung, dass diese Worte die Sekretärin erreichen würden und machte sofort ein paar Schritte in Richtung Rampe.

Sarah und Lenny sahen sie mit großen Augen an. »Wer ist tot?«, fragte Sarah mit besorgter Stimme. »Jetzt sag nicht, man hat Zoe gefunden.«

Kati zuckte mit den Schultern. »Ich hoffe nicht. Ich habe nur Fetzen von dem verstanden, was die Kienle gesagt hat. Ich gehe nach oben und ruf sie zurück.«

Lenny sah sie ernst an. »Sollen wir mitkommen?«

»Nein«, wehrte Kati den Vorschlag ab. »Ich informiere euch, wenn ich mehr weiß. Ihr könnt euch ja solange mit den Spusi-Leuten besprechen. Bin gleich zurück.«

»Okay«, sagten beide Kommissare gleichzeitig und drehten sich wieder Ekins Leiche zu.

Kati beeilte sich, die nassen, schrägen Fahrbahnen des alten Parkhauses hochzulaufen und ins Freie zu gelangen. Oben angekommen, empfing sie eine heftige Schneeböe, und sie drehte sich sofort um hundertachtzig Grad, um sich zu schützen. Der Wind hatte zugenommen und es schneite viel kräftiger als bei ihrer Ankunft. Man sah die Hand vor Augen kaum. Sie prüfte das Handynetz, doch auch hier hatte sie keinen Empfang. Mist! Enttäuscht ließ sie das Telefon sinken.

In der Ferne hörte sie eine Polizeisirene. Bestimmt gab es gerade massenhaft Verkehrsunfälle. Trotzdem würde sie am heutigen Tag gerne mit einem Kollegen der Verkehrsstreife tauschen.

Kati merkte, dass ihr langsam aber sicher die Luft ausging. Drei unschuldige Teenager waren während ihrer Suche seit gestern Morgen umgebracht worden und sie hatte nichts, aber auch rein gar nichts dagegen tun können. Es war, als würden sie in einem Vakuum stecken, bewegungsunfähig und abgeschirmt von der Umgebung. Ein Zeitloch, in dem nur der Täter agieren konnte, während sie wie Fliegen an einem Klebeband hingen und versuchten sich freizustrampeln.

Das Bild der lachenden Zoe, dass sie bei Maxim im Zimmer gesehen hatte, tauchte vor ihrem geistigen

Auge auf. Zoe. Wenigstens sie musste leben. Kati fühlte das Smartphone in ihren Händen. Sie musste Kienle anrufen, um zu erfahren, ob sie Zoe gemeint hatte. ›Tot‹ hatte sie gesagt und ›zu spät‹. Sie erstarrte, und die Kälte kroch wie ein lähmendes Gift in ihre Glieder. Was, wenn sie gar nicht Zoe, sondern Timo gemeint hatte? Warum sollte Kienle sie anrufen und nicht Verbeek? Er war Leiter der Mordkommission und jetzt erster Ansprechpartner. Timo hatte bei ihrem Besuch im Krankenhaus wirklich schlecht ausgesehen. Was, wenn …?

Nein, dachte Kati, das darf nicht sein. Sie merkte, wie ihr schwindelig wurde, sie atmete tief ein und streckte dann ihren Arm hinaus in die Kälte, um ein Netz zu finden.

Eine Polizistin, die in einem geschützten Eck Schutz vor dem eisigen Wind gesucht hatte, sah es und rief ihr zu. »Kommen Sie hierher. Hier geht es.«

Kati nickte ihr dankbar zu und hastete zu ihr hinüber. In Sekundenschnelle hatten sich hunderte kleine Schneeflocken in ihren langen blonden Haaren verfangen und bedeckten auch ihren beigen Mantel vollständig. Unter dem Dach an der Seite der Einfahrt tippte sie hastig die Kurzwahltaste, die sie für Frau Kienle eingerichtet hatte. Mit zittrigen Fingern nahm sie das Handy ans Ohr.

»Frau Lindberg?«, meldete sich die Sekretärin sofort und mit aufgeregter Stimme. Sie hatte Katis Nummer wohl auf dem Display erkannt.

»Ja. Ich hatte in der Tiefgarage keinen Empfang. Ich habe nur bruchstückhaft etwas verstanden. Was ist denn passiert?«

»Jo. I … i woiß gar ned, wie i …«

Angespannt und hochkonzentriert horchte Kati den Worten der Frau am anderen Ende. Währenddessen fixierte sie eine Amsel, die emsig an einem bereits braun verfärbten Apfel herumpickte, von dem fast nur das Kerngehäuse übriggeblieben war.

»Frau Kienle, sagen Sie schon. Hat man Zoe Brandt gefunden?« Den Gedanken, dass Timo gestorben sein könnte, wollte sie weit wegschieben.

»Noi.«

»Nein?«, fragte Kati mit belegter Stimme.

»Endschuldiget Sie.«

Kati schloss ihre Augen. Timo war gestorben …

»Es gohd um Ihre Dande Martha.«

Kati öffnete ihre Augen wieder und sie sah Tante Martha vor sich, wie sie gestern fröhlich mit ihnen am Tisch gesessen und Späße gemacht hatte. ›Mai Dokdor hedd mi gschdern erschd undersuchd. Er isch mordsmäßich zfrieda‹, hatte sie gesagt.

»Se isch gschdorba.« Frau Kienle brachte die Worte nur mit Mühe hervor.

Kati zog die Augenbrauen zusammen. »Martha soll tot sein? Das kann nicht stimmen. Das muss sich um eine Verwechslung handeln, sie war gestern Abend noch topfit. Wir haben zusammen gegessen.«

Kienle unterbrach sie und räusperte sich. Dann bemühte sie sich, die nächsten Worte für Kati verständlich hervorzubringen. »Sie isch draußen bei sich im Hinterhof uf der Außentrepp ausgerutscht und so unglücklich gefalle, dass sie sich den Kopf angestoße hat und ohnmächtig geworde isch. Die Nacht war kalt und …«

Kati ließ das Handy sinken. Es war, als würde man ihr den Boden unter den Füßen wegreißen. Martha war tatsächlich tot! Schwach taumelte sie nach hinten, bis die Wand sie stoppte. Das Wort ›tot‹ pulste fortlaufend durch ihr Hirn. Tot, tot, tot, tot, tot.

Die junge Polizistin, die neben ihr stand, warf ihre Zigarette weg und versuchte sie zu stützen. »Oh Gott, was ist?«, fragte sie mit großen Augen und hielt Kati am Arm, doch die schüttelte sie unsanft ab. »Es geht schon, lassen Sie mich.« Tränen standen in ihren Augen. Eine Sekunde später bereute sie ihre schroffen Worte. »Entschuldigung, ich …«

Die Kollegin hob beide Hände in die Luft und rang sich ein kleines Lächeln ab. »Ist okay, ehrlich.«

Wie betäubt führte Kati das Handy wieder an ihr Ohr. »Sind Sie noch dran?«, fragte sie mit gebrochener Stimme.

»Es dud mir sehr leid, Frau Lindberg.«

»Danke, dass Sie mich angerufen haben, Frau Kienle.«

Am anderen Ende herrschte Schweigen.

»Ist sie erfroren?«

»Ja. Leider. Nach ihr isch wohl niemand mehr in den Hinterhof ganga. Der Notarzt meinte, der Todeszeitpunkt war wohl so gege elf Uhr abends.«

»Um elf? Was wollte sie so spät bei der Kälte draußen?« Florian hatte sie gegen zehn nach Hause gebracht.

»Neben ihr hedd man wohl oi Topfpflanz gefunde, die sie vor dem kalten Wetter rette hat wolle. Des mutmaßte jedenfalls der Kolleg, der dazu gerufe worde war«, sagte Frau Kienle mit trauriger Stimme.

Typisch Tante Martha, dachte Kati und sah zu dem einzigen schneebedeckten Baum, der auf dem Grundstück nebenan im Hinterhof stand. Ein seltenes Exemplar, hier in der Stadt, dachte Kati. Genau wie Tante Martha. Selten hatte sie eine so freundliche und hilfsbereite Person in ihrem Leben kennengelernt.

»Sie ist jetzt auf dem Weg in die Rechtsmedizin, da man Fremdverschulden ausschließen will.«

Fremdverschulden? Wer sollte etwas mit ihrem Tod zu tun haben?, dachte Kati. So ein Quatsch. »Gut, also danke nochmal, Frau Kienle. Ich kümmere mich um alles Weitere.«

»Hm. Mir seha uns noh schbädr, denke i. Ade«, antwortete Kienle auf schwäbisch und legte auf.

Kati drückte mit zittrigem Zeigefinger auf die rote Hörertaste des Handys. Ihre Finger waren von der Kälte blau angelaufen und sie spürte sie kaum noch.

Die Polizistin, die eigentlich Unbefugte am Betreten des Fundortes abhalten sollte, trat wieder ein paar Schritte auf sie zu und streckte ihr eine Hand entgegen. »Mein herzliches Beileid.«

Kati drückte sie. »Danke.«

»Ein näheres Familienmitglied?«, fragte die junge Frau nach und kräuselte dabei ihre Nase.

»Meine Großtante. Sie ist gestürzt und in der Nacht draußen in der Kälte erfroren«, antwortete Kati und spürte im selben Moment, wie unwirklich sich das anfühlte. Tante Martha war tot. Für immer.

»Das ist schlimm. Wie alt war sie?«, fragte die Polizistin und steckte ihre Hände wieder in die warmen Taschen ihrer Jacke.

Als ob das eine Rolle spielte, dachte Kati kurz. »Erst sechsundsiebzig«, antwortete sie trotzdem, um höflich zu bleiben.

Ihr Gegenüber schluckte. »Das ist noch nicht sehr alt.«

»Nein, wahrlich nicht.« Sie nahm erneut ihr Handy zur Hand. »Entschuldigen Sie mich, ich muss nochmal telefonieren.«

»Klar, kein Problem.«

Kati drückte auf das Bild von Georg und wartete, dass die Verbindung aufgebaut wurde. Nach einigen Freizeichen ging er ran. »Hettkamp.«

»Ich bins Kati.«

»Oh, schön, dass du dich so früh am Morgen bei mir meldest. Ich habe dich schon vermisst. Gibts was Besonderes?«

»Ja«, sagte Kati mit zittriger Stimme. »Bist du schon im Krankenhaus?«

»Auf dem Weg dorthin, aber ich stecke im Verkehr fest. Vor mir ist anscheinend ein Unfall gewesen und nun zuckeln wir im Schneckentempo voran. Warum?«

»Dann ist Konny jetzt in der Gerichtsmedizin?«

»Ja, ich denke doch. Aber warum? Nun sag schon und lass dir nicht alles aus der Nase ziehen. Ist etwa noch einer der Teenager gefunden worden?«

Kati wurde mit seiner Frage wieder in die Realität befördert. Ekin lag ermordet unten im Parkhaus. »Ja«, sagte sie zögerlich. »Auch.«

»Wieso auch?«, kam vom anderen Ende der Leitung. »Jetzt … jetzt sag nicht, Timo …«

»Nein«, beeilte sich Kati zu antworten. »Nein, nicht Timo.« Sie hörte, wie Georg leise aufatmete.

»Es ist Martha.«

»Wie? Was ist mit Martha?«

»Sie ist tot, Georg.«

»Was?«

»Sie ist gestern Abend draußen auf der Treppe gestürzt, mit dem Kopf aufgeschlagen, ohnmächtig geworden und dann erfroren. Jedenfalls nehmen die Kollegen das bis jetzt an. Sie wird aber zu euch gebracht und untersucht, da man Fremdverschulden ausschließen will. Keine Ahnung, wer diesen Mist angeordnet hat. Ich will auf jeden Fall, dass du die Obduktion durchführst.«

»Jetzt warte mal«, unterbrach Hettkamp sie. »Sie ist wirklich tot?« Er konnte es anscheinend nicht glauben.

»Ja«, hauchte Kati und presste die Lippen aufeinander. »Und ich möchte, dass du sie untersuchst. Machst du das?«

Nach kurzem Schweigen antwortete Hettkamp. »Ja. Ja klar, Liebes. Das ist doch selbstverständlich. Es tut mir so leid.«

»Danke dir.«

»Weiß Flo es schon?«

Flo. Die Erwähnung seines Namens, ließ sämtliches Blut aus Katis Gesicht weichen. Er hatte ein inniges Verhältnis zu der Seniorin gehabt. Sie hatten gemeinsam Fußball geguckt, Backgammon gespielt und ab und an hatte Martha versucht, ihm das Kochen näherzubringen. Für ihn würde eine Welt zusammenbrechen, wenn er es erfuhr. »Nein, er weiß es noch nicht.«

»Kati? Bist du hier?«, hörte sie plötzlich Sarahs Stimme vom Eingang des Parkhauses her, und zwei Sekunden später schob sich ihr Kopf um die Ecke.

Kati nickte ihr zu und zeigte mit der freien Hand auf das Handy am Ohr.

»Okay«, sagte Sarah, nickte kurz der Polizistin zu und stellte sich neben Kati. Dann nestelte sie einen Kaugummi aus dem Papier und steckte ihn in ihren Mund.

»Oh«, sagte Hettkamp. »Dann bring es ihm behutsam bei.«

»Hm. Mach ich.« Sie sah zu Sarah, die unruhig von einem Bein auf das andere wippte. »Du, ich muss jetzt Schluss machen. Ich melde mich wieder ja?«

»Okay. Sei nicht so traurig und denke dran: Konzentriere dich auf die Lebenden. Sie brauchen dich jetzt.« Dann legte er auf.

Kati sah wie hypnotisiert auf das Handydisplay. ›Konzentriere dich auf die Lebenden‹. Hatte sie gestern Abend nicht genau das Gleiche zu sich selbst gesagt?

»Kati?«, fragte Sarah und kräuselte dabei die Stirn. »Was ist? Hat man Zoe gefunden?«

Kati schüttelte den Kopf. »Nein, das war nur ein Missverständnis. Es ging um etwas anderes.«

Die junge Polizistin, die immer noch neben ihnen stand, sah sie mit Unverständnis an. Wahrscheinlich konnte sie nicht nachvollziehen, warum sie der Kollegin nichts vom Tod der Tante berichtete. Doch Kati hatte im Moment keine Kraft mehr, das Ganze noch mal zu erzählen.

Sarah schien sich mit der Antwort zufriedenzugeben. »Gott sei Dank«, sagte sie. »Noch eine Todesnachricht brauche ich heute wirklich nicht.«

Kati schloss kurz die Augen.

»Ist Kati hier?«, tönte Verbeek, der plötzlich um die Ecke kam und sich wegen der Kälte und des Schnees den Kragen hochschlug.

»Ja. Bin hier. Ich kann Entwarnung geben. Zoe ist nicht tot aufgefunden worden.«

Lenny atmete tief aus. »Puh, das ist ja mal etwas Positives. Die Kollegen haben übrigens relativ frische Reifenspuren finden können, die uns hoffentlich zum richtigen Fahrzeugtyp führen. Und die Worte an der Wand sind tatsächlich mit Blut geschrieben worden.«

Die Worte kamen nur bruchstückhaft bei Kati an und klangen, als hätte man sie in Watte verpackt. Immer wieder tauchten sekundenbruchteilmäßig Bilder von Martha auf, wie sie draußen in der Kälte auf der Treppe lag, bedeckt von Schnee und Eis.

»Ah. Okay«, sagte sie automatisch.

»Das muss er dort, wo er die Jugendlichen gefangen gehalten hatte, aufgefangen haben und später zu den Ablageorten mitgenommen haben.

Aber das hatten wir ja gestern schon festgestellt«, führte Sarah weiter aus.

Kati sah sie verwirrt an. »Was?«

Sarah hob eine Augenbraue. »Das Blut – er hat es aufgefangen und mitgebracht.«

Kati fasste Sarah am Arm. »Entschuldige, ich bin nicht ganz bei der Sache.«

Dann wendete sie sich Lenny zu. »Kann ich mal kurz mit dir allein sprechen?«

»Klar, komm, wir gehen schon mal zu meinem Auto.« Er sah Kati mit ernstem Gesicht an. »Was gibts denn? Ist etwas passiert?«

»Ja, es gab einen Todesfall.«

Eine halbe Stunde später schloss Kati ihren Wagen auf dem Schulparkplatz ab und ging durch den zertrampelten braunen Schneematsch über den Pausenhof zum Eingang. Der Wind hatte nachgelassen und die Schneeflocken fielen nun in gemächlichem Tempo zu Boden.

Neben der doppelflügeligen Tür hatte jemand ein Bild von Maxim aufgestellt. Ein paar kleine Plüschtiere lagen neben roten Grablichtern und brennenden Teelichtern.

Kati schluckte bei dem Anblick. Wenn sie wüssten, dass auch Aaron und Ekin tot waren. Auch das musste Kati Florian erzählen. Am gestrigen Abend hatte sie es nicht übers Herz gebracht, die schöne Atmosphäre zu zerstören. Zumindest von Maxims Tod würde er, dank der Gedenkstätte und der Medien, die den Leichenfund in den Nachrichten erwähnten, bereits wissen.

Kati seufzte, betrat das Schulgebäude und sah sich um. Wo war das Sekretariat nochmal? Irgendwie musste sie herausfinden, in welchem Raum Flo jetzt

Unterricht hatte. Sie machte ein paar Schritte den Gang entlang und suchte, als ihr einfiel, dass sie ihm einfach eine Nachricht schreiben konnte.

Fünf Minuten später – es hatte zwischenzeitlich zur Pause gegongt – stand er neben ihr und lachte sie an. »Hey, das ist ja eine Überraschung! Was machst du denn hier? Das ist ja noch nie vorgekommen.«

Kati strich ihm über den Arm. »Hallo. Du ja, ich muss mit dir über etwas reden. Können wir irgendwo hingehen, wo es ruhiger ist?«

Florian sah sie erstaunt an und zeigte dann den Gang entlang. »Ja. Klar. Dort hinten im Probenraum.«

Sie liefen im Zickzack durch die Schüler aller Altersklassen hindurch. Das Stimmengewirr und die Lautstärke wirkte auf Kati befremdlich und sie war froh, als sie endlich allein in dem Klassenzimmer standen. Sie machte die Tür hinter sich zu und eine göttliche Ruhe umgab sie.

»Was gibt es denn so Dringendes?«, fragte Florian neugierig. Die Sommersprossen, die er von seiner Mutter geerbt hatte, stachen auf dem winterblassen Gesicht hervor.

Kati machte ein paar Schritte in Richtung Fenster. Auf den Tischen, die davorstanden, lagen Requisiten und Kostüme für das Theaterstück, in dem Florian auch mitwirken würde.

Kati lehnte sich an die Kante des Schultisches und klopfte neben sich. »Komm mal her und setz dich bitte.«

Florian rümpfte seine Nase und trottete zu ihr hinüber. »Oh, oh. Das hat sicher nichts Gutes zu bedeuten.«

Kati schlug die Augen nieder und versuchte sich auf die nächsten Worte zu konzentrieren. Es fiel ihr unglaublich schwer, sie auszusprechen. Ihr Mund war trocken und die Zunge schien am Gaumen zu kleben. »Ich habe heute Morgen einen Anruf bekommen und …«

Florian neigte ihr den Kopf zu und lächelte sie an. »Und? Nun mach es doch nicht so spannend.«

Spannend, dachte Kati und schloss für eine Sekunde die Augen. Dann griff sie nach seiner Hand und sah ihn direkt an. »Du hast doch gestern Abend Tante Martha nach Hause gebracht.«

Florian nickte. »Und?«

»Sie ist danach wohl nochmal in den Hinterhof, um eine Pflanze vor der Kälte zu retten.«

Florian grinste. »Oh Mann, typisch Tante Martha. Die riskiert lieber ihr Leben, als eine doofe Pflanze erfrieren zu lassen.«

Katis Herz blieb fast stehen, als er die Worte sagte. Sie presste die Lippen zusammen. »Genau, das hat sie getan, Florian. Sie hat ihr Leben riskiert und … es verloren.«

Florian sah sie voller Unverständnis an und zuckte mit dem Kopf zurück. »Wie? Was meinst du damit?«

Kati atmete tief aus und Tränen fluteten ihre Augen. »Sie ist tot, Florian. Man hat sie heute Morgen erfroren auf den Stufen der Hintertreppe gefunden, wo sie gestürzt und ohnmächtig geworden ist. Es tut mir wahnsinnig leid.« Sie wollte ihren Sohn fest in die Arme nehmen, doch er ließ es nicht zu. Stattdessen trat er einen Schritt zurück und wirkte wütend. »Was erzählst du da für einen Mist? Das kann nicht sein! Nicht Tante Martha!«

Kati schluckte erneut. Diese Reaktion ähnelte der, vor drei Jahren, als sie ihm mitteilen musste, dass sein Vater umgekommen war. Da hatte er genauso reagiert.

»Ich mache keine Scherze darüber, Florian. Das

müsstest du eigentlich wissen, oder?« Vorsichtig versuchte Kati, seinen Arm zu streicheln.

»Aber …« Tränen stiegen in Florians Augen. »Aber das darf nicht sein!«, rief er verzweifelt. »Wir haben doch gestern erst …« Er schmiss sich in Katis Arme. »Mum!«

Kati streichelte ihm über die Haare. »Es tut mir so leid. Ich weiß, wie sehr du sie gemocht hast.«

Florian weinte schluchzend und Kati wurde das Herz schwer.

Plötzlich wurde die Tür von außen aufgerissen. Kati sah irritiert auf und Florian löste sich schnell aus den Armen seiner Mutter und drehte sich um. Mit dem Handrücken wischte er sich seine Tränen fort.

Ein junger Mann war auf sein Handy guckend eingetreten und sah sie nun mit großen Augen an. Der Kakao, den er währenddessen durch einen Strohhalm gesaugt hatte, schien sich dem Ende zuzuneigen. Seltsam schlürfende Trinkgeräusche drangen in ihre Ohren.

»Du?«, sagte Florian, und auch Kati erkannte ihn wieder. Es war Finn. Der Junge, den sie gestern im Graben gefunden hatten. 1-2-8-4, schoss es Kati direkt in den Kopf. 1-2-8-4. Warum war er schon wieder in der Schule?

Finn starrte sie kurz an, ließ dann das Tetra Pak fallen und verließ fluchtartig den Raum.

Kati schüttelte sich vor Verwunderung, lief zur Tür und rief: »Finn? Warte doch!«

Doch er war schon zu weit entfernt. Seltsam, dachte Kati. Warum läuft er fort, wenn er uns sieht?

Florian trat zu ihr an die Tür und lieferte ihr eine mögliche Erklärung. »Der denkt jetzt sicher, ich habe ein Verhältnis mit einer älteren Frau und war komplett geschockt.« Seine Worte wurden von einem gequälten Lächeln begleitet. Dann runzelte er die Stirn. »Äh, warte mal. Woher kennst du seinen Namen?«

»Ich hatte gestern beruflich mit ihm zu tun«, sagte Kati und sah nachdenklich den Gang hinunter, in dem sich nur noch wenige Schüler aufhielten, da es bereits eine Minute vorher zur nächsten Stunde gegongt hatte. Sie trat wieder zurück in den Probenraum. »Du weißt ja, dass man Maxim tot aufgefunden hat, nicht wahr?«

Florian nickte. Sein Gesicht war rotgefleckt, seine Augen verweint und er erinnerte Kati an frühere Zeiten, als er noch ein kleiner Junge gewesen war. »Ja, wir waren alle total geschockt hier in der Schule, als wir davon erfahren haben. Nun sind in kürzester Zeit gleich zwei Menschen gestorben, die ich gekannt habe.«

Kati presste die Lippen zusammen und nahm seine Hand. »Ich fürchte, dabei bleibt es nicht, Florian. Wir haben gestern Abend Aaron Carstens und heute Morgen Ekin Roth tot aufgefunden. Alle wurden ermordet.«

»Was? Das ist krass. Aaron und Ekin sind auch tot?«, fragte Florian mit entsetzter Stimme. Er taumelte einen Schritt zurück und stieß gegen den Mülleimer, der mit einem lauten Rumsen umfiel.

»Flo.« Kati trat zu ihm, um ihn zu stützen. Mit der freien Hand stellte sie den Eimer wieder auf. »Ich weiß, das ist einfach schrecklich. Wir nehmen an, dass Ekins Vater dafür verantwortlich ist, aber ich habe dir eigentlich schon viel zu viel erzählt. Du darfst auf gar keinen Fall mit jemanden darüber reden, verstehst du?«

Florian schüttelte den Kopf. »Nee, mach‘ ich nicht, aber was hat Finn damit zu tun?«

Kati sah zu der Stelle, an der der Junge eben noch gestanden hatte. 1-2-8-4. 1-2-8-4. »Er war dabei«, sagte sie stockend und überlegte, wie sie sich kurzfassen könnte, um nicht zu viel preiszugeben. »Ihm wurde eine seltsame Nachricht auf den Bauch geritzt«, rutschte es ihr heraus.

Florian riss die Augen noch mehr auf. »Was?«

»Danach hat man ihn aus dem Auto geworfen und im Graben liegengelassen. Er wäre auch fast erfroren.« Genau, wie Tante Martha, führte sie den Satz in Gedanken weiter. Sie atmete schwer aus. »Auf jeden Fall wundert es mich, dass er schon wieder in der Schule ist, mit den Verletzungen.«

»Der Scheiß erinnert mich an letztes Jahr. An diesen Wahnsinnigen. Ich glaub das alles nicht.« Florian fuhr sich mit der Hand durch die Haare, sodass sie in alle möglichen Richtungen abstanden. »Roth hat die Twilight-Gang ausgelöscht.«

»Ekin gehörte doch gar nicht mehr zu der Gruppe dazu«, korrigierte Kati ihn.

Er nickte. »Stimmt, du hast recht.« Er sah sie ernst an. »Aber Zoe. Was ist denn mit der?«

»Die suchen wir und hoffen, sie retten zu können«, antwortete Kati, trat einen Schritt auf ihren Sohn zu und nahm ihn in ihre Arme. »Oh Flo, ich weiß, das ist alles schrecklich.«

Florian machte ein paar nickende Kopfbewegungen und ließ einen lauten Schluchzer hören. »Kann ich sie nochmal sehen?«

»Tante Martha?«

Florian löste sich aus der Umarmung seiner Mutter. »Ja. Es kann nicht sein, dass ich sie gestern das letzte Mal gesehen habe.«

Kati schnaufte kurz. »Ja schon, aber ich weiß nicht. Sie …« Kati stockte mitten im Satz, denn die folgenden Worte würden Florian nicht gefallen.

»Sie – was?«, fragte ihr Sohn und kniff die Augen zusammen. »Meinst du, ich verkrafte das nicht eine Tote zu sehen?«

Kati wollte nach seiner Hand greifen, aber er zog sie weg. »Nein, das wollte ich nicht sagen. Du kannst sie sehen, aber sie wird vorher obduziert. Die Kollegen müssen ein Fremdverschulden ausschließen.«

»Ein Fremdverschulden? Obduktion? Heißt das, man schneidet sie auf, wie ein Brathähnchen?«

Kati nickte und wusste nicht, was sie sagen sollte.

Florian sah sie mit flehendem Blick an. »Das musst du verhindern, ja? Ich will das nicht. Sie sollen sie ganz lassen.« Dann stockte er. »Wird Georg … wird er sie obduzieren?«

Von einer auf die andere Sekunde fühlte sich Kati noch unwohler als schon zuvor. Sie nickte. »Ja, ich habe ihn darum gebeten.«

Die Augen ihres Sohnes begannen zu lächeln. »Dann könnt ihr beide das doch verhindern!«

Kati schüttelte den Kopf. »Das ist nicht so einfach, wie du dir das vorstellst, Flo.«

»Sicher.« Er sah sie erneut mit bittenden Augen an. »Ihr seid doch zusammen. Bitte! Sie ist doch nur eine alte Frau. Sie ist gestürzt. An der Vermutung mit diesem Fremdverschulden ist doch sowieso nichts dran.«

Kati verzog den Mund. Ihr Sohn hatte vermutlich recht, aber sie konnte das nicht so einfach veranlassen.

»Bitte. Versprich es mir!«, flehte er sie an. »Er darf sie nicht anrühren. Versprich es mir!«

Sie nahm seine Hand und sah ihm fest in die Augen. »Ich versuche, es zu verhindern, okay? Mehr kann ich im Moment nicht sagen.«

Ihr Sohn sah sie mit traurigem Blick an. »Aber wirklich.«

Kati nickte. »Wirklich. Versprochen.«

Auf dem Weg zum Auto versuchte Kati, Georg Hettkamp zu erreichen, und hatte Glück. Zusammen schmiedeten sie einen Plan, wie sie die Obduktion Tante Marthas verhindern konnten. Der Plan sah ein Gespräch mit dem involvierten Staatsanwalt vor, dass ihn davon überzeugen sollte, dass eine Obduktion überflüssig wäre.

»Wer war eigentlich der andere Tote, den du vorhin kurz erwähnt hast?«, fragte Georg Hettkamp, nachdem sie die Angelegenheit mit Martha zu Ende besprochen hatten.

»Ekin Roth, der Sohn unseres Hauptverdächtigen.«

»Oh«, sagte Georg erstaunt. »Das ist böse. Und ihr seid euch ganz sicher, dass dieser Roth der Täter ist?«

Kati seufzte und ließ den Motor an, da es ohne Heizung kaum noch erträglich war. »Bis jetzt schon.«

»Hm«, brummte der Rechtsmediziner. »Ich werde mir jetzt auf jeden Fall erst mal Aaron Carstens weiter ansehen. Vielleicht gibt uns das ja noch mal Aufschluss.«

»Okay. Ich muss auch los. Melde dich, wenn du was hast, ja? Und Finger weg von Martha.«

Hettkamp versprach es, Kati legte auf und verstaute das Handy in der Manteltasche, als es klingelte.

Was ist denn jetzt schon wieder?, dachte Kati, nahm genervt das Gespräch entgegen und stellte das Telefon laut. »Lindberg.«

»Lenny hier.«

Kati lenkte den Wagen vom Schulhof und fädelte sich in den etwas flüssiger laufenden Verkehr ein. Der Räumdienst hatte ganze Arbeit geleistet und die

Straßen waren jetzt nicht mehr so überfüllt. »Ich bin auf den Weg zurück ins Präsidium. Was gibts denn?«

»Wir haben Roth gefunden«, sagte Lenny, doch seine Stimme klang seltsam.

Kati zog die Augenbrauen hoch und hatte Mühe sich weiter auf die Autofahrt zu konzentrieren. »Was? Wo ist er?«

»In einer Pension.«

»Habt ihr ihn schon festgenommen? Was sagt er?«

Lenny antwortete nicht sofort. Kati hörte nur ein dunkles Schnauben. »Nichts. Es ist anders, als du glaubst.«

15

Kati fuhr rechts ran und stellte den Motor aus. »Wie – es ist anders, als ich glaube?«

»Er ist tot, Kati. Er hat sich in seinem angemieteten Zimmer in der Badewanne die Pulsadern aufgeschnitten.«

Kati schloss die Augen. Noch ein Toter. Aber vielleicht war es derjenige, der all das Leid über die Eltern gebracht hatte. »Hat er ein Geständnis niedergeschrieben oder so etwas?«

»Nicht direkt. Ich bin ja selbst nicht vor Ort, aber die Kollegen haben in dem Zimmer wohl einen Sack mit blutiger Kleidung gefunden, die zu den Jugendlichen passen könnte, und ein Handy. Es wird gerade ausgewertet. Aber eins wissen wir schon, und zwar lässt es ›Für Elise‹ von Beethoven erklingen, wenn man es anruft.«

»Das klassische Stück, das Nick Martinez auf dem Parkplatz gehört hat«, sagte Kati.

»Vermutlich«, antwortete Lenny. »Ich denke, wir haben mit Roth richtiggelegen, auch wenn er …« Lenny Verbeek unterbrach sich. »Moment Kati, ein zweiter Anruf.«

»Klar«, murmelte Kati und hörte zu, wie ihr neuer Vorgesetzter im Hintergrund mit jemanden redete. Dreißig Sekunden später war er wieder an der Strippe. »Kati?«

»Ja? Gibts was Neues?«

»Und ob. Ein Techniker hat mir gerade eben einen groben Überblick über die Dateien auf dem Handy Roths gegeben. Er hat unter anderem ein Online-Tagebuch geführt.«

»Ah, okay. Und was steht drin?«

»Ich habe mir nur kurz den letzten Eintrag vorlesen lassen.«

»Hm.«

»Dort stand, dass ihm das Ganze mit dem Verrat leidtut, er sich verwirrt fühlt, sich nicht mehr konzentrieren kann und er den Kindern und besonders seinem Sohn solch eine Zukunft ersparen will.«

Kati runzelte die Stirn. »Solch eine Zukunft? Was meint er damit?«

»Vielleicht seine Krankheit?«, mutmaßte Lenny.

»Nee, das macht ja in Bezug auf Aaron und Maxim keinen Sinn.«

»Was weiß ich, was der Kerl meinte«, sagte Lenny und klang verärgert.

»Das Wichtigste ist doch jetzt, dass wir das Mädchen finden. Waren von ihr auch Klamotten in dem Sack?«

»Nein.«

»Das ist doch ein gutes Zeichen«, sagte Kati. »Du, ich komme jetzt ins Büro, dann besprechen wir alles Weitere.«

»Warum hat Roth nicht nur seinen Sohn getötet, wenn er so verzweifelt war?«, fragte Kati in die Runde und biss in ein Salami-Baguette. Laura Kienle hatte ein ganzes Tablett mit belegten Brötchen aus der Kantine besorgt und dafür wahrscheinlich ihren ganzen Charme spielen lassen.

»Was mich stört, ist, dass seine Mutter wirklich voller Überzeugung gemeint hat, er hätte gesagt, er wäre unschuldig. Sie selber traute ihm so einen Betrug auch nicht zu«, sagte Sarah.

»Dann wahrscheinlich auch keine Mehrfachmorde«, pflichtete Isa bei und nippte an ihrem Kaffee.

Kati stand auf und trat an die Wand, an die sie alle Informationen und Tatortbilder geklebt hatten. Nachdenklich starrte sie auf die Fotos.

»Ich weiß nicht, Leute, aber findet ihr nicht auch, dass sich das alles irgendwie falsch anfühlt?« Sie zeigte auf das Bild des an einem Ast baumelnden Aaron. »Roth, wenn er es war, verwendet so viel Zeit darauf, den Tod der Kids aufwendig zu inszenieren, und schneidet sich dann selbst ganz profan in einer Pension die Pulsadern auf?« Sie drehte sich zu den Kollegen um. »Ich würde dann auch für meinen eigenen Tod etwas Besonderes planen, oder nicht?«

Alle brummten etwas Unverständliches, nur Micha zuckte mit den Schultern. Kati hob die Augenbrauen hoch und wendete sich wieder der Wand zu. Vielleicht sind sie zu erschöpft, um sich zu konzentrieren, dachte sie. Sie zeigte auf den roten Samtstoff. »Warum taucht dieser Stoff an den drei Fundstellen auf?«, fragte sie. »Wofür steht das? Wo verwendet man roten Samtstoff?«

»Festliche Kleidung?«, fiel Lenny ein.

Kati rümpfte die Nase. »Ein bisschen altmodisch, oder?«

»So etwas hängt oft vor Kinoleinwänden«, sagte Isa.

»Oder auf Theaterbühnen«, ergänzte Joschi Bornheim, von dem Kati noch nicht viel mitbekommen hatte. Er hatte sich hauptsächlich mit Zeugenbefragungen und Videoauswertungen beschäftigt.

»Theaterbühnen«, wiederholte Kati. »Vielleicht steht der Stoff für den berühmten Vorhang, der nach dem letzten Akt fällt«, sagte sie und überlegte weiter. Sie zeigte auf die Fotos, auf denen die Tomaten und das zerschlagene Ei in Maxims Haaren zu sehen war. »Und schmeißt man nicht auch mit Tomaten und

Eiern, wenn einem das Stück nicht gefällt?«

Sarah lachte. »Na ja, das war wohl eher früher oder im Mittelalter so, heutzutage ist das nicht mehr üblich.«

»Wo wir wieder beim Mittelalter wären«, sagte Kati und tippte auf das Bild mit den eingeritzten Ziffern 1-2-8 und 4. Sie dachte an das Buch in Roths Büro mit den Foltermethoden. »Was, wenn das Zwölfhundertvierundachtzig heißt und keine Telefonnummer oder Ähnliches ist? Sarah, guck doch mal schnell, was du dazu im Internet findest.«

»Oh«, kam zurück. »Da kommen sicher viele Treffer.«

»Okay.« Kati zeigte zu den anderen Fotos. »Dann gib außerdem noch ›Flöte‹ und …« Kati erstarrte und blickte ungläubig auf die Wand. Plötzlich war ihr klar, was das alles bedeuten sollte. Sie öffnete den Mund und sagte im gleichen Augenblick wie Sarah: »Der Rattenfänger von Hameln!«

»Der Rattenfänger von Hameln? – Stimmt!«, rief Isa aufgeregt. »Ich spielte und führte sie hinfort. Das passt.«

»Ja«, sagte Kati gepresst und starrte weiter auf die Bilder an der Wand. »Das passt.« Warum war ihr das nicht schon früher aufgefallen?

Lenny trat einen Schritt vor und schüttete sich Kaffee aus der Thermoskanne in seinen Becher. »Kann mich bitte jemand aufklären«, bat er. »Ich bin nicht so firm in Märchenangelegenheiten.«

»Klar«, bot sich Isa an, bevor Kati oder Sarah etwas dazu sagen konnten. »Der Sage nach herrschte damals in Hameln eine schlimme Rattenplage und niemand war in der Lage sie zu vertreiben, bis sich ein Flötenspieler in die Stadt verirrte und sich erbot, die widerlichen Tiere mit seinem Flötenspiel aus der

Stadt zu locken. Die Stadtobersten waren begeistert und versprachen ihm ein großzügiges Entgelt, wenn er es fertigbrächte. Gesagt, getan. Der Mann in seinem auffälligen Spielmannskostüm zog mit seiner Flöte durch die Stadt, und einen Tag später waren die Tierchen weg.«

»Und dann?«, fragte Lenny, als Isa eine kurze Pause machte.

»Der Spielmann ging zum Bürgermeister, um sich den Lohn auszahlen zu lassen, doch dieser zeigte ihm die lange Nase und er bekam – nichts.«

»Hm.«

»Der Flötenspieler war sauer und wollte sich das nicht gefallen lassen. So spielte er noch einmal, nur dass er anstatt Ratten, dieses Mal die Kinder aus der Stadt führte. Er soll sie wohl in eine Höhle geführt haben und sie wurden nie wieder gesehen.«

»Warte mal«, rief Sarah dazwischen, die immer noch im Netz recherchiert hatte. »Zwei der Kinder kehrten zurück, heißt es hier. Eins war blind und das zweite stumm.«

»Du meinst die ausgestochenen Augen und die abgeschnittene Zunge?«, fragte Kati.

»Genau.«

»Hm. Alles in allem eine sehr freie Interpretation des Stückes«, sagte Lenny.

»Stimmt. Es kommt alles in irgendeiner Form vor. Flöten im Anus der Jugendlichen, mittelalterliche Leinenhemden, die Zahl 1284 … sogar Rattenbisse an den Extremitäten und im Gesicht der Teenies«, sagte Micha.

»Bei näherer Betrachtung sind sogar die Fundorte höhlenartig oder zumindest dunkel«, sagte Isa, stand auf, ging zu der Wand und zeigte auf die Fotos mit dem Parkhaus, dem schwarzen Tannenwald und den

Kanal. »Findet ihr nicht?«

Alle nickten ihr ausnahmslos zu. »Du hast recht«, sagte Kati. »Andererseits gibt es diese Stofffetzen, die Tomaten in den Augenhöhlen von Ekin und das Ei in Maxims Haaren. Das deutet auf Theater hin. Was soll das? Warum mixt er alles zusammen?«

»Weil Roth tatsächlich schizophren war?«, warf Micha in den Raum und tickte sich an den Kopf. »Auf so einen kranken Scheiß kommt doch sonst keiner.«

Kati verzog den Mund. »Das glaub ich nicht. Ich meine eher, dass dahinter eine Message steckt, die wir noch nicht begreifen.«

»Richtig. Das denke ich auch«, sagte Lenny und griff nach seiner Jacke. »Und deshalb fahren wir beide jetzt noch einmal zu den Eltern und quetschen sie aus. Ich bin mir sicher, die haben uns nicht alles erzählt, warum auch immer.«

16

Der Nachmittag hatte nur wenig neuen Schnee gebracht, trotzdem krochen sie quälend langsam durch den Feierabendverkehr über die Straßen, bis sie schließlich erneut vor dem modernen Firmengebäude hielten.

Mit zittrigen Händen öffnete Kati die Tür und ließ Lenny den Vortritt, der das mit einem freundlichen Lächeln quittierte, dann aber sofort wieder einen ernsten Gesichtsausdruck bekam.

Sie hatten kaum einen Fuß in das Gebäude gesetzt, da kam ihnen Nick Martinez entgegen. »Herr Martinez? Was machen Sie denn hier? Sind Sie nicht krankgeschrieben?«, fragte Kati.

Martinez nickte und wirkte fahrig. »Ja, aber die beiden toten Jungen. Das Ganze macht mich total fertig«, sagte er verzweifelt. Seine Augen wurden feucht und er sah zurück zu Frau Brandts Bürotür. »Warum konnte ich ihn nicht abwehren?«

»Der Täter hat Sie von hinten ohne Warnung angegriffen«, sagte Kati. »Sie hatte gar keine Chance, das Unheil abzuwenden.«

Martinez schüttelte den Kopf. Mittlerweile liefen Tränen seine Wangen herab. »Trotzdem, es kommt mir falsch vor.«

Lenny Verbeek legte ihm eine Hand auf die Schulter. »Frau Lindberg hat recht. Sie trifft keine Schuld. Gehen Sie nach Hause und ruhen sich weiter aus. Falls wir Sie brauchen, melden wir uns bei Ihnen.«

Nick Martinez zog ein Taschentuch aus der vorderen Tasche seiner Jeans, über der er einen Rollkragenpullover und ein Jackett trug. Er nickte. »Okay, Vanessa hat auch versprochen, mich auf dem Laufenden zu halten. Ich hoffe, dass man wenigstens Zoe bald findet.«

Kati nickte und hielt ihm die Tür auf. »Das hoffen wir alle. Machen Sie sich nicht so viele Gedanken.«

»Hm. Ja, ich versuchs. Auf Wiedersehen«, sagte Martinez und trat ins Freie.

»Auf Wiedersehen«, sagten Kati und Lenny gleichzeitig, wendeten sich um und stießen fast mit der Sekretärin zusammen.

»Haben Sie Zoe gefunden?«, fragte sie mit aufgerissenen Augen.

Kati schüttelte bedauernd ihren Kopf. »Leider nicht.« Vanessa Brandt, die aus der Tür ihres Büros heraussah, ließ ihren Kopf sinken, als sie die Antwort mithörte.

»Frau Brandt?«, rief Lenny und ging mit großen Schritten auf sie zu. »Wir müssen dringend noch einmal mit Ihnen reden. Wo sind Ihre Kollegen?«

»Die sind nach Hause gefahren und werden dort psychologisch betreut«, sagte Frau Brandt und lud sie mit einer Geste ein, in ihr Büro zu kommen. »Kommen Sie bitte. Setzen Sie sich.«

»Und Sie? Brauchen keine Hilfe? Sie ziehen es vor zu arbeiten?«, fragte Kati und blieb hinter einem der Stühle stehen.

Die Mutter von Zoe schüttelte den Kopf. »Was heißt arbeiten? Ich lenke mich ab, beantworte unwichtige Mails. Zuhause würde ich durchdrehen. Der Gedanke, dass die beiden Jungs tot sind und wie sie leiden mussten. Ich will gar nicht wissen, was er gerade mit Zoe ...« Sie stockte. Tränen liefen über ihre Wangen und kullerten auf die weiße Bluse.

»Frau Brandt, es gibt ein paar neue Entwicklungen«, sagte Kati und wagte kaum, es auszusprechen. Alle Kinder waren gemeinsam aufgewachsen und Vanessa war sicherlich für sie eine wichtige Bezugsperson gewesen. »Wir haben Ekin Roth tot aufgefunden. Ebenfalls ermordet.«

Frau Brandt riss die rotgeäderten Augen auf und schlug sich eine Hand vor den Mund. »Ekin?«

Lenny nickte.

»Oh nein. Der arme Junge.« Frau Brandt ließ sich blass in den Stuhl sinken.

»Seinen Vater haben wir auch gefunden.«

Zoes Mutter schreckte auf. »Was? Paul? Wirklich? Und? Hat er gestanden?«, fragte sie, sprang auf und trat einen Schritt auf Lenny zu.

Er biss sich auf die Lippen, als er seinen Fehler bemerkte. »Ich meinte … wir haben ihn ebenfalls tot aufgefunden.«

»Er hat sich vermutlich das Leben genommen«, erklärte Kati.

Frau Brandt trat erregt auf sie zu und griff ihr an den Mantelkragen. »Aber was ist mit Zoe? Wo ist sie?«

Kati löste vorsichtig die Hände der Frau von dem Mantel. »Wir wissen es nicht, aber Sie könnten uns helfen, sie zu finden.« Sie führte Frau Brandt zu ihrem Sessel und drückte sie sanft hinein.

»Wie?«, fragte sie. »Ich mache alles, um sie wiederzubekommen.«

»Was fällt Ihnen zur Sage ›Der Rattenfänger von Hameln‹ ein, Frau Brandt?«, fragte Lenny und setzte sich vor sie auf die Schreibtischkante. Seine wohlgeformten Hände legte er ineinander und Kati wusste, dass er Frau Brandt mit dieser Geste zu beruhigen versuchte.

Sie sah ihn voller Unverständnis an und schüttelte

den Kopf. »Rattenfänger? – Was reden Sie da?«

»Wir sind zu der Auffassung gekommen, dass der Täter in gewisser Weise den Rattenfänger nachgespielt hat.«

»Ich kenne die Sage«, sagte Frau Brandt lahm, »aber mir fällt nichts dazu ein.«

»Es ist aber wichtig, dass Sie versuchen, sich zu konzentrieren«, sagte Kati. »In der Sage wird den Eltern großes Leid zugefügt, weil sie in der Vergangenheit falsch gehandelt haben. Überlegen Sie! Haben Sie Fehler gemacht? Fehler, die eventuell auch schon länger zurückliegen?«

»Was mit der Sage zu tun hat?« Zoes Mutter schüttelte den Kopf. Die Schminke um ihre Augen herum war verschmiert und sie sah aus wie ein Zombie aus einem billigen B-Movie. »Ich weiß nicht. Ich habe ein total schlechtes Gedächtnis, aber …« Sie tippte auf ihre Computertastatur und öffnete ein Programm. »Ich versuche die anderen beiden über Skype zu erreichen. Ihr Telefon haben sie ja immer bei sich. Eventuell erinnern die sich.«

Lenny nickte ihr zu. »Das ist eine gute Idee, Frau Brandt, dann sparen wir uns die Fahrt zu Ihnen nach Hause.«

Nach einigen Sekunden nahmen beide Männer die Anrufe entgegen. Lenny und Kati traten hinter Zoes Mutter. Lenny fasste Frau Brandt sachte auf die rechte Schulter. Sie drehte sich irritiert zu ihm um.

»Bitte erwähnen sie nichts von Ekins Tod«, flüsterte er ihr zu. »Erklärungen rauben uns jetzt zu viel Zeit. Das soll später die Psychologin machen, okay?«

Vanessa Brandt schluckte und nickte ihm zu. »Okay«, antwortete sie leise und drehte sich dem Bildschirm zu.

»Vanni? Du siehst verweint aus. Was ist los?«,

fragte Herr Carstens, dessen Gesicht über dem von Sven Michels zu sehen war. »Ist etwas mit Zoe? Hat die Polizei sie gefunden?«

Frau Brandt schüttelte den Kopf und versuchte, ihre verlaufene Schminke mit den Fingern wegzuwischen. »Nein, nein, haben sie nicht, aber die Polizei hat eine Frage an euch. Es geht um die Sage vom Rattenfänger von Hameln.«

Kati beugte sich nach vorne und sah sich nun selbst in einem kleinen Fenster auf dem Computerbildschirm, direkt neben Frau Brandt. »Hatten Sie in der Vergangenheit irgendwelche Berührungspunkte mit dieser Sage?«

»Mit der vom Rattenfänger?«, fragte Leo Carstens und runzelte die Stirn. »Warum?«

»Das erklären wir Ihnen später. Versuchen Sie sich einfach nur zu erinnern. Ganz unvoreingenommen.«

Kati sah, dass Carstens ernsthaft überlegte und ihr Blick glitt zu dem Bild von Maxims Vater. Er schien blasser geworden zu sein. »Herr Michels? Ist Ihnen dazu etwas eingefallen?«

Maxims Vater antwortete nicht sofort, sondern starrte weiter in Richtung seiner Webcam.

Kati runzelte die Stirn. »Herr Michels?«

»Da war doch dieses Theaterstück …«, stammelte er zaghaft.

Theaterstück passt, dachte Kati.

»In der sechsten oder siebten Klasse.«

»Stimmt!«, rief Carstens. »Das war richtig übel.«

Kati sah vom Bildschirm seitlich zu Frau Brandt, die wie erstarrt dasaß. Anscheinend erinnerte sie sich auch wieder.

»Und da haben Sie alle mitgespielt?«, fragte Lenny. »Auch Paul Roth?«

Vanessa Brandt und auch die anderen schüttelten

ihre Köpfe, sagten aber nichts.

»Paul Roth nicht?«, fragte Lenny und sein Ton wurde eine Spur ungeduldiger.

»Wir alle nicht«, sagte Vanessa Brandt und drehte sich ein wenig zu ihm. »Wir haben nur im Publikum gesessen und zugesehen.«

Carstens lachte. »Dieses Theaterstück war so schlecht umgesetzt worden. Wenn wir solch miese Spiele entwickeln würden, dann wären wir immer noch arm wie Kirchenmäuse.«

»Und da haben Sie ...«, begann Kati ihren Satz.

»Mit Eiern und Tomaten geworfen«, vollendete Carstens den Satz. Er grinste breit.

Eier und Tomaten, dachte Kati. Das passte. Ihr fiel auf, dass Michels seltsam auf seine Webcam stierte und sich kaum rührte. Irgendwas passiert gerade mit ihm, dachte Kati und sie sah zu Lenny, der das anscheinend ebenfalls bemerkt hatte.

»Hatten Sie dabei jemanden Bestimmten von den Schauspielern im Auge?«, fragte Kati.

»Ja, diesen kleinen Hässlichen«, brachte Michels nun hervor. »Den mit der Brille. Er spielte den Flötenspieler.«

»Und das unglaublich schlecht«, rief Carstens. Er schien sich am besten von allen an das Ganze zu erinnern. »Den hatten wir sowieso schon auf dem Kieker, unglaublich dämlich, wie der war.«

Kati wurde hellhörig. »Haben Sie ihn etwa gemobbt?«

Frau Brandt schluckte. Sie sah Kati an, während sie nervös an einem Ring drehte. »Mobbing – das gabs ja früher noch gar nicht.«

»Gab es schon«, sagte Kati, »nur wurde es nicht so genannt. Damals hieß es noch ›Ärgern‹, ›Schikanieren‹ oder einfach ›Fertigmachen‹.«

Es herrschte Stille. Nicht einmal Leo Carstens sagte etwas.

»Also war es so«, stellte Kati fest.

Niemand gab eine Antwort.

»Ja oder nein?«, rief Lenny aufgebracht.

»Ja«, brachte Vanessa Brandt leise hervor.

Lenny Verbeek drehte ihren Stuhl an der Lehne zu sich herum und beugte sich zu ihr hinunter. Kati merkte, wie die Luft zu knistern begann. Mit Mobbing tat sich ihr Kollege nicht leicht. Sie wusste, dass Lenny aufgrund seiner Hautfarbe in seiner Kindheit auch öfters darunter gelitten hatte.

»Waren Sie alle daran beteiligt? Alle vier?«

Sie nickte. »Aber, was hat das mit unseren Kindern zu tun?«, stammelte sie.

»Das würde ich auch gerne wissen«, sagte Carstens. »Ich habe das Gefühl, Sie kommen nicht voran.«

»Moment!«, rief Lenny und zog einen Umschlag aus seiner Jackeninnentasche. »Ich zeig Ihnen, wie wir gerade vorankommen.« Er entnahm ein paar Papierabzüge, legte einige davon auf Vanessa Brandts Schreibtisch und zwei andere hielt er vor die Webcam.

Zoes Mutter nahm ein Foto in die Hand und schlug die Hand vor den Mund. »Oh mein Gott!«, rief sie. »Nein!« Und auch die beiden Männer stöhnten auf. Kati sah, wie Michels sich vom Bildschirm wegdrehte, und sie meinte Würgegeräusche zu hören.

Aus Rücksichtnahme hatten sie den Eltern bisher keine eindeutigen Bilder von den Fundorten und den Leichen gezeigt und nur vage Andeutungen zu den Misshandlungen gemacht. Lenny schien der Meinung gewesen zu sein, dieses ändern zu müssen.

Lenny nahm die Hand mit den Bildern wieder von der Webcam weg.

»So ein verdammtes Schwein!«, rief Carstens aufgebracht. »Den Kerl bring ich um!«

»Erzählen Sie uns lieber erstmal weitere Details zu den früheren Ereignissen«, versuchte Kati, den Mann zu beruhigen. »Die Bestrafung übernimmt dann die deutsche Justiz.«

»Das werden wir ja sehen«, brummte Carstens.

Vanessa Brandt sah zu ihr. Ihr Gesicht war erneut mit Tränen bedeckt. Die Bilder hatten ihr sehr zugesetzt. »Was wollen Sie wissen?«, fragte sie.

»Erinnern Sie sich denn jetzt wieder an damals?«

Vanessa Brandt nickte. »Ja, es kommt alles hoch. Wahrscheinlich habe ich es die ganzen Jahre verdrängt, aber diese Bilder mit der Flöte …«

Kati wurde hellhörig.

»Der Kerl hatte ein Auge auf Vanessa geworfen«, sagte Michels plötzlich.

»Wir wollten ihm eine Lehre erteilen«, ergänzte Carstens. »Nach dem Theaterstück haben wir ihn hinter der Schule abgepasst und haben so getan, als ob wir uns für das Bewerfen mit den Eiern und den Tomaten entschuldigen wollen.«

Vanessa Brandt presste die Lippen zusammen. »Und er hat es tatsächlich geglaubt.«

»In welcher Klasse war er denn?«, wollte Kati wissen. Sie versuchte, sich die ganze Situation besser vorzustellen.

»Ein oder zwei Klassen unter uns.«

»Und dann?«, fragte Lenny ungeduldig.

»Wir waren erst ganz nett zu ihm und fragten, ob er uns ein Stück begleiten wolle.«

»Und dann haben Sie ihn in eine Ecke gezogen.«

»Nein«, rief Carstens. Sein Blick war selbstgefällig. »Wir haben ihn noch ein wenig in Sicherheit gewiegt.«

»Wie?«, fragte Kati.

»Wir haben nett mit ihm geredet, ihm Schokolade geschenkt und dann hat Vanessa ihm …«

»Nicht«, rief sie laut und schüttelte den Kopf. »Tu das nicht, Leo.«

Lenny überging die Bitte. »Was hat sie getan?«

Vanessa Brandt schüttelte die ganze Zeit den Kopf hin und her. Tränen liefen über ihre Wangen.

»Ach komm, Vanni, das ist jetzt auch egal«, sagte Carstens.

»Sie hat sich entblößt und ihm ihre Muschi gezeigt, um ihn anzuheizen«, sagte Michels emotionslos.

»Er war zehn oder elf«, warf Kati ein.

»Neugier siegt immer«, sagte Carstens. »Er durfte sich alles genau anschauen und dann …«

»Haben wir ihn ausgelacht, verdroschen.«

»Grün und Blau habt ihr ihn geschlagen«, zischte Vanessa Brandt.

»Sie haben sich nicht daran beteiligt?«, fragte Kati.

Zoes Mutter schüttelte den Kopf. »Sie haben mich gezwungen, einmal zuzutreten, damit ich aktiv beteiligt war.«

»Und da hast du auf seine Eier gezielt, also tu mal nicht so unschuldig.«

Kati schluckte. Sie war entsetzt über so viel Aggressivität.

»Und was passierte dann?«

»Dann …«, setzte Michels an und stockte kurz. »Dann hat Leo ihm seine Flöte in den Arsch gerammt und wir sind abgehauen.«

»Oh Gott«, hauchte Kati leise und schlug ihre Augen nieder.

Lenny ließ ein verächtliches kurzes Lachen erklingen und wendete sich dem Fenster zu. »Ich glaub das alles nicht!«

Kati war sich sicher, wäre Carstens jetzt direkt anwesend gewesen, hätte Lenny ihm eine verpasst. Sie selbst versuchte, einen klaren Kopf zu behalten. »Von wem reden wir denn überhaupt?«, fragte sie. »Haben Sie einen Namen für uns?«

Vanessa Brandt sah zu ihr hoch. »Einen Namen?« Sie schluchzte und zupfte ein Tuch aus der Kleenexbox auf ihrem Schreibtisch. »Sie meinen, der hat unsere Kinder umgebracht? Dieser kleine Pimpf?«

»Der kleine Pimpf, wie Sie ihn nennen, ist mittlerweile wahrscheinlich ein gestandenes Mannsbild, falls er nicht tot ist«, sagte Lenny und klang verärgert. »Und er ist der Einzige, der etwas über diesen Vorfall wissen dürfte, außer Ihnen natürlich.«

»Er wird sicher nicht damit hausieren gegangen sein«, meinte Kati. »Vor lauter Scham hat er das alles mit sich selber ausgemacht, nehme ich an. Ist ja oft so. Leider.«

»Einen Namen wollen wir wissen«, erinnerte Lenny alle mit harschem Ton.

»Ich weiß nicht, wie er …«, fing Leo Carstens an.

»Mata oder so«, rief Michels plötzlich und rückte näher an den Bildschirm, sodass sein Gesicht nun ganz groß und deutlich zu sehen war.

»Mata, genau«, bestätigte Carstens. »Jetzt fällt es mir auch wieder ein.«

»Mata? Was ist das denn für ein Name?«, fragte Kati.

»Keine Ahnung. Die anderen nannten ihn immer so. Er war ja nicht in unserer Klasse und er hat uns nicht weiter interessiert. Nach dem Vorfall hat er sich von Vanessa und uns ferngehalten.«

Kein Wunder, dachte Kati.

»Wie hieß die Schule, auf die Sie gingen, als sich das alles abgespielt hat?«, fragte Lenny.

»Es war das Albert-Einstein-Gymnasium«, antwortete Brandt.
»Danke«, sagte Kati, sie verabschiedeten sich und fuhren ohne Umweg direkt zu der Schule.

»Sie haben Glück, dass ich überhaupt noch da bin«, zeterte die Schulsekretärin des Albert-Einstein-Gymnasiums und ließ ein paar angestaubte großformatige Bücher auf ihren Schreibtisch fallen. Sie hatte sich ihnen als Frau Brüderle vorgestellt. »Das sind die Jahrgangsbücher aus den 80er Jahren, die Sie sehen wollten.« Die Dame mit dem grauhaarigen Kurzhaarschnitt und der roten Brille verzog den Mund, den viele tiefe Falten zierten und der sie nicht gerade sympathisch wirken ließ. »Wen suchen Sie denn überhaupt, und warum?«

»Über das ›Warum‹ können wir Ihnen leider keine Auskunft geben«, sagte Lenny, zog eines der Bücher zu sich und schlug es auf. Die Seiten waren an den Rändern vergilbt und ein unangenehmer muffiger Geruch durchströmte langsam den Raum. Kati sah, dass er die Nase rümpfte.

»Wir suchen einen Jungen Namens ›Mata‹ oder so ähnlich.«

Die Frau nahm sich ebenfalls ein Buch. »Mata? So ein Name ist mir noch nie untergekommen.«

»Das ist wahrscheinlich nur ein Spitzname, nehme ich an«, erklärte Kati. »Vielleicht hieß er mit Nachnamen Matting, Mattes, Matthies oder sonst wie.«

»Oder sonst wie. Alles klar.« Die Frau lachte boshaft, sah auf ihre Armbanduhr und fluchte leise vor sich hin, während sie die Schülerlisten von damals durchging. Angewidert schlug sie eine muffige Seite nach der anderen auf.

Eine Minute später sprang sie von ihrem Stuhl auf. »Hier! Hier ist einer, der passen könnte. Aus der 6 a von 1980.«

Kati ging um den Schreibtisch und sah auf die Zeile, auf die die Sekretärin mit ihrem aufwändig lackierten Fingernagel zeigte.

»Nicola Martin«, las Kati laut vor. »Aber das ist doch ein Mädchen, oder?«

»Nein, ein Junge und es wird ›Martain‹ ausgesprochen«, verbesserte Frau Brüderle sie.

Kati hob irritiert die Brauen. »Warum sprechen Sie es französisch aus?«

Die Sekretärin zeigte auf das Ende der Zeile. »Er wurde in Marseille geboren, daher gehe ich davon aus, dass er französischer Herkunft ist. Vielleicht ist die Familie der Arbeit wegen übergesiedelt. Machen ja viele.«

Kati nickte. »Okay, ich verstehe.« Sie sah zu Lenny. »Mata und Martin in französischer Aussprache. Das hört sich doch ähnlich an, findest du nicht?«

Die Sekretärin hob einen Zeigefinger, als ob sie erst die Erlaubnis eines Lehrers einholen müsse, um reden zu dürfen.

Kati nickte ihr zu.

»Mir ist noch etwas eingefallen. Und zwar erzählt man sich, dass ein paar alte Lehrer die Schüler auch noch in den 80ern mit dem Nachnamen angeredet hätten, falls Ihnen das weiterhilft.«

»Vielleicht haben die Kids den Namen damals vereinfacht, weil sie es nicht gut aussprechen konnten«, mutmaßte Kati.

Katis Handy begann zu klingeln. »Kati hier«, meldete sie sich, als sie erkannt hatte, dass es Georg war. Sie nahm das alte Klassenbuch und reichte es an Lenny weiter. »Georg, hast du Neuigkeiten für uns oder geht es um meine Tante?«

»Nein, es geht um den Selbstmord von Paul Roth. Ich habe kein Wasser in seinen Lungen gefunden.«

Kati sah zu Lenny, der immer noch das vor ihm liegende Klassenbuch ansah. Anscheinend traute er der neuen Fährte noch nicht. »Was aber der Fall gewesen wäre, wenn …«

»Wenn er durch den Blutverlust ohnmächtig ins Wasser gesunken wäre und instinktiv versucht hätte zu atmen.«

Kati trat ans Fenster und sah in Dunkelheit. Es war mittlerweile fast sechs Uhr abends und die Laternen beleuchteten den Fußweg, der zur Schule führte. In den Lichtkegeln machte sie immer noch Schneeflocken aus. »Das heißt, ihm wurden die Pulsadern aufgeschnitten und das Blut wurde aufgefangen. Dann wurde er getötet, in die Wanne verbracht und das Blut wurde ins Wasser geschüttet, sodass es nach Selbstmord aussah. Richtig?«

Bei diesen Worten drehte sich die Sekretärin, die angefangen hatte, die Orchideen auf dem Fenstersims zu gießen, zu ihr um und sah sie entgeistert an.

»Ja, davon gehe ich aus. Manchmal sind die Dinge nicht so, wie sie scheinen«, sagte Georg.

›Nicht so, wie sie scheinen‹, wiederholte Kati die Worte im Geiste und beobachtete den Hausmeister beim Einstreuen des Weges mit Salz. Und so, wie sich das Eis unter seinen Füßen auflöste, so löste sich auch plötzlich der Knoten, der ihr Denken blockiert hatte. Mata!

»Kati?«, sagte Georg Hettkamp am anderen Ende, doch Kati hatte das Smartphone sinken lassen.

Sie drückte geistesabwesend auf den roten Hörer. »Mata, Martin …«

17

»Du verdächtigst Nick Martinez?«, fragte Lenny, während sie den Gang in der Schule hinunterliefen. Die Absätze ihrer Schuhe verursachten ein lautes Hallen auf dem polierten Steinboden.

»Der ist doch bei dem Überfall selbst fast gestorben«, gab er zu Bedenken. »Und sein Sohn auch.«

»Wir müssen Vanessa Brandt anrufen und fragen, ob sie es für möglich hält, dass es sich bei Nick Martinez um Nicola Martin handeln könnte«, sagte Kati, während sie die Nummer in ihrem Handy suchte.

»Hm«, brummte Lenny. »Die Namensähnlichkeit ist in der Tat verblüffend.«

Kati sah auf. »Die Geschichte mit dem Theaterstück und dem Mobbing passt wie Arsch auf Eimer. Außerdem ist Paul Roth nachweislich umgebracht worden. Sein Selbstmord war nur vorgetäuscht.«

Kati hörte, wie am anderen Ende abgenommen wurde. »Frau Brandt?«

Lenny Verbeek atmete tief aus und machte ein nachdenkliches Gesicht.

»Ja?« Kati hörte im Hintergrund klassische Musik. Sie stellte das Telefon um, sodass Lenny ebenfalls mithören konnte.

»Es tut mir leid, dass ich Sie nochmal stören muss. Sind Sie nach Hause gefahren?«

»Ja. Ich habe es in der Firma nicht mehr ausgehalten, nachdem diese alte Geschichte wieder hochgekommen ist.«

»Pah!«, sagte Lenny. Kati sah ihn warnend an. »Frau Brandt, sagt Ihnen der Name Nicola Martin etwas?«

»Martin?«, fragte sie. »Das klingt französisch.«

»Halten Sie es für möglich, dass Nick Martinez derjenige ist, der damals ›Mata‹ genannt wurde?«

Vanessa Brandt lachte affektiert auf. »Nick? Nein, auf gar keinen Fall. Dieser … dieser Mata oder Martin, wie Sie ihn nennen, war hässlich wie die Nacht. Er war klein und seine Haare waren schwarz und lockig. Er hatte Hasenzähne, beide Ohren standen ab und er trug eine dicke Hornbrille. Was meinen Sie, warum wir uns über ihn lustig gemacht haben? Das war nicht ohne Grund. Er hat wirklich null Ähnlichkeit mit unserem Nick. Sie haben ihn doch gesehen. Er ist sehr ansehnlich und durchtrainiert bis zum geht nicht mehr.«

Das lässt sich alles ändern, dachte Kati. Kontaktlinsen, Ohrkorrektur, Zahnklammer.

»Hat sich Martinez verändert? War er in letzter Zeit anders zu Ihnen?«, fragte Lenny.

»Ist das jetzt wirklich Ihr Ernst?«, lachte Vanessa Brandt. »Nick ist nett und aufmerksam.«

»Beantworten Sie bitte meine Frage«, forderte Lenny barsch.

»Na ja, ein wenig nachgelassen hat er schon, aber das führe ich darauf zurück, dass seine Frau ihn verlassen und die beiden Kleinen mitgenommen hat.«

Kati wurde hellhörig. »Wann soll das gewesen sein?«, fragte sie.

Es entstand eine kurze Pause. »Vielleicht so vor fünf oder sechs Wochen.«

»Das kann nicht sein, Frau Brandt.«

»Doch, ich schwöre es Ihnen.«

»Nein, Herr Martinez hat gestern zu meiner Kollegin gesagt, seine Frau wäre nur kurz die Zwillinge aus der Kita abholen, als sie bei ihm zu Hause war.«

»Ich … ich weiß nicht. Mir …«

Es entstand eine Pause. »Frau Brandt?« Sie antwortete nicht. Kati sah auf das Display. Dort hatte sich nichts verändert. »Frau Brandt?«, fragte Kati noch einmal. Stirnrunzelnd sah sie zu Lenny Verbeek.

»Sind Sie endlich drauf gekommen«, hörten sie plötzlich eine tiefe männliche Stimme sagen. »Das hat ja ganz schön lange gedauert. Ich habe Ihnen ganz schön was vorgespielt, nicht wahr?«

Die Luft in der großen Halle, in der sie standen, verdichtete sich. Er hat Vanessa, dachte Kati. Sie schluckte hart. »Martinez?«, fragte sie mit belegter Stimme.

»Oui, Frau Kommissarin.«

»Lassen Sie Zoe und Vanessa frei, dann werde ich für Sie aussagen und Sie bekommen …«

»Ich bekomme Strafmilderung?« Er lachte aus vollem Hals. »Sie sind süß«, sagte er.

Lenny nahm Kati das Handy aus der Hand, stürmte zur Tür des Gymnasiums hinaus und hastete in Richtung Auto. Kati folgte ihm. Sie wusste, sie mussten so schnell wie möglich zu dem Haus der ehemaligen Viererbande. »Verbeek hier, Leiter der Mordkommission. Hören Sie, meine Kollegin hat recht. Lassen Sie die beiden Frauen gehen. Ich verbürge mich persönlich …«

»Sie verbürgen sich«, fiel ihm Martinez ins Wort. »Dass ich nicht lache.«

Sie waren beim Wagen angelangt und Kati betätigte den Türöffner. Sie bedeutete Lenny, ihr sein eigenes Handy zuzuwerfen, damit sie Verstärkung anfordern konnte. Er nestelte es umständlich aus seiner Jackentasche und warf es ihr zu. Dann stiegen sie ein.

Verbeek versuchte, ihn in der Leitung zu halten. »Was ist mit Ihrem Sohn? Er braucht Sie doch.«

Kati ließ den Motor an und fuhr los, während sie gleichzeitig versuchte, Sarah zu erreichen.

»Finn?«, lachte Martinez. »Er ist fast erwachsen und er wird ein gutes Leben bei seiner Mutter haben.«

»Wer ist seine Mutter?«, fragte Lenny.

»Lassen Sie es gut sein«, sagte Martinez in eisigem Ton. »Sie werden mich nie finden. Versuchen Sie es gar nicht erst. Frankreich ist groß.« Das Telefongespräch wurde unterbrochen.

Lenny sah Kati an. »Aufgelegt.«

»Scheiße«, rief Kati, »egal, Verstärkung ist auf dem Weg, die Fahndung läuft und Brunner veranlasst Straßensperren. Sarah und Isa versuchen Details über Martinez herauszufinden.« Sie zeigte auf das Handschuhfach. »Hol das Blaulicht raus und stell es an, dann kommen wir schneller durch.«

»Okay«, sagte Lenny. »Hast du auch schusssichere Westen an Bord?« Verbeek war zu allem bereit.

Genau wie Kati.

Die riesige, moderne Villa leuchtete hell, wie ein Stern im dunklen Weltall, als sie nach einer Viertelstunde bei Frau Brand und den anderen der Viererbande ankamen. Jede einzelne Lampe im Haus schien angestellt worden zu sein, als ob der Täter sie noch zusätzlich hatte veräppeln wollen: ›Hey, ich bin so clever, ich brauch noch nicht einmal die Dunkelheit, um mich zu verstecken‹.

Die Haustür stand weit auf, laute Orgel-Klänge dröhnten ihnen entgegen und verbreiteten eine unheimliche Atmosphäre. Kati sah alarmiert zu Lenny. Ihr Puls war schon während der Autofahrt gestiegen, doch nun fing er an zu rasen. Beide zogen ihre Waffen aus dem Holster. Sie schritten vorsichtig durch das offene Tor und dann geduckt weiter über den verschneiten Weg zur Tür.

Mit klopfendem Herz stellte sich Kati rechts neben die offene Tür und warf einen schnellen Blick in den Vorflur.

»Scheiße«, sagte sie durch die Zähne gepresst und strich sich mit der flachen Hand waagerecht an ihrer eigenen Kehle entlang.

Lenny beugte sich ebenfalls für eine Millisekunde nach vorn. Es war Frau Ling. Martinez hatte sie wahrscheinlich direkt nach dem Öffnen der Tür mit einem gezielten Schuss getötet. Er benutzte also nicht nur Messer und Garrotte als Waffen.

Kati gab Lenny ein Zeichen, dass sie weiter vorrücken wollte. Der Kollege nickte und folgte ihr auf dem Fuße. Sie schlüpften durch die Tür, vorbei an der toten Haushälterin, in deren Stirn ein schwarzrotes Loch klaffte. Ein Blick nach links und rechts in den langen schmalen Flur folgte – dort war niemand. Sie schlichen vorsichtig weiter in den gemeinsamen Wohnbereich.

Wo bist du, du Schwein?, dachte Kati, die sich kaum zu atmen traute. Sie scannte grob den Raum, während sie seitlich neben einem Regal Schutz suchte. Sie wusste nicht, welches Gefühl gerade überwog. Die Angst, dem Mörder der Teenies möglicherweise in den nächsten Sekunden zu begegnen. Der Manifestation des Bösen. Oder die Angst, bei der Verhaftung selbst ums Leben zu kommen. Florian hätte dann niemanden mehr. Ihr Blick glitt über den Boden neben dem Sofa. Dort war ein Teil eines behaarten Männerbeins zu erkennen.

Sie gab Lenny ein Zeichen.

Der hatte sich hinter einem Sessel verschanzt und nickte. »Carstens«, formte er lautlos mit seinen

Lippen und machte ebenfalls die Geste für ›ist tot‹ über seinem Hals.

Kati schluckte und sah, wie sich Lenny langsam mit gestreckter Waffe erhob und zu ihr kam. Er stellte sich neben sie.

»Ich glaube, Martinez ist nicht mehr hier«, zischte Lenny ihr ins Ohr. Die ohrenbetäubende Orgelmusik machte jede andere Kommunikation unmöglich. »Sieh nach, ob noch jemand von ihnen lebt. Ich sichere dich.«

»Von ihnen?«, fragte Kati angespannt. Sie hatte nur Leo Carstens in ihrem Blickfeld gehabt.

»Michels und Brandt liegen direkt hinter Carstens auf dem Boden.«

Kati nickte und presste ihre Lippen zusammen, während sie gebückt zu dem ersten Opfer lief. Es war Carstens. Sein Kopf lag in einer großen Blutlache und sein Blick ging starr zur Decke. Martinez hatte ihm die Kehle durchgeschnitten.

Kati schloss für eine Sekunde ihre Augen. Sie unterdrückte ihre aufkommende Übelkeit, die sie nach all den Jahren immer noch überkam, wenn sie ermordete Personen auffand. Besonders schlimm war es, wenn sie ihnen vorher begegnet war.

»Komm, weiter«, sagte sie zu sich selbst und ging gebeugt zur nächsten Leiche. Lenny hatte recht gehabt. Es war Michels. Auch ihm hatte Martinez das Leben mit einem Messer ausgelöscht. Maxims Vater wies mehrere Stiche in der Herzgegend und einen gezielten Stich seitlich am Hals auf. Ihm war nicht mehr zu helfen. Aus dem kleinen französischen Jungen mit dem krausen Haar war eine regelrechte Tötungsmaschine geworden.

Von einer Sekunde auf die andere verstummte der Lärm, der sie umgeben hatte. Kati hob überrascht den

Kopf und sah, dass Lenny bis zur Stereoanlage vorgedrungen war und sie ausgestellt hatte.

Kati nickte ihm dankbar zu, während sie um die Ecke trat, um nach Frau Brandt zu sehen. Ein Blick genügte …

18

»Das ist nicht Frau Brandt«, rief sie Lenny zu. »Das ist die Psychologin.« Es versetzte ihr einen Stich, dass nun schon zwei unschuldige Frauen gestorben waren. Martinez hatte vor nichts und niemandem haltgemacht.

Ein neuerlicher Lärm ertönte. Er nahm langsam an Lautstärke zu und hörte sich diesmal nicht melodisch, sondern sehr technisch an.

Kati erkannte das Geräusch von Rotorblättern und sah alarmiert zu Lenny Verbeek. »Mist, er hat einen Helikopter im Garten«, rief sie ihm zu. Sie rannte zu der Fensterfront, an der Frau Ling am Abend wie gewohnt die elektrischen Rollläden heruntergelassen hatte und drückte an der Seite auf den Schalter, um sie zu öffnen.

Das Getöse von außen wurde immer lauter. Der Rollladen bewegte sich zu langsam nach oben. Gleich würde Martinez abheben.

»Komm«, rief Kati, griff Lenny am Arm und zog ihn mit sich. »Wir gehen durch den Wohnbereich von Roth. Da hat die Haushälterin sicher wieder alles offengelassen. Von dort aus können wir es noch schaffen!«

»Stimmt«, rief Lenny und folgte ihr. »Er ist sicher auch dort raus.«

Sie rannten den langen Flur entlang, bogen nach links ab und liefen weiter durch das Wohnzimmer von Roth. Lenny hatte recht gehabt. Die Terrassentür stand weit offen. Mit einem Satz war Kati durch sie hindurch und sie sah, dass es fast zu spät war. Der Krach der rotierenden Blätter und der Wind, den sie verursachten, glichen einem Hurrikan, der Kati fast umblies. Sie nahm instinktiv die Hände an die Ohren und versuchte, ihre langen Haare zu bändigen.

Als sie endlich wieder etwas sehen konnte, erkannte sie ein Männergesicht hinter der konvex geformten Scheibe des Cockpits, das ihr zu grinste. Der Mann mit dem Headset auf dem Kopf legte eine gestreckte Hand zu einem militärischen Gruß seitlich an den Kopf und hob ab. Verhöhnung pur.

»Nein!«, rief Kati, hob ihre Pistole und zielte damit direkt auf die Scheibe. Sie feuerte ihr gesamtes Magazin leer, doch nichts geschah. »Scheiße«, rief sie, ließ das verschossene Magazin herausfallen und wollte nach einem neuen an ihrem Gürtel greifen, als Lenny sie davon abhielt.

»Lass, das ist zu gefährlich. Sie sind mittlerweile zu hoch. Wenn sie abstürzen, stirbt Frau Brandt in jedem Fall.«

»Vielleicht hat er auch Zoe an Bord«, sagte Kati kaum hörbar. Sie ließ ihre HK P2000 sinken und sah mit einem verzweifelten Gefühl des Versagens dem Hubschrauber hinterher, der wie ein polterndes Geisterwesen in der Dunkelheit verschwand.

»Wir werden ihn finden. Der Heli ist zu auffällig, als dass er weit damit kommen könnte. Sein Plan wird nicht aufgehen. Dieses Mal hat er auf ganzer Linie versagt.«

»Was erzählst du da? Hat er nicht«, sagte Kati verärgert und steckte ihre Waffe weg. »Er hat Frau Brandt und Zoe in seiner Gewalt und vier weitere Menschen auf dem Gewissen.« Sie sah Lenny ernst an. »Glaub mir, er weiß ganz genau, was er tut. Seine tödliche Mission ist noch nicht zu Ende.«

»Hm. Vielleicht hast du recht.« Lenny kniff die Augen zusammen und griff nach seinem Handy. »Wir müssen mit Sarah reden und die Einsatzkräfte noch einmal verstärken. Sobald er erstmal über die Landesgrenze ist, wird es viel schwerer sein, ihn zu fassen.«

In dem Moment stieg in weiter Entfernung ein Feuerball hoch in der Luft auf. »Was war das?«, rief Kati irritiert und streckte sich. Doch das Glühen am Himmel war ebenso schnell wieder verschwunden, wie es gekommen war.

»Ich nehme an, der Helikopter ist explodiert«, sagte Lenny und schluckte. »Wahrscheinlich hast du die Benzinleitung getroffen und die ist in Brand geraten.«

»Nein!« Kati riss die Augen auf. »Das würde bedeuten … Das darf nicht sein.« Sie drehte sich in die Richtung der Explosion und versuchte etwas zu erkennen, doch das Waldstück mit den hohen Bäumen lag dazwischen.

Lenny umfasste ihre Schultern von hinten. »Das Ganze war irgendwie von vornherein zum Scheitern verurteilt, glaube ich.«

Kati wurde wütend. »Nein, war es nicht. Hätte ich nicht so blind drauflosgeschossen, wären sie vielleicht noch am Leben.« Tränen schossen in ihre Augen.

»Hättest du nicht geschossen, hätte ich es getan«, versuchte Lenny sie zu beruhigen und drehte Kati zu sich um. Sie vergrub ihr Gesicht in seiner Jacke. »Dann hätte ich die Benzinleitung getroffen und das Gleiche wäre passiert.«

Kati wusste, dass Lenny es nur gut meinte, wenn er so etwas sagte, aber es tröstete sie kaum. Sie hatten den Kampf gegen den Psychopathen, der seinen Schmerz seit seiner Kindheit nicht verwunden hatte, verloren. Er hatte Rache geschworen, gekämpft, hatte sich verändert, war stärker geworden, zu einem regelrechten Goliath herangewachsen und hatte am Ende alle besiegt. Alle. In gewisser Hinsicht auch sie.

Katis Handy klingelte. Sie seufzte, löste sich von ihrem Kollegen und zog das Telefon aus der Manteltasche. Das Display zeigte an, dass es Sarah war. »Sarah?«, meldete sich Kati und zog ihre Nase hoch. Sie merkte, wie sämtliche Anspannung langsam von ihr abfiel.

»Ja. Pass auf. Das SEK-Team müsste sekündlich bei euch eintreffen. Sie hatten Probleme durchzukommen. Zwei liegengebliebene Autos hatten die Straße blockiert. Ein zweites Team ist bereits auf dem Fabrikgelände, wo Martinez lebt. Wir …«

»Sarah«, unterbrach Kati ihre Kollegin unsanft.

»Äh, ja?«

»Martinez ist gerade mit dem Heli abgestürzt, in dem er flüchten wollte.«

»Was?«, rief Sarah ungläubig. »Mit einem Heli?«

»Er hat hier in der Villa Carstens, Michels, die Psychologin und die Haushälterin getötet und ist mit Frau Brandt im Hubschrauber geflohen.«

»Und der ist abgestürzt?«

»Mit ziemlicher Sicherheit. Auf jeden Fall gab es nicht weit von hier eine Explosion. Wahrscheinlich habe ich bei dem Beschuss die Benzinleitung getroffen.«

»Oh«, brachte Sarah hervor.

Hinter Kati und Lenny tauchten plötzlich Mitglieder des Einsatzkommandos auf. Kati meinte, Simon Kander, den Einsatzleiter, zu erkennen, obwohl er eine schwarze Sturmhaube trug.

»Und was ist mit dem anderen Team?«, fragte Sarah.

»Die sollen bei Martinez alles durchkämmen. Wir haben angenommen, dass Zoe wahrscheinlich bei dem Absturz mit an Bord war, aber wir können uns natürlich auch irren und er hat sie bei sich zu Haus umgebracht.«

»Weil sein Hauptaugenmerk zuletzt auf Vanessa Brandt lag?«

»Hm. Genau. Wir werden gleich hier aufbrechen und dann auch zu dem Fabrikgelände fahren. Ich will alles über den Kerl wissen.«

»Die Adresse hast du?«

Kati nickte. »Ja.«

Eine halbe Stunde später kam ihnen Staatsanwältin Brunner auf dem Gehweg vor dem Fabrikgebäude entgegen. Sie sah ebenfalls übernächtigt aus. Und unzufrieden. Ein dicker roter Schal war um ihren Hals gewickelt. »Sie sind alle tot?«, fragte sie mit heiserer Stimme ohne Umschweife und ohne Begrüßung.

Kati wollte erst nicken, überlegte es sich aber dann anders. »Ich weiß nicht, ob Zoe noch lebt. Hat man den Heli schon untersuchen können?«

Brunner schüttelte ihren Kopf. »Hier ist sie nicht. Das SEK hat alles genau untersucht. Danach sind Spürhunde rein. Nichts.«

Kati zog die Augenbrauen zusammen. »Und im Heli?«

»Der brennt noch und liegt ein wenig unzugänglich hinter einem See. Das wird noch eine Weile dauern, bis sie zu dem durchdringen können, aber selbst, wenn sie dort drin war, hat sie es nicht überlebt.«

Kati nickte betroffen und wies mit dem Kopf in Richtung Wohngebäude. »Und was hat man dort gefunden? Sind die Männer auf die Folterkammer gestoßen?«

Lenny, der telefoniert hatte, trat zu den beiden.

»Nein, nichts. Sehen Sie sich doch bitte selbst um. Das Ganze aufzuklären wird noch ein hartes Stück Arbeit, und das ist auch bitter nötig. Die Presse wird uns in der Luft zerreißen, wenn wir ihr keine gute Erklärung für unser Versagen liefern.« Brunner drehte sich um und ging zu ihrem Wagen. »Ich erwarte so schnell wie möglich Ihren Bericht.«

Ja, klar, dachte Kati, sah kurz zu Lenny und dann weiter zur alten Fabrik. ›Unser Versagen‹. Hatten sie denn jemals eine echte Chance gehabt?

Staatsanwältin Brunner fuhr an ihnen vorbei, stoppte dann aber überraschend ein paar Meter entfernt. Sie beugte sich über den Beifahrersitz und öffnete umständlich die Tür.

Kati und Lenny traten an den Mercedes.

»Herr Verbeek, steigen Sie bitte ein und fahren mit mir. Ich habe mir gerade überlegt, dass ich Sie gerne bei dem Gespräch mit dem Polizeipräsidenten dabeihaben möchte. Wir müssen uns eine Strategie überlegen, wie wir morgen die Pressehaie fürs Erste besänftigen können.« Ihr strenger Tonfall ließ keine Verweigerung zu.

Lenny sah mit ernstem Blick zu Kati. »Kann ich dich alleinlassen?«

Kati nickte. »Klar. Das SEK hat ja alles gesichert. Ich sehe mich hier nur noch eine Weile um, dann komme ich ins Präsidium.«

Lenny nickte. »Okay. Bis dann.« Er stieg ein und zog die Wagentür hinter sich zu. Dann fuhren sie los. Kati blickte ihnen hinterher, bis Brunner an der Ecke abbog, dann überquerte sie die Straße und betrat das Gelände.

Simon Kander, der sie zu diesem Einsatzort begleitet hatte, um das zweite Team zu unterstützen, kam auf sie zu. Er zog seine Sturmhaube ab und ein zerwuschelter brauner Haarschopf und ein Gesicht mit freundlichen Lachfältchen um die Augen kam zum Vorschein.

»Alles sauber. Wir haben das ganze Fabrikgelände und alle Gebäude gründlich durchforstet. Die Hunde waren auch drin.«

Kati nickte. »Brunner hat's schon erzählt.« Sie kratzte sich am Kopf. »Und ihr habt wirklich keinen Raum gefunden, wo er die Teenies gefangen gehalten haben könnte?«

Der Zwei-Meter-Mann schüttelte den Kopf. »Nein. Nichts dergleichen.« Er zeigte auf ein Nebengebäude. »Dort drinnen hat er sich ein eigenes Kampfstudio eingerichtet, das seinesgleichen sucht. Ähnlich wie das, was uns zum Trainieren zur Verfügung steht.«

Kati legte den Kopf schief.

Kander zeigte mit der Hand in einen weiter hinten gelegenen Teil. »Und dort drüben hat er sich ein Außengelände fürs Training angelegt. Hauptsächlich ein Hindernisparcours. Der muss ziemlich fit gewesen sein, wenn er das alles regelmäßig genutzt hat.« Er rieb sich über die Stirn.

»Okay«, sagte Kati langgezogen. Trotzdem begriff sie das alles nicht. Sie klopfte Kander auf den Arm. »Danke dir. Auf euch ist immer Verlass. Um den Rest kümmert sich dann später die KTU.«

Simon Kander nickte. »Klar. Ist unser Job. Lieber wäre mir gewesen, wir hätten den Typen stellen können.« Er lächelte sie an. »Mach's gut, Kati, und pass auf dich auf.«

»Mache ich«, antwortete Kati. »Du auch. Bis zum nächsten Mal.«

Kander nickte, ging in Richtung seines Einsatzwagens und sprach währenddessen in sein Mikro, um seinen Leuten den Befehl zum Abrücken zu geben. Kati sah ihm nach. Guter Mann, dachte sie. Sie hatte schon des Öfteren mit ihm zusammengearbeitet und fand ihn immer sympathischer.

Als sie sich zu den Nebengebäuden umdrehte, die im Flachbaustil gebaut waren, überkam sie ein regelrechtes Ohnmachtsgefühl. Ein dicker Kloß formte sich in ihrem Hals. Sie und ihr Team hatten auf ganzer Linie versagt. Der Mann hatte insgesamt elf Leute getötet und war anschließend selbst während der Flucht mit dem Heli abgestürzt und verbrannt. Er hatte gesagt, er wollte mit Vanessa und mit Zoe – wenn sie an Bord war – nach Frankreich fliegen und dort untertauchen. Und dann? Hätte er die beiden Frauen ebenfalls nach einer Weile umgebracht und sich sein Leben lang vor der Polizei versteckt?

Kati schüttelte ihren Kopf. Sie bekam das alles nicht zusammen. Mit einem frostigen Gefühl schlug sie den Mantel enger um sich. Sie musste sich bewegen. Die Temperaturen waren weiter gefallen. Missmutig stapfte sie über den Innenhof nach rechts zur Tür der größeren Fabrikhalle.

Ihre Gedanken wendeten sich den toten Teenagern zu. Das SEK hatte keinen Raum ausgemacht, wo er sie hätte gefangen halten können. Wo hatte er die Teenies also versteckt und gefoltert? Besaß er eventuell noch mehr Grundstücke? Kati dachte an Martinez‘ Frau, die ihn mit den Zwillingen verlassen hatte. Vielleicht wusste sie mehr? Sie mussten Frau Martinez unbedingt ausfindig machen. Kati kaute auf ihrer trockenen Unterlippe. Die Frage war: Hatte sie ihn wirklich verlassen oder hatte er sie vielleicht auch aus dem Weg geräumt? Wer Teenager tötete oder den Tod seines eigenen Sohnes in Kauf nahm, machte auch nicht halt vor den Kleinkindern und der Ehefrau.

Kati warf einen kurzen Blick in das Gebäude. Wie von Kander beschrieben, war dort ein Sport- und Fitnessbereich untergebracht. Sie schloss die Tür wieder und ging zur nächsten, kleineren Halle. Es war eine Art riesige Werkstatt mit Arbeitstischen und Regalen voller Werkzeug. Daneben standen Kanister, Holz, Autoreifen und Fahrräder. Alles penibel aufgeräumt. Soweit sie beurteilen konnte, befand sich dort drinnen nicht Ungewöhnliches.

Kati ging wieder hinaus in die Kälte und hinüber zu dem Wohnhaus. Ihre Gedanken fuhren Karussell und sie hätte viel dafür gegeben, sich jetzt mit Lenny austauschen zu können. Sie seufzte. Das musste warten. Sie sah, dass das letzte Einsatzfahrzeug des SEK abrückte. Die haben es gut, dachte sie und sah auf die Uhr. Es war halbneun. Normalerweise Zeit, Feierabend zu machen. Normalerweise. Doch heute war kein normaler Tag. Trotzdem: Florian würde sich sicher freuen. Vielleicht könnte sie auch noch einen Anruf im Krankenhaus machen und versuchen, mit Timo zu sprechen. Hier konnte sie ja sowieso nichts mehr ausrichten. Alle waren tot, und morgen war auch noch ein Tag, um hinter Martinez' Geheimnis zu kommen.

Geheimnis, dachte Kati. Gab es denn eins? Es lag doch auf der Hand. Rache hatte ihn angetrieben. Rache war ein starker Motivator.

Unbewusst hatten sie ihre Schritte zum Tor statt zum Haus geführt. Nun sah sie zur ehemaligen Fabrik hinüber, die hell erleuchtet war. Er war doch damals ein Kind, dachte sie weiter. Wie konnte er diesen Wunsch, Rache an seinen Peinigern üben zu wollen, so lange aufrechterhalten?

»Wollen Sie zurück ins Präsidium?«, fragte sie plötzlich eine weibliche Stimme. Kati fasst sich zu

Tode erschrocken an die Brust. Sie fuhr herum und stand einer älteren Polizistin gegenüber, die sie fragend anschaute. Sie zeigte auf einen zweiten Streifenwagen, der mit laufendem Motor an der Straße stand. »Einer der Kollegen dort drüben fährt jetzt dorthin und würde Sie mitnehmen, wenn Sie möchten.« Ihre Stimme klang neidisch. Kati nahm an, dass sie selbst und ihr Partner abgestellt worden waren, das Anwesen im Auge zu behalten, bis die KTU eintreffen würde. Und das konnte noch dauern. Zuerst würden sie sich um das Wohnhaus der Viererbande und um die dort liegenden Leichen kümmern.

Kati sah unentschlossen in Richtung von Martinez' Haus. Martinez' Haus? Nein, eigentlich war sein Name Nicola Martin gewesen. Ein gebürtiger Franzose. Wie hatte er es geschafft, einen anderen Namen anzunehmen? Wie hatte er gelebt? Es gab so viele ungeklärte Fragen.

»Frau Lindberg?«

Kati drehte sich verwirrt um. Die Frau in Uniform tippelte von einem Bein auf das andere und rieb sich die rot gefrorenen Hände. »Der Kollege wartet und …«

»Nein, ich werde mich noch kurz dort drinnen umschauen.« Kati zeigte auf ihr eigenes Auto. »Ich bin außerdem auch mit dem Wagen da. Trotzdem vielen Dank für das Angebot.«

Die Polizistin sah sie mit einem ›Sag-das-doch-gleich-Blick‹ an, sagte aber: »Okay. Kein Problem.« Sie gab dem Kollegen das Zeichen, dass er fahren konnte, und setzte sich selbst zu ihrem Partner in ihren eigenen Einsatzwagen, dessen Motor lief.

Scheißjob, dachte Kati, drehte sich um und schritt vorsichtig über den verschneiten Weg zur Treppe des alten, ebenfalls aus roten Backstein errichteten Wohnhaus.

Die Gedanken über Martinez‘ Namensänderung und seine Herkunft hatte sie wieder ein wenig wacher und neugieriger gemacht. Sie merkte, wie sie plötzlich darauf brannte, mehr zu erfahren. Wie hatte Martinez all die Jahre gelebt und seine Lügen aufrecht gehalten? Wie war er zu dem geworden, was er zum Schluss darstellte? Ein Killer, der nicht nur diejenigen getötet hatte, die ihm Leid zugefügt hatten, sondern auch ihre Nachkommen?

Sie drückte auf den Türknauf und zögerte. Vielleicht sollte sie doch lieber nach Hause fahren. Ihr Handy klingelte. Sie nahm es aus der Manteltasche und sah aufs Display. Es war Florian.

Mit gemischten Gefühlen nahm sie ab. »Flo? Alles klar bei dir? Ich habe gerade an dich gedacht.«

»Bei mir schon. Hatte viel zu tun. Proben für die Theaterpremiere morgen. Aber das war gut so. Das hat mich abgelenkt von …« Er stockte. »Du weißt schon.«

»Tante Martha«, sagte Kati und stieß die Tür auf. Eine wohltuende Wärme empfing sie. Sie sah zurück zum Polizeiauto. Vielleicht sollten die Kollegen lieber hier im Haus auf die KTU warten?

»Ja. Genau.« Florians Stimme klang traurig. »Konntest du verhindern, dass Georg …«

»Eine Obduktion durchführen muss?«, riet Kati.

»Hm.«

Kati trat in einen kleinen Zwischenflur, der mit einer Glastür abgetrennt war und rieb ihre Schuhe automatisch auf dem Vorleger trocken. Sie ging weiter. Hinter der zweiten Tür schloss sich direkt der großzügige Wohnbereich an. Sie sah sich weiter um. »Ich denke schon. Georg wollte all seine Beziehungen spielen lassen. Er hat viel Verständnis gezeigt. Er wird sicher alles daransetzen, deinen Wunsch zu erfüllen. Wenn du es wissen willst, kannst du ihn auch selbst anrufen.«

»Nein, ich …«, begann Florian, dann ertönte die Anklopffunktion auf Katis Handy. Ein zweites Gespräch.

»Du Flo, warte mal kurz, da kommt ein Gespräch rein.« Sie sah auf das Display. Es war Sarah.

»Flo?«

»Ja?«

»Das ist dienstlich. Da muss ich ran. Wir reden später über alles, okay?«

»Okay«, antwortete ihr Sohn niedergeschlagen.

»Bis dann und nimm es nicht so schwer, Schatz.«

»Hm.«

Florian legte auf und Kati fühlte sich gar nicht wohl, ihn mit seiner Trauer so allein zu lassen. Schweren Herzens nahm sie Sarahs Anruf entgegen.

»Endlich. Das hat ja gedauert.«

»Hm«, brummte Kati. »Ich habe gerade mit Flo gesprochen.«

»Ah. Gut. Also Isa, Micha und ich haben jede Menge neue Infos über Martinez herausgefunden.«

»Leider viel zu spät«, sagte Kati und ließ ihren Blick durch den offenen Wohnbereich schweifen. »Ich stehe hier gerade in seinem riesigen Wohnzimmer. Was soll ich sagen? Er hatte einen sehr guten Geschmack. Stilvolle, moderne Möbel, einen Kamin, hohe Decken und …«, sie staunte, »sogar einen Wasserfall.« So etwas in einem Privathaus? Das kannte sie nur aus noblen Hotels.

Sarah lachte. »Das muss tatsächlich sein Geschmack gewesen sein, denn der von seiner Frau war es sicher nicht.«

»Warum?«, fragte Kati und runzelte die Stirn, bevor sie vorsichtig weiterging.

»Micha hat nachgeforscht und herausbekommen, wo sich seine Frau aufhält.«

»Aha. Und wo ist sie?«

»In einem Mutter-Kind-Heim. Martinez hat sie vor sechs Wochen rausgeschmissen. Micha hat weitergebohrt und dann hat sie unter Tränen gestanden, dass das Ganze nur eine Scheinehe war.«

»Wieso, was für eine Landsmännin ist sie denn?«

»Sie kommt aus Serbien. Die beiden haben sich über das Internet kennengelernt. Beide hatten einen Vorteil durch das Arrangement. Sie bekam ein Aufenthaltsrecht und er …«

»Hatte eine Frau und zwei Kinder vorzuweisen, die ihm den Anschein eines perfekten Familienvaters gaben«, vervollständigte Kati. Sie ging weiter in den hinteren Teil, wo sich eine Wohnküche befand.

»Und er konnte sich sicher sein, dass sie ihren Mund hielt. Aber es gibt noch eine viel wichtigere Info«, sagte Sarah. »Ich habe nach intensiver Suche und mit Hilfe eines französischen Kollegen herausgefunden, dass er bei der …«

Kati spürte, dass jemand hinter ihr stand. Sie erschrak und wollte sich umdrehen, doch etwas Spitzes stach plötzlich in ihren Rücken. Wer war das? Ihr Herz machte einen kurzen Aussetzer und sie nahm das Telefon vom Ohr weg. Instinktiv wollte sie sich umdrehen, doch ein erneutes Zustechen hielt sie davon ab. Ihr Atem begann schneller zu werden und Panik überkam sie. Scheiße, dachte sie. Scheiße, wer ist das?

»Los, verabschieden Sie sich unter einem Vorwand«, zischte eine tiefe männliche Stimme. »Und keine Tricks mit verborgenen Codes oder so!«

Martinez?! Stocksteif stand Kati da und rührte sich nicht. Ihre Gedanken fuhren Achterbahn. Der Killer stand direkt hinter ihr! Wie war das möglich? Er war doch abgestürzt! Wie hatte er das gemacht?

Der Mann stach noch einmal zu und Kati verdankte nur dem dicken Mantelstoff, dass das Messer nicht direkt ihren Körper durchbohrte. »Los jetzt!«

Zögernd nahm Kati das Handy ans Ohr. Ihre Hand zitterte. Ihr musste trotz Martinez‘ Warnung, einen SOS-Code zu benutzen, etwas einfallen. Und zwar schnell. »Du, Isabell«, sagte sie und versuchte normal zu klingen, »wir reden später weiter, okay?«

»Wie jetzt? Warum Isabell?«, hörte sie Sarah sagen. »Ist alles in …«

Martinez riss ihr das Telefon aus der Hand und warf das Handy mit voller Wucht auf den Steinfliesenboden, wo es in zig Teile zerbrach.

Bevor Kati die Chance hatte, ihre Waffe aus ihrem Holster zu ziehen und sich umzudrehen, warf ihr Angreifer sie zu Boden und stürzte sich auf sie. Er drückte ihr Gesicht mit den Wangen auf die kalten weißen Fliesen, und so sehr sie auch versuchte, sich hochzustemmen, es gelang ihr nicht. Klaustrophobische Panik stieg in Kati hoch und ihr Puls begann zu rasen.

»Versuch es gar nicht erst«, hörte sie seine Stimme direkt an ihrem rechten Ohr. Dann zog er ihr einen schwarzen Sack über den Kopf, riss ihr den Mantel ein Stück die Schultern herunter und fesselte sie dann mit ihren eigenen Handschellen hinter dem Rücken.

Katis Versuche, sich umzudrehen, Martinez zu erwischen, ihn zu verletzen und unschädlich zu machen, schlugen ins Leere. Er war einfach zu stark. Sein jahrelanges Training hatte sich bezahlt gemacht.

Mit roher Gewalt zog er Kati nach oben, griff sie an einer Schulter, während seine andere Hand sie weiter mit dem Messer in den Rücken stach. Er führte sie ein Stück, schubste sie, sodass sie hinfiel. Kati erschrak, hielt die Luft an und rechnete damit, erneut auf den harten Fliesen zu landen, doch plötzlich spürte sie eine gefederte Unterlage unter sich. Das Sofa im Wohnzimmer, stellte sie fest.

Kati versuchte sich aufrecht hinzusetzen, und mithilfe von mehreren kurzen Schaukelbewegungen gelang ihr das schließlich. Sie fühlte, wie er ihr die Stiefel auszog und mit den Händen ihre Waden und Knöchel abtastete. Er guckt, ob ich ein Knöchelholster mit einer zweiten Pistole trage, schoss es ihr durch den Kopf, überrascht, überhaupt einen klaren Gedanken fassen zu können. Sollte sie versuchen ihn umzutreten und wegzulaufen? Und dann? Sie entschied sich in Sekundenbruchteilen dagegen.

Er ließ von ihr ab.

»Zufrieden?«, fragte sie und schlug unabsichtlich einen schnippischen Tonfall ein.

Mit einem Ruck zog er ihr den Sack von dem Kopf. Die über sie hereinbrechende Helligkeit blendete sie. Der Sack sollte mir also nur Respekt einflössen und mir Angst machen, dachte sie. Sie konnte kaum die Augen öffnen. Kati schluckte. Ihr war schlecht. Warum war sie vorhin nicht einfach ihrem Instinkt gefolgt und war nach Hause oder ins Präsidium gefahren? Sie hoffte, dass Sarah kapiert hatte, dass sie ihr mit dem Aussprechen des falschen Namens ›Isabell‹ ein Zeichen geben wollte. Sie musste Zeit gewinnen, um jeden Preis. Langsam gewöhnten sich die Augen an das helle Licht.

Tausend Fragen schossen ihr durch den Kopf. Warum brachte er sie nicht auf der Stelle um? Bei Frau Ling und der Psychologin hatte er doch auch nicht lange gefackelt. Wieso fesselte er ihre Beine nicht? Fühlte er sich so sicher? Und die Wichtigste: Warum floh er nicht?

Kati ließ unauffällig ihren Blick schweifen. Eine Waffe, sie brauchte eine Waffe und Zeit. Zeit, dachte sie. Zeit. Sie sah zu Martinez. Er setzte sich ihr gegenüber. Sein ganzer Körper war angespannt, wie der einer Raubkatze kurz vor dem Sprung. Massive Muskeln zeichneten sich unter dem Stoff seines Shirts ab. Warum war ihr das nicht vorher aufgefallen, als er in der Firma vor ihr gestanden hatte?

Kein Wunder, dass sie keine Chance gegen ihn gehabt hatte, dachte sie im ersten Moment. Obwohl – Lenny würde das sicher anders sehen. Hatte er ihr nicht eingebläut, dass man mit technischen Finessen jeden starken Mann zu Fall bringen konnte? Warum habe ich nicht früher und härter trainiert?, dachte Kati verzweifelt.

»Wo sind Zoe und ihre Mutter? Leben sie noch?«, fragte sie Martinez.

Er lächelte, machte eine Kopfbewegung in Richtung des Wasserfalls. Kati glaubte, nicht richtig zu sehen. Er war weg! Und erst jetzt fiel ihr auf, dass das plätschernde Geräusch fehlte, das vorher immer im Hintergrund zu hören gewesen war.

»In meinem Spielzimmer.«

Kati atmete merklich auf. Wenn das stimmte ... »Der Wasserfall ...«, begann sie.

Martinez nickte. »Ja«, sagte er, drehte sich zu der Stelle um und setzte ein zufriedenes Gesicht auf. »Ein Meisterstück. Selbst Ihr SEK-Team und die dämlichen Hunde haben dahinter die Geheimtür nicht gefunden.« Er machte seltsame Bewegungen mit seiner Nase, die wohl die Hundenasen imitieren sollten, lächelte dann und sah wieder zu ihr.

Er hat schöne weiße Zähne, ging Kati plötzlich durch den Kopf. Ein markantes männliches Kinn, schöne schwarze Augen. Dieser Mann soll ein hässliches Kind gewesen sein?

»Die Menschen sehen nur das, was sie sehen wollen. Sie sind leicht zu täuschen und nehmen sich nicht genug Zeit für das Wesentliche.«

»Und das wäre?«, fragte Kati und starrte Martinez weiter an. Er wollte reden, dann sollte er das doch tun, fand sie. Und sie gewänne Zeit.

Er lachte und warf dabei seinen Kopf in den Nacken. »Ich erzähle Ihnen jetzt mal was«, sagte er, wurde dann abrupt ernst – wie ausgewechselt. Sein Blick nahm von einer Sekunde zur anderen einen diabolischen Ausdruck an.

»Ich war zehn Jahre alt – zehn – da begann das Martyrium und SIE«, er zeigte in Richtung der Geheimtür, »SIE ist dafür verantwortlich. SIE hat mein Leben zerstört!«

Kati runzelte ihre Stirn. »An diesem Tag nach der Theateraufführung?«

Er lachte bitter auf und wurde sofort wieder ernst. Dann rutschte er ein Stück vor, sodass seine Knie die ihren fast berührten. »DAS hat sie Ihnen erzählt? Diese eine Geschichte?« Sein heißer Atem streifte Katis Gesicht.

»Das haben alle drei erzählt«, sagte Kati und versuchte dabei selbstsicher zu klingen. Sie durfte sich nicht von ihm einschüchtern lassen.

Er wich wieder von ihr ab und schnaubte verächtlich. »Pah, das alles ging über Monate! Über Monate haben die mich drangsaliert.« Seine Augen wurden feucht. »Sie fingen mich nach der Schule ab, drängten mich in irgendeine Ecke, schlugen mich, zogen mir die Hose herunter, zerstörten meine Sachen, sodass ich zusätzlich noch Ärger von meinem Vater bekam. Er hielt mich für einen Schwächling, für Abschaum und nicht wert, sein Sohn genannt zu werden.«

»Das tut mir leid«, sagte Kati und meinte es in diesem Moment ernst. »Kein Kind sollte so etwas durchmachen müssen.« Sie schluckte und sah ihn verzweifelt an. »Aber als Rache Menschen zu töten …«

Martinez schoss wie ein Pfeil vom Sessel nach oben und sah sie mit hochrotem Gesicht an. Adern traten in Sekundenschnelle an den Schläfen hervor. »MENSCHEN? DAS –« Er zeigte zur Geheimtür. »DAS sind keine Menschen«, schrie er. »DAS – das sind MONSTER!« Aufgebracht lief er hin und her. »Im Nachhinein gesehen, hätte ich sie viel früher eliminieren sollen.«

Eliminieren? Ein eher militärischer Ausdruck. Sie sah ihn an, dachte an die Trainingshalle, den Schießstand, das Außengelände mit den militärischen Übungseinheiten. Ich muss mich befreien und ich brauche mehr Zeit.

»Und wie ging es dann weiter?«, fragte sie und prüfte unauffällig, wie eng die Handschellen um die Gelenke saßen. Wenn sie nur irgendwie an die Schlüssel in ihrer Gesäßtasche kommen könnte.

Martinez lachte kurz hell auf. Dann spürte Kati eine Hand, die ihr Knie tätschelte.

»Ich weiß, was Sie vorhaben, meine Liebe.« Er machte eine kurze Pause und taxierte sie mit seinen Blicken.

Kati erschrak und hielt inne. Hatte er sie durchschaut?

»Nun gut«, sagte er dann. »Ich denke, wir haben noch ein wenig Zeit.«

Wie meinte er das? Ein wenig Zeit bis zu ihrem Tod? Ein erneuter Panikschub trieb Kati Schweiß auf die Stirn, und sie versuchte sich durch regelmäßiges Atmen langsam wieder unter Kontrolle zu bringen.

Er setzte sich neben sie und Kati spürte seine Körperwärme. »Was wollen Sie wissen?«, raunte er ihr lasziv ins Ohr. »Vielleicht, wie ich sie getötet habe?« Er sah sie direkt an. »Damit Sie sich ausmalen können, was ich mit Ihnen machen werde?«

Ein Schauer lief ihr über den Rücken. Er hatte wirklich vor, sie zu töten! Sie fühlte sich fast in den Sommer zurückversetzt, als der wahnsinnige Schlächter …

Stopp!, sagte sie zu sich. Nein. Lass das nicht zu! Sie musste sich zusammenreißen. Die Kollegen wussten vielleicht schon, dass keine Menschen bei dem Hubschraubercrash ums Leben gekommen sind und haben daraus die richtigen Schlüsse gezogen. Nein. Das stimmte so nicht. Irgendjemand musste das Ding ja geflogen haben. Hatte Martinez einen Komplizen?

»Hm?«, raunte er erneut direkt neben ihr und sie spürte seinen heißen Atem, während er die Klinge seines Messers sachte über ihren Hals fahren ließ. Ihr Puls beschleunigte sich ins Unermessliche. Er wird mich töten. Genau wie die Haushälterin. Nur mit dem Messer, wie die anderen. Er wird mich töten! Frag was!, dachte sie panisch. Sag was. Irgendwas! »Wer hat den Hubschrauber geflogen? Sie waren es ja anscheinend nicht.«

Martinez sah sie mit seinen schwarzen Augen ungläubig an. Dann legte er erneut den Kopf in den Nacken und lachte höhnisch. »Das? Das interessiert sie? Wirklich?« Er stand auf und stellte sich breitbeinig vor sie. »Das war einer meiner früheren Untergebenen.«

Kati runzelte die Stirn. »Untergebenen?«

»Bei der Fremdenlegion. Er war mir noch einen Gefallen schuldig.«

»Sie waren bei der Fremdenlegion?«

Martinez nickte, baute sich vor ihr auf und machte sich breit. »Général de division a. D. Zuletzt im aktiven Kampf 2013 in Mali.«

Er wirkte unglaublich stolz. Kati nickte. »Wow. Verstehe. Und dieser Untergebene hat den Gefallen mit seinem Tod eingelöst?«, fragte Kati.

Martinez grinste, drehte sich um und trat an den Elektrokamin, indem ein Feuer zu lodern schien. »Nein. Soweit geht die Liebe nun auch nicht. Er ist selbstverständlich vorher über dem See abgesprungen. Der Heli war sowieso nicht mehr richtig flugtauglich. Hab‘ ich für einen Appel und ein Ei bekommen.«

»Also lebt er noch?«

Martinez zuckte mit den Schultern. »Davon gehe ich aus. Wenn alles vorbei ist, treffen wir uns auf ein Bier.«

»Und wie sind Sie mit Frau Brandt vom Anwesen weggekommen?«

Er grinste frech. »Ganz unspektakulär mit dem Auto, das ich vorher am Rande des Wäldchens geparkt hatte. War kein Problem. Ich war schon lange weg, als der Heli aufstieg.«

Okay, er hatte alles perfekt geplant, dachte Kati und nickte. »Es ist nicht alles so, wie es aussieht«, sagte sie bedächtig.

»Genau.« Martinez drehte sich um und lächelte sie an. Es wirkte fast charmant. Wie hatte dieser Mann die Teenager töten können?, fragte sich Kati. Hatte der Dienst bei der Fremdenlegion so ein Monster aus ihm gemacht? Soweit sie wusste, war sie mittlerweile ein Teil der französischen Streitkräfte und ihre Aufgabe bestand in Kriegsverhinderung, Rettung gefährdeter Menschen, humanitäre Hilfestellung und Ähnlichem. Da war von dem üblen Ruf, den die Legion früher hatte, nichts mehr übrig. Vielleicht hatte er dort einfach nur Anerkennung gefunden und Selbstsicherheit erlangt. Die Stärke, das strategische Denken und die IT-Ausbildung …

»Wie ging es dann damals mit Ihnen weiter?«, fragte Kati unvermittelt und Martinez' Blick verdüsterte sich von einer Sekunde auf die andere wieder.

»Niemand glaubte mir. Die vier gaben sich gegenseitig Alibis und schoben die Schuld für meine Verletzungen meinem Stiefvater in die Schuhe, sodass sogar das Jugendamt bei uns aufkreuzte. Danach bezog ich noch mehr Schläge von ihm.«

Kati saß still da. Sie versuchte sich den kleinen Jungen mit schiefen Zähnen, abstehenden Ohren und Hornbrille vorzustellen, wie er ungeliebt still vor sich hin litt. Sie schüttelte den Kopf.

»Ich wurde ein Schulversager, blieb drei Mal sitzen – auch auf anderen Schulen klappte es nicht. Mit achtzehn Jahren stand ich ohne Abschluss da. Mir blieb nur der Schritt in die Fremdenlegion, wenn ich nicht irgendwo als Tagelöhner enden wollte.«

Es gibt immer einen Weg, dachte Kati. »Sie haben sich verpflichtet?«, fragte sie.

Martinez nickte. »Ja, erstmal für fünf Jahre. Die Grundausbildung hat mich hart gemacht und ich habe das erste Mal im Leben gemerkt, was in mir steckt – und nicht nur ich, auch meine Vorgesetzten. Sie förderten mich, wo sie nur konnten, und während mein Hass auf meine alten Peiniger wuchs und wuchs, lernte ich, worauf es im Leben ankommt. Es wurde immer klarer, dass ich kein Versager war. Ich war intelligent, wahrscheinlich intelligenter, als die vier zusammen waren.« Er lachte hämisch. »Ich konnte strategisch denken und bildete mich im IT-Bereich stetig weiter, lernte Programmieren, als ich herausfand, was sie für ein Business aufbauten.«

Er sah sie an. »Ich bin ein Selfmademan im wahrsten Sinne des Wortes. Ein Autodidakt vor dem Herrn. Ich habe mir alles selbst beigebracht, was ich kann.«

»Und nebenbei noch in der Fremdenlegion gedient?«

Er nickte. »Nach zehn Jahren war da Schluss. Dann hatten die Vier Vorrang und …« Er hielt inne. Sein Blick fiel auf ein Foto an der Wand.

»Und?«, fragte Kati vorsichtig.

»Es war purer Zufall, dass meine Freundin schwanger wurde, aber vielleicht auch Vorsehung.«

»Sie hatten eine Freundin?«

Martinez drehte sich um. »Ja, eine Deutsche. Sie lebt auch hier in Stuttgart.«

»Aber Sie sind nicht mehr mit ihr zusammen?«, fragte Kati, obwohl sie die Antwort schon wusste.

Er schüttelte den Kopf.

»Als ich merkte, dass Vanessa mit den Vierlingen schwanger war …«

»Vierlingen?« Das wurde ja immer besser!

»Ja. Haben Sie etwa noch nicht herausgefunden, dass die Kids dasselbe Genmaterial hatten?«

Kati schüttelte verneinend den Kopf und konnte kaum glauben, dass das wahr sein sollte.

»In den USA haben sie sich damals die perfekten Gene für ihre Brut ausgesucht.«

»Dann sind die Väter gar nicht die genetischen Väter?«, unterbrach Kati ihn. »Wussten die Kids das?«

»Nein.«

Verrückt, dachte Kati. Vanessa hatte Ekin einfach gehen lassen – ihren eigenen Sohn. Allein, weil sie dachte, Paul Roth, der die Vaterrolle für Ekin eingenommen hatte, hätte sie hintergangen. Kati schwirrte der Kopf.

»Ich habe Finn in ihrer Schule angemeldet und dafür gesorgt, dass er in ihre Klasse kam, doch Finn war immer nur das fünfte Rad am Wagen, hat nie richtig dazugehört. Selbst nicht, als ich soweit war und ich mich bei ihnen als Abteilungsleiter eingeschlichen hatte.« Er lachte verächtlich. »Schon allein deshalb war es an der Zeit, sie zu eliminieren. Jetzt kann er sich zu dem entwickeln, der er werden möchte.«

Sie haben ihn doch in die Rolle erst hineingedrängt, wollte Kati ihn anschreien. Sie biss sich auf die Zunge. Martinez jetzt zu reizen, war nicht der richtige Weg.

Wie konnte sie die Kollegen im Polizeiwagen vor dem Haus auf sich aufmerksam machen, zermarterte sie sich das Hirn. Ihr fiel keine Aktion ein, die nicht ihren sofortigen Tod nach sich ziehen würde.

Kati verstand nicht, warum Martinez es riskierte, so lange mit ihr zu reden, anstatt zu fliehen. Was erhoffte er sich? Vergebung für seine Taten?

Sie musste ihn weiter bei der Stange halten. Entweder würden sich die Kollegen draußen im Wagen fragen, wo sie bliebe und warum sie nicht wieder rauskam, oder die Tatortgruppe traf ein und überraschte ihn. Der Gedanke gefiel ihr überhaupt nicht. Die KTU-Leute waren in der Regel nicht bewaffnet, wenn sie zum Tat- oder Fundort kamen. Sie zogen sich draußen ihre Arbeitskleidung über und gingen davon aus, dass die Räume gesichert waren.

Tatsächlich hatte es in der Vergangenheit schon öfter Fälle gegeben, bei denen der Täter zurückgekommen war und auf Mitarbeiter der Polizei, auf einen Gerichtsmediziner oder einen ermittelnden

Staatsanwalt getroffen waren. Nicht immer war es gut ausgegangen.

»Wie ist es Ihnen gelungen, die Vier zu täuschen? Hatten Sie keine Angst, dass sie Sie wiedererkennen könnten?«, fragte Kati.

Er lächelte und fuhr sich mit der Hand über den Dreitagebart. »Das war nicht schwer. Ein paar Operationen, eine Zahnklammer, viel Training und die Jahre, die dazwischen lagen, reichten. Außerdem waren sie so auf sich bezogen.«

»Vanessa Brandt hat förmlich von Ihnen geschwärmt«, warf Kati ein.

Martinez Augen wurden zu Schlitzen. »Das tut die Schlampe jetzt sicher nicht mehr.«

»Aber sie und Zoe leben noch?«, fragte Kati.

Er warf einen kurzen Blick zur Geheimtür, dann sah er sie wieder an. »Könnte sein. Vielleicht. Sollen wir nachsehen?« Er sah sie mit einem schelmischen Lächeln an.

Kati überlegte. Wenn er sie jetzt in den Keller verschleppte, würde sie diesen nicht lebend verlassen, da war sie sich sicher.

Sie überging den Vorschlag und hoffte, er würde sich ablenken lassen. »Erzählen Sie mir doch, wie Sie es fertigbekommen haben, uns so hinters Licht zu führen.«

Er setzte sich wieder in den Sessel, legte den Kopf schief und fragte: »An was denken Sie da genau?«

Er hat echt die Ruhe weg, dachte Kati. Sie wurde immer unruhiger. Die Kollegen ließen sich wirklich Zeit. Warum nur? Warum kam denn niemand? Hatte er vielleicht draußen noch weitere Komplizen – Leute, die ihm etwas schuldig waren –, und die hatten das Team vor der Tür ausgeschaltet?

Sie biss sich auf die Lippen. »An die Nacht der Entführung zum Beispiel. Wie konnten Sie das alles so inszenieren, dass es echt wirkte? Wie haben Sie die Teenager so schnell woanders hingebracht? Und …« Sie überlegte. »Ihre Verletzungen …«

»Die habe ich mir selber beigebracht«, lachte er. »Meine Toleranzgrenze ist da sehr hoch, das können Sie mir glauben. Und was den zeitlichen Ablauf angeht …« Er stand wieder auf, sodass Kati zu ihm hochsehen musste. »Wenn Sie ein bisschen besser nachgedacht hätten, hätten Sie auch selber drauf kommen können, dass wir gar nicht in Köln waren.«

Kati stutzte. Stimmt. Sie hatten versäumt, das zu prüfen. Hatten keine Überwachungsvideos vom Eingang der Arena angefordert oder Ähnliches, weil sie angenommen hatten, seine Aussagen würden stimmen – die Aussagen eines Opfers, das gerade noch mal so mit dem Leben davongekommen war.

Es ist nichts so, wie es scheint, ging ihr in Sekundenschnelle durch den Kopf. »Stattdessen …«

»Stattdessen warf ich die präparierte Rauchbombe, die ebenfalls ein Betäubungsgas enthielt und brachte als erstes den Busfahrer um die Ecke.«

»Der eine Frau und zwei kleine Kinder hinterlässt«, prangerte Kati an.

Martinez zuckte mit den Schultern. »Kollateralschaden.«

Kati schüttelte ungläubig den Kopf. Kollateralschaden. Das war schlimm. Ein Menschenleben – in seinen Augen nichts wert. Sie erblasste. In seinen Augen. Nur in seinen Augen? Irgendwas Schreckliches bahnte sich den Weg in ihre Gedanken, doch sie kam nicht drauf. Da stimmte etwas nicht!

Er sah sie mit einem amüsierten Gesichtsausdruck an. »Wollen Sie die Geschichte nun hören, oder nicht?«

Kati biss sich auf die Lippen und nickte. Warum konnte sie nicht klar denken? Da war noch etwas …

»Das war auf dem Parkplatz«, brachte sie zögerlich hervor. »Oder?«

Martinez sah sie entgeistert an. »Was? Wollen Sie mich verarschen? Nein! Natürlich nicht!« Er kam zu ihr und ging breitbeinig vor ihr in die Hocke.

Soll ich zutreten? Ihre Beine waren nicht fixiert. Aber er wird mich direkt töten, wenn er mich kriegt.

»Sie haben das alles immer noch nicht begriffen, oder?«, fragte er sie und lächelte süffisant. Dann erhob er sich wieder.

Ein Geistesblitz traf Kati wie aus dem Nichts. Finn! Er wusste über alles Bescheid. Er hat das Spiel seines Vaters mitgespielt – ihm geholfen!

Martinez erkannte, dass der Groschen gefallen war und zeigte mit dem Finger auf sie. »Jetzt! – Endlich. Gutes Mädchen, gutes Mädchen!«

»Finn war in alles involviert«, sagte sie fast tonlos. »Sie haben sein Leben riskiert. Ist ihm das bewusst? Er hätte da draußen erfrieren können.«

Er machte eine wegwerfende Handbewegung. »Ach was. Er hat sich erst kurz vorher dort hingelegt. Das war kein Problem. Und meine Schläge hat er auch gut verkraftet. Er hat eingesehen, dass das sein musste, damit es glaubhaft rüberkam. Ein hervorragender Junge, mein Sohn. Wirklich. Ein Kämpfer, genau wie ich.« Er hielt inne und sah sie an. »Die Ziffern hat er sich übrigens selbst eingeritzt. Mit einem Spiegel hat er es vorher geübt. Ist nicht schlecht geworden, oder?«

Kati wurde blass. »Es ist nichts so, wie es scheint«, wisperte sie.

»Richtig. Genau richtig, Frau Kommissarin.«

»Und die Straßensperre …«

»Hey«, er machte eine große Bewegung mit seinen Armen. »Richtig, Sie haben ja tatsächlich mal was geschnallt. Die Sperre stand dort mit dem Bagger zusammen. In der Nacht scherte sich kein Schwanz darum. Auch Ihre lieben Kollegen von der Polizei nicht.« Er trat wieder vor den Kamin und sah in die Flammen. »Als die Zeit nahte, dass die ersten Schichtarbeiter anrollen sollten, baute ich die Sperre ab, und wir platzierten uns mit den frisch beigebrachten Wunden.« Er drehte sich um und in seinem Blick stand Stolz.

»Und zu dem Zeitpunkt waren die Teenager schon hier im Verlies?«

Martinez schüttelte seinen Kopf. »Maxim nicht. Den hatte ich schon in der Nacht in den Kanal gebracht und seine Leiche dort präpariert.« Er machte einen Schritt auf sie zu. »Wie fanden Sie das überhaupt? Gelungen, oder?« Er runzelte die Stirn. »Obwohl – Sie haben ja nichts kapiert von dem, was ich Ihnen und vor allen Dingen den ›ach so liebenden Eltern‹ mitteilen wollte.«

Kati schluckte. »Wir wussten ja nichts von dem Theaterstück und der Demütigung, die Ihnen widerfahren war. Wie hätten wir mit den Details etwas anfangen sollen?«

Martinez ignorierte ihre Worte und trat an ein Foto seines Sohnes, das neben dem Kamin hing. »Das Stück vom Rattenfänger begleitete mich seit dem Auftritt mein Leben lang. SIE ruinierten es, machte mich runter, bewarfen mich.« Er drehte sich mit Tränen in den Augen zu ihr um. »Dabei war ich echt gut – echt gut. Ich war damals schon ein hervorragender Schauspieler. Genau wie jetzt auch.«

Kati nickte und glaubte ihm jedes Wort. Im Krankenwagen und auch später hatte er eine bühnenreife Leistung abgeliefert.

»SIE waren neidisch auf mein Talent, gönnten mir nicht den kleinsten Triumph.« Er drehte sich wieder weg und fügte leise und verbittert hinzu: »Nicht den Dreck unter meinen Fingernägeln.«

Kati atmete tief aus. Sie spürte den Hass, der aus jeder von Martinez‘ Poren zu sprudeln schien.

»Doch warum mussten die vier ...« Die zweite Hälfte des Satzes hing in der Luft und Martinez vervollständigte ihn.

»Teenies sterben, meinen Sie?« Er kam zu ihr und setzte sich wieder auf die Kante des Sessels gegenüber. Sein Blick glühte, wie der eines Drachens aus einem düsteren Comic. »Weil ich den Eltern auf dem Höhepunkt ihrer Karriere den maximalen Schaden zufügen wollte und – mal ehrlich«, lachte er, »um die Rattenbrut, ist es nun wirklich nicht schade. Sie waren Nichtsnutze, haben das Geld zum Fenster herausgeschmissen, irgendwelchen halbfertigen Möchtegernschauspielern nachgeeifert – Vampir gespielt. Dass ich nicht lache. Ich bitte Sie.«

Er sah sie fragend an und kam ihr näher. Richtig nah. »Es war doch wirklich besser, gleich alle auszulöschen, oder nicht?«, hauchte er Kati ins Gesicht.

Kati nickte und lächelte ihn an. Jetzt oder nie, dachte sie. Sie schnellte mit dem Kopf vor und traf mit ihrer Stirn direkt auf Martinez‘ Nasenrücken. Völlig überrascht von dem Angriff, taumelte er zurück, schrie laut auf und griff zu seiner Nase.

»Was zum ...«, setzte er fluchend an, als Kati vom Sofa aufsprang, sich seitlich eindrehte und ihm mit voller Wucht in seine Kniekehlen kickte. Martinez fiel nach vorn, quer über den Sessel gegen einen kleinen marmornen Beistelltisch und lag benommen auf dem Boden. Katis Ziel war der Kamin. Schnell, mach schnell. Ihr Puls raste. Nervös sah sie sich zu ihm um. Die Handschellen, gellte es durch ihren Kopf, du musst sie aufschließen. Schließ sie auf! Das hatte sie tausendmal geübt. Aufschließen der Handschellen, wenn sie auf dem Rücken gefesselt war. Tausendmal. Sie fühlte den kleinen Schlüssel, steckte ihn in das Loch …

»Du elende Schlampe«, hörte sie plötzlich den Franzosen zirka zwei Meter hinter sich. »Ich mach dich fertig!«

Das Schloss schnappte auf. Sie befreite ihre rechte Hand von dem Metallring und griff zu dem Schürhaken des Kaminbestecks, das Martinez als Deko neben den Elektrokamin gestellt hatte.

»Du bist tot«, schrie Martinez und stürzte sich wie ein tollwütiges Tier auf sie.

Ohne zu Zögern holte Kati aus und schlug von einem lauten Angriffsschrei begleitet zu. Der Schürhaken traf Martinez‘ Kopf in Höhe des Ohrs und wurde von einem Mix aus schmatzenden und krachenden Lauten begleitet. Intuitiv und nur mit einer minimalen Bewegung drehte Kati den Haken und zog daran. Knochensplitter, Blut und Hirnmasse traten augenblicklich aus der klaffenden Wunde.

Der Blick ihres Angreifers erstarrte, sein Lauf stoppte und dann fiel er – so kam es Kati vor – wie ein gefällter Baum in Zeitlupe zur Seite um.

Kati ließ geschockt von der Gewalt, die sie gerade ausgeübt hatte, den Haken los, taumelte nach hinten und krachte gegen den Ständer des Kaminbesteckes. Dann fiel sie auf den Boden.

Aus dem Augenwinkel sah sie einige schwarz gekleidete Leute in das Zimmer stürmen und erschrak. Dann sah sie einen rot leuchtenden Punkt auf dem Schädel des Toten flirren.

»Kati? Ist mit dir alles in Ordnung?«, fragte eine weibliche Stimme und Kati erkannte, dass es die von Sarah war. Sie kniete plötzlich neben ihr, strich ihr über den Arm und prüfte mit versiertem Blick, ob sie verletzt war.

Kati nickte schwach. »Mir gehts gut, aber … ich … ich habe ihn getötet.« Ihr Blick ging zu Martinez, der sie mit seinen schwarzen Augen direkt anzustarren schien. Kati schluckte hart und sah zu Boden.

»Hättest du das nicht erledigt, hätte das SEK ihn unschädlich gemacht. Wir hatten ihn durch die Scheibe schon im Visier.«

»Du hast meine Nachricht also verstanden«, sagte Kati und versuchte aufzustehen.

Sarah griff ihr unter die Arme und half ihr hoch. »Na klar. Niemand nennt mich ungeschoren Isabell.«

»Zwei Personen im Untergeschoss lebend aufgefunden. Wir brauchen hier einen Notarzt«, rief plötzlich einer der SEK-Männer.

Beide drehten sich zur Geheimtür. »Was?«, sagte Sarah überrascht und sah Kati fragend an. »Wer?«

»Frau Brandt und Zoe«, antwortete Kati. »Seine Folterkammer war dort hinter dem Wasserfall verborgen.«

Sarah fing an zu strahlen. »Beide leben noch? Sie waren nicht im Helikopter? Das ist ja …« Ihr fehlten die Worte.

»Ja, das ist …« Dann brach auch sie den Satz ab, als sie an Martinez‘ Worte dachte: Sie ist ein Monster – ein Monster!

19

Georg Hettkamp und Kati hatten bereits seit geraumer Zeit in der zweiten Reihe vor der Bühne Platz genommen. Kati sah sich um. Die Aula füllte sich. Immer mehr Angehörige und Freunde der jungen Schauspieler strömten durch die große Tür und suchten sich ihre Plätze aus.

Hettkamp legte seine Hand auf Katis Oberschenkel. Sie wendete sich ihm zu und verschränkte ihre Finger mit seinen.

»Du siehst immer noch sehr mitgenommen aus. Bist du dir sicher, dass du dir das Stück ansehen willst?«, fragte Georg mit besorgter Miene. »Noch können wir gehen und du lässt dir eine Wanne ein.«

Kati lächelte leicht gequält. »Was wäre ich für eine Mutter, wenn ich nicht bleiben würde?« Dann zeigte sie zur Bühne. »Hey, mein Sohn spielt die Hauptrolle. Das ist so toll.« Ihr fehlten die Worte. Eine Träne kullerte an der rechten Wange herunter. Zu sehr erinnerte sie es an Martinez. Den Schauspieler.

Georg zog sie in seine Arme. »Komm her, ich halte dich ganz fest.« Sanft streichelte er ihr über das blonde Haar. »Du hast alles richtiggemacht. Gib dir nicht die Schuld an seinem Tod, okay?« Er hielt sie ein wenig von sich und suchte ihren Blick. »Okay?« Seine Augen sahen sie fragend an.

Kati schniefte, setzte sich wieder gerade hin und suchte ein Taschentuch in ihrer Hosentasche. »Ich hätte nur eine Minute länger ausharren müssen, dann wären die Kollegen da gewesen und hätten ihn unschädlich gemacht ohne ihn zu töten.«

Hettkamp schüttelte den Kopf. »Hätte, hätte. – Und

wenn schon. Das konntest du doch nicht wissen und die Gelegenheit war da.«

»Aber ich wollte ihn nicht tödlich treffen, ich hatte noch so viele Fragen.« Verzweifelt sah sie auf das zerknüllte Taschentuch in ihren Händen. »Wann und wie hat er zum Beispiel Paul und Ekin Roth in seine Gewalt gebracht? Und was hatte er mit Zoe vor? Wie war sein Fluchtplan?«

»Das ist doch jetzt nicht mehr wichtig.« Er nahm ihre Hände und zwang sie, ihn anzugucken. »Das einzig Wichtige ist doch, dass die beiden Frauen am Leben sind und daran hast du ohne Zweifel einen großen Anteil gehabt. Wärst du nicht in das Haus gegangen, hättest du dort keine Zeit mehr verbracht, weil du nach Antworten gesucht hast, dann hätte er sie vielleicht schon getötet oder er wäre mit ihnen geflohen.«

»Hm.« Kati schlug die Augen nieder. »Und was nun wohl aus Finn wird? Ob er in den Knast muss? Er wurde doch hochgradig von seinem Vater manipuliert.«

»Ach, komm. Lass das doch jetzt.« Georg umschlang ihre Finger mit seinen Händen und lächelte. »Denk doch lieber an etwas Positives. An Timo zum Beispiel. Er hat dem Tod den Stinkefinger gezeigt und du hast ihn gerettet. Das ist doch toll, oder?«

Kati presste die Lippen zusammen und sah zu ihm hoch. Ein kleines Lächeln stahl sich in ihr Gesicht. »Ja, das ist toll.«

Einer der Schauspieler mit Kochmütze, Schürze und unechtem Bauch trat vor den roten Samtvorhang. »Meine Herrschaften, darf ich untertänigst um Ruhe bitten«, brüllte er und hieb mit einem Schlegel auf einen kleinen Gong, den er in der Hand hielt. Das Geräusch verfehlte seine Wirkung nicht und es wurde schlagartig leise im Saal. Mit wichtiger Miene und leicht aufgesetzter Stimme sprach er weiter: »Wir präsentieren Ihnen heute das Theaterstück: Aschenputtel, von Charles Perrault. Auf besondere Bitte unseres Hauptdarstellers widmen wir das Stück Tante Martha.« Das Publikum fing an zu klatschen und Kati warf Georg einen vielsagenden Blick zu und lächelte.

Der dicke Koch trat zur Seite, der Vorhang öffnete sich und ein stattlicher Prinz in güldener Robe betrat die Bühne.

Flo. Mein Flo, dachte Kati und sie versuchte, für einen winzigen Moment die abartige Welt der Psychopathen und Killer auszublenden …

Ende

Liebe Leserin,
lieber Leser,

vielen lieben Dank, dass Sie sich zum Kauf dieses Romans entschieden haben. Ich hoffe, ich konnte Ihnen damit ein besonderes Lesevergnügen bereiten.

Wenn Ihnen dieser Kriminalroman gefallen hat, dann schenken Sie mir doch bitte eine Minute Ihrer wertvollen Zeit und hinterlassen eine kurze Rezension bei Amazon.de. Ich würde mich wirklich unendlich darüber freuen.

Liebe Grüße,
Ihre Livia Pipes

Danksagung

Bedanken möchte ich mich besonders bei meinen beiden Lektoren und Korrektoren Klaus und Petra. Ihr habt mir ein weiteres Mal geholfen, das Beste aus meinem Roman herauszuholen!
Des Weiteren möchte ich mich bei meinem Autoren-Kollegen Nick Stein bedanken, der mir mit Rat und Tat zur Seite stand, und dessen wunderbare Romane ich meinen Lesern ebenfalls sehr ans Herz legen möchte.

Ein Dankeschön geht auch an meine Eltern und meinen Ehemann Andreas sowie an alle weiteren Testleser. Durch Euer Feedback und Eure Anregungen verbessert Ihr meine Arbeit. Vielen, vielen Dank.

Alles Liebe,
Livia Pipes

Kati Lindberg Reihe
Teil 1
Die Blutengel

Krankhafte Phantasien und zerstörerische Leidenschaft treffen auf – das Liebste, was Eltern haben. Kinder.

Seine Vorlieben waren speziell, das wusste er. Doch es war seine Natur - er konnte nicht anders. Er würde einfach ALLES tun, um "ES" weiter genießen zu können.

Nach einer Gewitternacht findet der kleine Luca im Höhenpark Killesberg in Stuttgart die massakrierte Leiche der 17-jährigen Amerikanerin Abigail. Kommissarin Kati Lindberg, die gerade erst am Tag zuvor, zusammen mit ihrem Sohn Florian von Hannover ins „Ländle" umgezogen ist, soll sich direkt mit dem charmanten Kollegen Prinz, des Falles annehmen. Die Tat des anscheinend wahnsinnigen Killesbergmörders soll aber nicht die einzige bleiben. Die Ermittler stellen schnell fest, dass eine weitere Person vermisst wird. Die fünfjährige Tochter der Gasteltern war während des Mordes in der Obhut des Opfers und ist seitdem verschwunden! Das Team des Stuttgarter LKA wird in höchste Alarmbereitschaft versetzt, denn jetzt zählt jede Minute. Doch die sympathische Ermittlerin Kati kämpft nicht nur gegen einen kaltblütigen Mörder, sondern auch gegen finstere Gedanken an die Vergangenheit, die sie immer wieder in den Abgrund ziehen wollen.

DIE BLUTENGEL – Fesselnd, spannend und ein Leckerbissen für jeden Regional-Krimifan.

Kati Lindberg Reihe
Teil 2
Der Sündencode

Die Schrittgeräusche auf dem Steinfußboden stoppten. Sie hörte ein leises, verächtlich klingendes Lachen. Kurz darauf spürte sie eine Messerklinge, die über eine ihrer Waden gezogen wurde. »Mariella! Meine Schöne! Es wird Zeit …«

In den idyllischen Weinbergen Stuttgarts wird an einem heißen Sommertag der bestialisch zugerichtete Leichnam eines Unbekannten gefunden. Aufgeschlitzt und ausgeweidet. Das Team um Kommissarin Kati Lindberg ist schockiert. Nach der auffälligen Inszenierung des toten Körpers am Tatort, stößt Gerichtsmediziner Hettkamp im Schlund des Opfers auf eine mysteriöse Nachricht des Täters, die alle Beteiligten vor ein Rätsel stellt. Bevor das Team dazu kommt Recherchen anzustellen, wird am selben Tag ein weiteres Opfer aufgefunden …

Stuttgarts Einwohner zittern und Kati jagt ein Phantom, das Inszenierungen fast so liebt, wie das Töten.

DER SÜNDENCODE – Eine Reise in die schwärzesten Abgründe der menschlichen Seele. Voll von Rätseln und Inszenierungen ...

Nat Porter Reihe
Teil 1
Der Elternfänger

Wie viel Leid kann ein Mensch ertragen …

Sommer 2015. Nick und Lisa Sommer, ein junges Lehrerehepaar aus Stuttgart, machen sich auf den Weg in ihren wohlverdienten Sommerurlaub. Verliebt, wie am ersten Tag, kommen sie in Las Vegas, ihrer ersten Station der Rundreise durch den Westen der USA an.

In Vorfreude auf das aufregende Nachtleben und gute Shows, beziehen sie ihr Hotel. Nick freut sich besonders, denn er hat für seine Frau von Deutschland aus eine Überraschung organisiert, von der sie bisher noch nichts ahnt …

Zur gleichen Zeit beginnen die FBI-Agenten Porter und Villano in einem Fall zu ermitteln, der es in sich hat. Ein bestialisch zugerichtetes Opfer italienischer Abstammung, die Ankündigung weiterer Morde und mysteriöse verschlüsselte Botschaften halten das Ermittlungsteam in Atem. Doch die Suche nach dem Täter gestaltet sich anfangs schwer, fehlen doch jegliche Anhaltspunkte für einen Verdacht.

Für Nat Porter und sein Team spitzt sich die Lage dramatisch zu, als weitere Touristen verschwinden. Dieses Mal sind es Deutsche …

DER ELTERNFÄNGER – ein gnadenlos packender Thriller, der dem Leser elektrisierend unter die Haut geht! Realitätsnah, unverblümt und ohne Schnörkel.

Nat Porter Reihe
Teil 2
Der Puppenfriedhof

Was treibt einen Menschen zu solch schrecklichen Taten …

In rasender Verzweiflung warf die Zehnjährige den Kopf hin und her, denn der Verrückte hatte vor sie zu töten! Allein das kreischende Geräusch der Maschine, die er hinter ihrem Kopf eingeschaltet hatte, ließ sie vor Angst schier wahnsinnig werden. Mit allen Kräften versuchte sie sich zu befreien, doch die Stricke waren zu fest …

Völlig aufgelöst kommen Laura und Simon nach der Entführung ihrer Töchter mit dem FBI-Team in Kontakt und Nat Porter setzt mit seinen Leuten alles daran, die beiden deutschen Mädchen aus der Geißel der Entführer zu befreien.

Während sie unter Druck an dem Fall arbeiten, wird eine massakrierte Leiche aufgefunden. Wer hat den Körper des biederen Familienvaters aus San Francisco so bestialisch mit einem Messer zugerichtet? Das FBI-Team steht vor einem großen Rätsel. Dass am Ende beide Fälle seltsam miteinander verwoben sind, ahnt am Anfang niemand!

DER PUPPENFRIEDHOF – ein packender Thriller, der den Leser mitten ins Geschehen zieht und immer wieder mit spannenden Wendungen überrascht!

Nat Porter Reihe
Teil 3
Das blutige Spiel

»Sieh' dir das süße Gesicht noch einmal in voller Schönheit an, denn es wird das letzte Mal sein! Zuerst werde ich ihr nämlich die Schläfenknochen brechen ...«

FBI Agent Nat Porter und seine Freundin Cindy sind glücklich. Seit drei Wochen ist ihre kleine Tochter Sheila auf der Welt und sie genießen jede gemeinsame Minute.
Doch kurz nach Weihnachten soll sich alles ändern. In Las Vegas häufen sich schreckliche Unfälle und eine verwirrte gefolterte Frau wird aufgefunden. Weitere Hinweise deuten daraufhin, dass ein Psychopath ein blutiges Spiel begonnen hat und er das bombastische Ende für die kommende Silvesternacht geplant hat. Wird es Nat und seinem Team gelingen ihn zu stoppen?

DAS BLUTIGE SPIEL – ein moderner, dynamischer Thriller, der Sie atemlos zurücklassen wird!

48864904R00153

Printed in Poland
by Amazon Fulfillment
Poland Sp. z o.o., Wrocław